Dieses Buch ist reine Fiktion. Die Namen, Charaktere, Unternehmen und Ereignisse entstammen entweder der Fantasie der Autoren oder wurden auf fiktionale Weise verwendet. Jede Ähnlichkeit mit lebenden oder toten Personen sowie mit Ereignissen wäre vollkommen zufällig. Die alten und ehrwürdigen Hansestädte Stralsund und Greifswald bilden allerdings den realen Rahmen der erfundenen Handlung.

Peter und Katrin Hoffmann

DIE FISCHHÄNDLERIN

Ein Stralsund-Krimi

STRANDLÄUFER
VERLAG

Umwelthinweis:
Alle bedruckten Materialien dieses Taschenbuches sind chlorfrei und umweltschonend.

1. Auflage

Originalausgabe Juni 2010
by Strandläufer Verlag® Peter Hoffmann • Stralsund

Umschlaggestaltung: Irina Stein • Grafikagentur
Titelfoto: Peter Hoffmann • Stralsund
Autorenportrait: Gabriele Messlin • Bansin
Layout: Irina Stein • Grafikagentur
Druck: Hoffmann-Druck • Wolgast
Made in Germany
ISBN:978-3-941093-08-9
www.strandläufer-verlag.de

Und so saß er, eine Leiche,
Eines Morgens da,
Nach dem Fenster noch das bleiche
Stille Antlitz sah.

Friedrich Schiller, Ritter Toggenburg

Kapitel 1

»Der Frühling zündet die Kerzen an … in den grünen Kastanienkronen …« Marlene Düsterbehn ging dieses Lied nicht aus dem Kopf. Singe-Club »Roter Oktober«. Du meine Güte, das waren noch Zeiten gewesen. Gruselig eigentlich, Ewigkeiten war das her. »… und die Wiesen sind gelb von Löwenzahn … und rot von Anemonen.« Stufe für Stufe wuchtete sie ihre Last aufwärts. Sie wusste umzugehen mit dieser Art von Sackkarre. Geniale Konstruktion. Da hatte ihr Alter doch mal etwas Sinnvolles angeschafft. Nur hatte er nun nichts mehr davon. Tja, so spielte das Leben. Eben. Reim dich oder ich fress dich. Ganze Treppen konnte man mit dieser raffinierten Karre überwinden. Ziemlich mühelos. Wenn denn die Treppen exakt irgendwelchen DIN-Maßen entsprachen. Mit etwas Geschick und Übung war auch dieses alte, einstmals hochherrschaftliche Treppenhaus kein Problem. Trotzdem rann Marlene Düsterbehn der Schweiß in Strömen über Gesicht und Rücken. Der Frühling war mit Macht übers Land gekommen. Draußen stand nach dem Gewitterguss vom Abend die Feuchtigkeit in der Luft. Es tropfte von den Büschen und Bäumen, das Wasser sammelte sich in großen Pfützen. Hinter dicken Wolken schob sich ein prächtiger Vollmond hervor. Die rückwärtige Zufahrt war auf dem letzten Teil nach dem Plattenweg kaum passierbar gewesen. Marlene hatte mit dem klapprigen Lieferwagen mehrmals aufgesetzt, dass ihr angst und bange wurde, womöglich mit ihrer alten Rostlaube und der fatalen Fracht darin stecken zu bleiben.

Sie ruckte die Karre über die nächste Stufenkante. Das morsche Holz gab nach, die ganze Angelegenheit bekam das Rutschen. Marlene packte ordentlich zu. Wenn Marlene etwas konnte, dann war das zupacken. Das hatte sogar ihre Schwiegermutter anerkennen müssen, die alte Hexe. Eine Fischhändlerin musste zupacken können. Die Gurte sollten eigentlich halten, so wie sie die festgezurrt hatte. Geschickt verlagerte Marlene ihr Gewicht. Und sie hatte einiges davon zu verlagern. Vorsichtig lehnte sie sich hintenüber. Die ausgetretenen Stufen knarrten, herabgefallener Putz zerbröselte unter ihren schweren Gummistiefeln. Sie zog mit einem Ruck die Karre weiter nach oben. Holz krachte, aber sie war über die störrische Stufe hinweg. Kurzes Atemholen. »Am Abend tollt ein junger Wind, bläst in die Apfelblüten …« Sie war seltsam guter Dinge. Es war dieser Ort, es war schon immer dieser Ort gewesen. Das Schloss. Ihrer Mutter war es ja immer nur unheimlich. Aber darum hatte sie sich schon damals nicht gekümmert. Wer hörte schon auf seine Mutter? Weiter ging's. »… die schnein auf die, die mürrisch sind …« Und noch eine Stufe. »… und immer Trübsal brüten.«

Wie oft war sie diese Treppe schon hinaufgestiegen. Links und dann rechts um die Ecke: Dort hatte Thomas gewohnt. Thomas, den sie küsste, als sie sich heimlich von ihrer beider Jugendweihe-Feier unten im Anbau hier nach oben verdrückt hatten. Thomas schmeckte nach Sekt. Rotkäppchen-Sekt. Bei Rotkäppchen-Sekt musste Marlene seither immer an Thomas denken. Ein hübscher Junge. Was war wohl aus ihm geworden? Für Marlene blieb Thomas stets der Bursche von damals. Thomas und seine Mutter hatten für kurze Zeit, für ein paar Monate nur, ein Zimmer unter dem Dach des Herrenhauses bezogen, nachdem die alten Telschows aus Ostpreußen schließlich rausgestorben waren. Der alte Herr Telschow war wohl Mechaniker gewesen und richtete zuweilen noch die Traktoren von der LPG. Zum Schluss muss irgendetwas mit ihrem Sohn passiert sein. Man munkelte da so allerlei. Die alte Frau Telschow hatte ohnehin kaum je ein Wort gesprochen. Thomas war dann plötzlich auch wieder weg, zusammen mit seiner Mutter nach Magdeburg, wo sie einen Mann kennengelernt hatte. Dann zogen neue Bewohner in die Dachkammer ein. Marlene dachte an die behagliche Wärme, die der kleine Ofen in der Wandnische im Winter ausgestrahlt hatte. Inzwischen erinnerten nur noch eine rußige Öffnung am Schornstein sowie ein paar zerschlagene Kacheln an die Heimeligkeit damaliger Winterzeiten. Trotzdem: Menschen kamen und gingen. Aber Schloss Rantzow, ihr Schloss, das blieb.

Wie oft hatte sie sich schon als junges Ding in das Schloss hineingeträumt! Wie es wohl dort einst ausgesehen haben mochte? Wer hatte dort gelebt? Was mussten das für Menschen gewesen sein, die sich einen Festsaal, eine eigene Bibliothek, eine verglaste Loggia bauten? Wie musste es zugegangen sein in der großen Küche im Souterrain? Was hatte alles im Keller gelagert? Dienstbotenkämmerchen unter dem Dach, der Marstall an der Auffahrt, Pferde und Kutschen. Die Allee, der Park, die kleine Kapelle, die damals noch darin gestanden hatte. Heute wucherte gleich daneben auf dem winzigen Friedhof Unkraut über die schweren Grabplatten der Erbauer von Schloss Rantzow mit dero morschen Gebeinen darunter. Da halfen keine sporadischen Arbeitsbeschaffungsmaßnahmen. Binnen Jahresfrist eroberte sich die Natur ihr Terrain zurück. Da musste man dranbleiben, hatte ihr Vater immer gesagt, jeden Tag. Ja, ihr Vater, der hatte das Schloss im Griff gehabt. Hatte sich als »Mädchen für alles« um das Haus und den Park gekümmert, für all die Kleinigkeiten gesorgt, die eben jeden Tag so anfielen. Für das Große waren andere zuständig, das ging ihn nichts an, wie er immer gesagt hatte.

Gut, die Zeiten waren nicht danach gewesen, das Schloss so zu erhalten, wie es das verdient gehabt hätte. Aber es war immerhin bewohnt. Bewohnt von mehr Menschen als wohl zu seinen besten Zeiten. Und es gab keine Herrschaften mehr und keine Bediensteten. Alle waren nun gleich. Mehr oder weniger. Ihr Vater, das Faktotum, der von allen belächelt wurde, wenn er sich selbst als Hausmeister bezeichnete, obwohl er alle Aufgaben eines Hausmeisters trefflich erfüllte, fühlte sich in der Tat ein bisschen wie ein Schlossherr. Zumindest nahm er seine Verantwortung sehr ernst. Sein Improvisationstalent half, das Schloss am Leben zu erhalten, da war er schon längst Rentner. Ein bisschen schrullig, nun gut. Aber die LPG-Leitung wusste, was sie an ihm hatte und ließ ihn gewähren. Der Anbau auf der ehemaligen Terrasse zum Garten hin war nicht seine Idee gewesen. Irgendwo musste schließlich ein Platz geschaffen werden zum Feiern für die Dorfbevölkerung und die Angestellten der riesigen Rindermast-Anlage, die sich unmittelbar neben dem Schlossgelände angesiedelt hatte. Die kleine Bühne, die sie anstelle des Kirchleins errichten wollten, war allerdings niemals fertig geworden. Man musste heute noch aufpassen, nicht in die Senke zu fallen, die die Aushubstelle für das Fundament unter üppigen Brombeerbüschen immer noch bildete.

Als Kind hatte Marlene oft ihre Eltern bei der Gartenarbeit im Park begleitet. Mit den Fingerspitzen war sie die Inschriften auf dem rauen Stein der Grabplatten nachgefahren: »Hier ruhet in Ewigkeit sanft im Glauben an Gott der Graf Hubert Wilhelm Adalbert von Palitz, Erbherr auf Rantzow, 1822-1893.« Die zweite Inschrift erinnerte an seine Frau Henriette Sophie Ottilie von Palitz, geborene von Rumpendorff, 1856-1880. Die Gräfin von Palitz war so viel jünger als der Graf gewesen und so viel früher gestorben. Was mochte da nur vorgefallen sein? Marlene hatte sich immer wieder neue Geschichten zur damaligen Zeit ausgedacht. Henriette Sophie Ottilie wurde ihr dabei zu einer imaginären Freundin, mit der sie sich in das – in ihr – Schloss zu seiner Blütezeit fortträumte. Ihre Mutter schalt sie wegen solcher Flausen. Aber unter ihrem

Regiment wäre es undenkbar gewesen, die Gräber derart verwildern zu lassen. Ob die mächtigen Platanen, die diesen Teil des Parkes beschatteten, bereits damals hier gestanden hatten?

Jugendweihe, Schulabschluss, 18. Geburtstag, die Hochzeit, immer wieder Feste. Stets war Schloss Rantzow die Kulisse für die Höhepunkte ihres Lebens gewesen. Mit etwas Fantasie und besonders abends sah man damals den Verfall noch nicht so deutlich. Hier in diesem vornehmen Rahmen fühlte sie sich schön, hier gehörte sie eigentlich hin. Da hatten sie auch ihre Eltern und später ihr Mann nicht wirklich gestört. Sie hatte sie einfach ausgeblendet. Und Kurt Düsterbehn war ohnehin zumeist bald derart betrunken gewesen, dass er nichts mehr mitbekam. Für Mutter Düsterbehn war selbst Rantzow eh nie fein genug gewesen. Die vielen Menschen unter dem Dach des Schlosses, die kleinen Häuschen für die Neubauern drum herum, überhaupt dieses ganze Landleben. Nein, das passte ihr nicht. Einmal waren die alten Düsterbehns zum Antrittsbesuch rausgefahren und dann nie wieder. Mutter Düsterbehn hatte wegen des Stallgeruchs vor Naserümpfen kaum atmen können. Und das von einer Fischhändlerin … Nicht mal zur Hochzeit war ihre Schwiegermutter nach Rantzow gekommen. Hatte mal wieder mit ihrem ach so schlimmen Rücken in der Frankenstraße das Bett hüten müssen. Nicht, dass sie einer tatsächlich vermisst hätte, die alte Hexe.

»Die Kerle, die kein Frühling weckt, die sollte der Teufel holen …« Marlene war mit ihrer Fracht auf dem oberen Treppenabsatz angelangt. All diese Dinge waren ihr bei der Plackerei durch den Kopf gegangen. Sie wischte sich den Schweiß von der Stirn und dachte mit Sehnsucht an eine ausgiebige Dusche. Und überhaupt, dieses Lied, sie bekam es nicht aus ihrem Kopf, das würde jetzt die ganze Nacht so weitergehen. Von wem war das bloß? … Richtig, von Louis Fürnberg. Den kannte heute auch keiner mehr. Schon lange tot. Wo hatte sie den nur wieder hergekramt? Die Partei, die Partei, die hat immer recht. Schisschen. Was man nicht alles im Kopf hatte, unglaublich. Wozu brauchte man das?

Konnte man so was nicht einfach vergessen? »Und weckt diese Kerle kein Blütengeflock, wird sie auch der Sommer nicht lohnen …« Schönes Lied. Die Kastanienblüten am Knieperdamm hatten sie drauf gebracht. Die brachten sie jedes Jahr darauf. Blühten die Kastanien am Knieperdamm, dann war richtig Frühling in der Stadt.

Schnaufend und schwitzend bugsierte Marlene Düsterbehn das in dicke Plastikfolie gewickelte Bündel in die verfallene Pracht des großen Saales im ersten Obergeschoss. Ihr Stimmungshoch konnte nicht länger darüber hinwegtäuschen, dass sie körperlich am Ende war. Der Raum war nur noch ein Schatten seiner selbst, aber er hatte Atmosphäre. Seiner eigentümlichen Vornehmheit hatten die Zeitläufe wenig anhaben können. Marlene wusste, hier war sie richtig. »… und rauscht es in unserem Bienenstock, so enden sie wie die Drohnen.« Mit einem Ruck stellte sie die Karre neben der Flügeltür ab, arretierte den Feststellhebel. Ja, das war die einzig angemessene Stelle, das hatte sie gleich vor ihrem geistigen Auge gesehen, kein Zweifel. An der Wand lag ein Stück Teppichboden. Marlene rollte ihn mit den Stiefeln aus. Perfekt! Sie löste die Gurte, ließ das Plastikbündel vorsichtig auf den staubigen Boden rutschen und schleifte es das Stückchen an die Wand, richtete es unter einigem Kraftaufwand zur Hälfte auf und lehnte es dagegen. Die Geräusche, die das Bündel dabei von sich gab, waren nicht schön. Manches brauchte zum Auftauen eben etwas länger. Mit schmerzendem Rücken kam Marlene hoch. Beinahe wäre ihr schwarz vor Augen geworden, aber sie fing sich wieder. Aus ihrer Schürzentasche angelte sie den Cutter. Gar nicht so einfach mit den Gummihandschuhen. Das man auch immer so schwitzen musste in den Dingern. Sorgsam begann sie, die Folie aufzuschneiden, die Klebebänder zu durchtrennen. Nun kam der künstlerische Teil, die Kür sozusagen. Was hatte sie nicht unten im Anbau für schöne Feste dekoriert! All die Lampions, die Girlanden … Für ihre Feste hatten sie alle geliebt. Fasching. Sie stets als fesche Lola. Mit Zylinder und Zigarettenspitze. Alles eine Frage von Stil und Niveau.

Marlene war mit ihrem Werk zufrieden. Erstaunlich, was so ein paar Äußerlichkeiten doch bewirken konnten. Sie zupfte die rosa Krawatte noch ein bisschen zurecht. Mühsam richtete sie sich auf. Jetzt bloß keinen Hexenschuss! Geschmack musste man haben. Geschmack hatte man. Oder eben nicht. Geschmack ist eine Gabe, Geschmack kann man nicht lernen. Hatte schon ihre Chefin gesagt, damals im HO-Kaufhaus am Ring in der Tribseer Vorstadt in Stralsund. In der Stadt! Und die Chefin war eine richtig schicke Frau gewesen. Und dann ist sie unter den Zug gekommen. Wie konnte man nur um Himmels willen unter einen Zug kommen? War das dumm? Hatte damals die ganze Stadt drüber gesprochen. Marlene raffte mit einem vernehmlichen Seufzer die Folie zusammen, hielt nochmals kurz inne und sah sich um. Im Mondschein fiel ihr Blick auf einen zerrupften Reisigbesen, der in der Saalecke lehnte. Gut, musste sie nicht extra noch mal runter zum Wagen. Sorgfältig beseitigte sie alle Fußspuren. Schritt für Schritt machte sie sich auf den Rückzug. Auf der Treppe überkam sie heftiger Schwindel. Nach kurzer Pause und einem vorsichtigen Zug aus der eisernen Reserve ging es weiter. Sie lud die Sachen in den Wagen. Wohin nun mit dem Besen? Sie schleppte sich weiter bis zum Haus ihrer Mutter. Das Gartentor stand offen. Marlene lehnte das olle Ding an den maroden Zaun. Mondbeschienene Totenstille um sie herum. Als ob sie der einzige Mensch auf der Welt wäre.

Erleichtert ließ sie den Motor ihres Lieferwagens an. Ein kurzer Moment des Bangens, aber angesprungen war er noch immer. Obwohl, die Batterie war auch schon wieder einige Jahre alt. Marlene Düsterbehn sang gegen das vernehmliche Nageln und Brummen des Motors an: »Der Frühling zündet die Kerzen an … in den grünen Kastanienkronen …« Der Wagen rumpelte über den Plattenweg Richtung Stralsund. Ihr ging es richtig gut. Sie hatte zwar noch einiges zu tun, aber das würde ihr in dieser Stimmung leicht von der Hand gehen. Wozu so ein ausgedienter Fischhandel nicht alles gut war! Dann duschen und zu Bett. Das hatte sie sich verdient. Als sie vor ihrem Hoftor in der menschenleeren Frankenstraße ankam, regnete es bereits wieder heftig. Bevor sie den mühsamen Aufstieg nach oben in ihre Wohnung anging, genehmigte Marlene sich eine Stärkung. Rotkäppchen-Sekt. Schmeckt wie Küsse von Thomas.

Norbert Riedel saß und guckte. Ihm war seltsam verschwommen. Als hätte er so tief und lange geschlafen, wie schon seit Ewigkeiten nicht. Er fühlte sich regelrecht zerschlagen. Er war mürrisch, übellaunig geradezu. Sein Hals fühlte sich an wie zugeschnürt. Was hatte er nur wieder für krudes Zeug geträumt. Er versuchte, sich an die Träume dieser scheinbar endlosen Nacht zu erinnern. Es gelang ihm nicht wirklich. Da waren nur Dunkelheit und ein Rest von Beklemmung. Gott sei Dank wurde es bereits hell. Ihm schien, als ob sich die Wirklichkeit aus Schichten von Nebel wieder herausschälte. War da nicht eben noch jemand gewesen? Wohl nicht, ihm war nur so. Kopfschmerzen, ganz üble Kopfschmerzen machten sich in seinem Schädel breit. Musste er gestern Abend anscheinend heftig über die Stränge geschlagen haben. Warum nur konnte er sich daran nicht erinnern? Das Letzte, von dem er noch wusste, war Marlene Düsterbehn, die fette Fisch-Vettel. Der hatte er aber ordentlich Feuer unterm Hintern gemacht. War auch mal wieder nötig gewesen. Zuckerbrot und Peitsche. Die sollte ihm noch mal dumm kommen …

Von draußen drang das frühmorgendliche Vogelkonzert herein. Norbert Riedel überlegte. Hatte er in der Wohnung irgendwo ein Fenster offen gelassen? Das furiose Gezwitscher vertrug sich gar nicht mit seinen Kopfschmerzen. Nanu, da stand ja eine Flügeltür sperrangelweit offen! Da war es doch kein Wunder, dass ihm fröstelte. Ihm war kalt und er hatte Kopfschmerzen. Außerdem stand die Tür nicht offen, sondern fehlte schlichtweg. Wer erlaubte sich hier solch einen üblen Scherz mit ihm? Er blickte auf einen Garten hinaus. Jedenfalls musste da unten ein Garten sein. Norbert Riedel registrierte nur schwarzgraue Dachpappe und dahinter das Geäst eines mächtigen

Tulpenbaumes mit den Resten vertrockneter Blüten zwischen dem neuen Grün. War er noch mal wieder weggedruselt? Was war das für ein eigenartiger Traum?

Staubiger Holzfußboden, Glassplitter. Ganz hinten in der Ecke ein Haufen zerschlagener Fliesen. Von der Wand gerissene Tapete. Was stand da in großen Buchstaben? BUSHIDO? Was zum Kuckuck war ein BUSHIDO? Norbert Riedel wurde das Ganze immer rätselhafter. Er versuchte sich zu regen. Es gelang ihm nicht, auch nur den kleinen Finger zu heben. Ein Anflug von Panik stieg in ihm auf. Das war einer dieser Träume, aus denen man sofort und auf der Stelle aufwachen möchte. Weglaufen wollen und nicht von der Stelle kommen, unter Wasser unter einer dicken Eisschicht gefangen sein … Wenn doch nur dieser Kopfschmerz nicht wäre … Da. Da war doch jemand, er hatte sich nicht getäuscht. Norbert kannte die junge Frau in dem weißen Kleid nicht. Mit wem sprach sie da auf dem Korridor? Sie wandte sich ab und betrat den Saal auf der durch den Staub etlicher Jahre gefegten Chaussee, die direkt zu ihm führte. Er wollte sich erheben. Es hatte keinen Zweck. Verdammt. Die junge Frau schritt durch den Raum. Jetzt blieb sie stehen, blickte versonnen aus der offenen Tür in den Garten. Sie bemerkte ihn gar nicht. War er denn unsichtbar, war er aus Luft? Unverschämtheit. Wenn sie weiter ihr weißes Kleid so durch den Schmutz streifte, würde sie es noch ganz ruinieren. Norbert Riedel wollte etwas sagen. Es gelang ihm nicht. Sie sah ihn einfach nicht! Wenn er es recht überlegte, hatte man ihn noch nie gesehen. Man bemerkte ihn einfach nicht, das hatte schon auf der Schule angefangen. Vielleicht, weil er schon immer ein wenig kleiner war als die anderen? Nicht viel, wirklich nicht, man merkte es kaum. Aber es hatte gereicht, dass ihn niemand in seiner Mannschaft haben mochte. Und heute? Da konnte er für den Handballverein spenden, was er wollte. Man bedankte sich artig, gewiss. Aber merkte sich auch nur irgendeiner sein Gesicht auf dem Foto in der Vereinszeitung? Nein. Handball in Stralsund, auch so ein Thema. Überhaupt: Handball! Wer interessierte sich schon für Handball? Fußball, in Ordnung. Aber Handball!? Kannte er außer dem Stralsunder Dingsda irgendeinen anderen Handballverein? Nein. Also. Er hatte sich beim Handball in der

Schule einmal schlimm den Mittelfinger verstaucht. Was hatte er mit Handball am Hut? Nichts. Mannschaftssport hatte er gehasst, eigentlich hatte er Sport überhaupt gehasst. Sein Name war Programm: Norbert Riedel – das vergaßen alle auf der Stelle wieder. Ein Versicherungsmensch, den jeder übersah und dessen Namen sich keiner merken konnte. Nun liefen irgendwo irgendwelche Handball-Knirpse durch die Gegend mit Trikots, wo vorne draufstand: »Versicherungsagentur Norbert Riedel – Ihr Partner in Stralsund«. Hatte ein Heidengeld gekostet und würde jeder beim Lesen bereits wieder vergessen. Hätte er vielleicht doch mit einem neuen Namen ein neues Leben anfangen sollen? Seine erste Ex hatte Hühnemörder geheißen. Anders, aber nicht besser. Die zweite war eine geborene Stockfisch. Da hatte er lieber den Namen behalten und stattdessen das Haus und ihr Erspartes genommen. Nicht, dass ihm etwas an den beiden gelegen hätte. Er vermisste sie nicht, konnte sich kaum an gemeinsame Zeiten erinnern. Davon ab: Die Namen konnte man beim Wort nehmen. Wenn man so hieß, färbte das auch ab, keine Frage. Es kränkte ihn, dass sie bereitwillig alles mitgegangen waren, nur um ihn wieder loszuwerden. War er denn so unangenehm? Beachtete man ihn deshalb nicht, weil er so unangenehm war? Die weiße Gestalt raffte ihr Musselin-Kleid, schlug ein in bordeauxfarbenes Leder gebundenes Büchlein auf, das sie auf dem nächsten Fensterbord gefunden hatte. Der Goldschnitt glänzte in der Morgensonne. Sie las:

Lob des Frühlings

Saatengrün, Veilchenduft,
Lerchenwirbel, Amselschlag,
Sonnenregen, linde Luft!

Wenn ich solche Worte singe,
braucht es dann noch große Dinge,
Dich zu preisen, Frühlingstag!

Was sollte das denn jetzt? Norbert Riedel meinte, beim Einnicken versehentlich den Fernseher auf arte geschaltet zu haben. Die junge Frau klappte den schmalen Band wieder zu und schritt die

Fensterfront entlang zur gegenüberliegenden Seite des Saales. Eine Gestalt von nachgerade unirdisch kühler Schönheit. Sie hatte so einen vornehmen Zug. Hoffentlich verfing sich ihr Kleid nicht in den spitzen Enden des aufgebrochenen Parketts. Sie betrat einen Nebenraum, setzte sich auf die Fensterbank und blickte aus einem Erkerfenster nach unten. Ihre Blicke galten einem anderen, bestimmt nicht ihm. Was hatte das alles zu bedeuten? Nun war die weiße Frau plötzlich verschwunden! Wo war sie geblieben? Sie konnte sich doch nicht in Luft aufgelöst haben!

Der Himmel verfinsterte sich, ein plötzlicher Windstoß schlug in einem der Nebenräume ein geöffnetes Fenster gegen die Wand. Glas klirrte. Ein unangenehmer Geruch nach Landwirtschaft und Kühen wehte Norbert an. Es wurde immer verrückter. Er wollte aufwachen. Er schwitzte und fror gleichzeitig. Hatte er Fieber? Er brauchte dringend eine Paracetamol, um die Temperatur wenigstens vorübergehend runterzubekommen. Er musste zu einem Arzt, der ihn aus diesem Fieberdelir befreite! Diese rasenden Kopfschmerzen waren kein gutes Zeichen … Da, da bewegte sich wieder etwas. Eine blasse Frau mit einem klappernden Eimer aus Emaille in der Linken und einem Feudel in der Rechten schlurfte mit hängenden Schultern in den Raum. Graues Kopftuch zum derben grauen Kleid. Endlich kam jemand zum Saubermachen. Wurde auch höchste Zeit. Die Frau erwartete augenscheinlich ein Kind. Der Bauch stand spitz von ihrem mageren Körper ab. Sie begann zu wischen, kniete zwischendurch auf dem Boden, um hartnäckige Flecken wegzubürsten. Immer wieder richtete sie sich mit schmerzendem Rücken und säuerlicher Miene auf. So viel sie auch wischte, bürstete und schrubbte, Norbert konnte keinerlei Erfolg ihrer Bemühungen erkennen. Was machte sie da nur? Da bemerkte er, dass die Frau weinte, sich beim Schrubben und Scheuern immer wieder die Tränen abwischte. Er wollte auch sie ansprechen, es ging nicht. Keinen einzigen Ton brachte er hervor. Tränen rannen ihr über die knochigen Wangen, verzweifelt schaute sie auf. Was hatte sie nur? Warum kam niemand und half ihr? Jetzt, jetzt hatte sie sich wieder gefangen. Mit ihren mageren, geröteten Fingern griff sie abermals zum Tuch in der Tasche ihrer grauen Schürze. Mühsam stand sie auf und trocknete ihre Tränen. Mit einem ersten ungeschickten Schritt stieß sie den Eimer um, so dass sich mit lautem Scheppern das Wasser in einer großen Lache über das Parkett ergoss. Plötzlich lief sie los und eilte an Norbert vorbei durch die offene Tür nach draußen. Norbert wusste nicht, was das nun wieder zu bedeuten hatte. Zack! Weg war auch die graue Frau! Kaum war sie aus der Tür heraus. Sie war doch nicht womöglich durch das flache Dach da draußen gebrochen? Es gelang ihm abermals nicht, sich zu regen. Hatte ihm jemand – die Düsterbehn, das Biest, vielleicht? – heimlich K.-o.-Tropfen verabreicht? Wie hatte sie ihm das einhelfen können? Die Dachpappe vor der Tür war jedenfalls unversehrt. Gott sei Dank. Norbert schaute in den Saal. Der Eimer war ebenfalls verschwunden. Mitsamt Feudel, Bürste und Wasserlache. Das war ja verrückt! Diesen Traum würde er nach dem Aufwachen niemals wieder auf die Reihe bekommen.

Norbert lief die Nase. Und er war nicht in der Lage, sich dieselbe zu putzen. Oder sich den Schweiß abzuwischen. Das machte ihn so wütend, dass er sogar den Kopfschmerz für eine Weile vergaß. Sein Hosenbund kniff. Was hatte er gestern nur wieder gegessen, was er nicht vertrug? Elende Laktose-Intoleranz. Nun hatte er doch tatsächlich das Gefühl, auch noch zu sabbern. Das wurde ihm aber allmählich doch zu bunt. Und überhaupt: Was roch hier so müffelig? Etwas zwickte an seinem rechten Auge. Er versuchte zu blinzeln. Was starrte ihn dieser milchgesichtige Bengel so an? Es war zur Abwechslung ja mal etwas anderes, Beachtung zu finden, aber musste ihn diese Rotznase in seinem dunkelblauen Matrosenanzug derart frech anstarren? Norbert hatte schon früher öfter »in Farbe« geträumt und sich zuweilen gefragt, ob das wohl alle Menschen können. Er hatte sich aber nie getraut, jemand anderen danach zu fragen. Schon gar nicht seine beiden Ex-Frauen. Wäre ihm nie und nimmer in den Sinn gekommen, sich nach den Träumen einer Heidrun Hühnemörder oder einer Brigitte Stockfisch zu erkundigen. Kinder hatten keine Manieren. Kinder waren unberechenbar. Er hatte Kinder noch nie ausstehen können. Kleine fremdartige Biester allesamt, mit denen er nichts anzufangen wusste. Da stand dieser Junge in seinem Faschingskostüm von Matrosenanzug einfach da und starrte ihn an! Was gab es denn bei ihm zu sehen? Der machte ihn noch ganz nervös. Weg, weg mit dir! Doch der Junge ging nicht weg. Im Gegenteil, er kam noch näher heran, beugte sich interessiert zu Norbert Riedel hinunter und besah sich ihn neugierig. BUH! Norbert wollte ihn gehörig erschrecken, aber: Es ging nicht! Kein Laut kam über seine Lippen. Verflixt. Der Junge nahm seinen großen runden Strohhut vom Kopf, ganz nah war er nun. Ein Luftzug frostiger Kühle flog Norbert an und flatterte um seine Schläfen. Das Zwicken an seinem rechten Auge hörte kurz auf, als der Bursche ihm ins Gesicht blies. Frechheit! Der Junge, der diese Kälte verbreitete, schien selbst nicht zu frieren. Norbert Riedel bemerkte dabei, dass ihm ebenfalls nicht mehr ganz so kalt war wie noch vor einer Weile. Vor was für einer Weile eigentlich? Er musste wohl weiterhin Fieber haben. Zumindest ordentlich Temperatur, so meschugge, wie ihm immer noch war. Von der offenen Tür her drang die feuchte Wärme eines schwülwarmen Frühlingstages herein. Der Junge im Matrosenanzug rief aufgeregt etwas nach hinten. Ein Mädchen im weißen Kleidchen kam hinzugelaufen. Seinen Ball trug es unter dem Arm. Der war rot und hatte weiße Punkte. Der Junge zeigte ihm etwas in Norberts Gesicht, woraufhin das Mädchen angewidert wegschaute. Ein weiterer kleiner Junge war aufgetaucht, ebenfalls im Matrosenanzug. Nach ihren frechen Gesichtern waren die drei eindeutig Geschwister. Weg, weg! Ab jetzt, lasst mich in Ruhe! Was gab es da zu gucken? Die drei blassen Gören reckten auf einen Zuruf vom Korridor her die Köpfe, rannten wie auf Kommando los. Norbert Riedel wehte wieder dieser gruselige kühle Windhauch an. Im Rauslaufen drehte sich der ältere Bengel nochmals um und schnitt ihm eine Grimasse. Na wartet! Norbert kam nicht von der Stelle. Ihm war sterbensmüde, er hatte Kopfschmerzen und da war dieses elende Zwicken im Auge wieder … Die Gören tobten noch eine ganze Weile auf dem Gängen im Haus herum. War das denn hier ein Spielplatz? Das Mädchen tauchte immer mal wieder an einer Saaltür auf und sah mit dem vernehmlichen Schaudern des schönen Grauens zu ihm herüber. Konnte nicht mal jemand für ihn die Türen zumachen, dass er seine Ruhe hatte?

Er musste eingenickt sein. Draußen war es bereits wieder

dunkel. Die grässlichen Kinder waren jedenfalls verschwunden. Norbert lauschte: Stille rundherum im ganzen Haus. Gut. Nicht einmal mehr die Vögel zwitscherten, es musste also schon Nacht sein. Eine dumpfe, klebrige Schwüle umgab ihn. Was war das für ein Licht? Wo kam das nun wieder her? Wenn er doch bloß den Hosenknopf aufbekäme, seine Sachen spannten ganz schön. Nun war ihm warm, das Wasser lief ihm am Körper herunter, die Haut spannte. Sie hatten einen Tisch in den Saal getragen. Der stand an den großen Fenstern zum Garten hin. Darauf brannte eine altertümliche Schreibtischlampe. So eine mit einem Schirm aus grünem Glas. Chic. Die hatten sie auch immer mal wieder in Katalogen. So wie in Hollywood, wenn es um Wall Street und so ging. Da Norbert auf dem Fußboden saß, blendete ihn die Glühbirne unter dem Schirm hinweg. Es dauerte eine Weile, bis er sich an das grelle Licht gewöhnt hatte. Vor seinen Augen tanzten schwarze Punkte. Er erkannte, dass ein älterer Mann von kräftiger Statur an dem Tisch saß und über Bücher gebeugt immer wieder heftig an seiner Zigarre zog. Er trug einen altmodischen braunen Anzug mit Weste und goldener Uhrkette. Der Alte blätterte in den Büchern hin und her, raufte sich sporadisch die spärlichen weißen Haare. Seine verkniffenen Gesichtszüge erinnerten Norbert sofort an die frechen Gören von vorhin, die Familienähnlichkeit war unverkennbar. Nervös zog der Mann alle Augenblicke seine goldene Taschenuhr hervor. Fahrig wühlte er in den Papieren. Der kalte Zigarrenqualm zog in dicken Schwaden durch den Raum. Der Alte holte unter dem Tisch eine Flasche Schnaps hervor und setzte sie an. Einfach so und ganz ohne Glas. Norbert hatte noch fragen wollen, ob er behilflich sein könne: Das waren eindeutig Geschäftsbücher. Und Geschäftsbücher waren schließlich sein Metier. Papier war geduldig und für jedes Problem gab es eine Lösung. Das hatte er bislang noch allen Kunden so verkaufen können. Aber wenn Schnaps ins Spiel kam, wurde Norbert Riedel vorsichtig, das gab dann bald Probleme. Das war so sicher wie das Amen in der Kirche. Die Erfahrung hatte er gemacht. Und aus Erfahrung wurde man klug. Er hielt sich also besser raus, helfen konnte man da eh nicht. Die olle Düsterbehn war auch so ein Fall. Die Berge von Weinbrandbohnen, die sie ständig vertilgte, mochten ja noch eine harmlose Marotte gewesen sein, aber inzwischen half die auch mit einem Fläschchen unter dem Tresen ihrer Fischtheke nach, da konnte er wetten. Ganz sicher. Sektchen hier, Sektchen da. Und dabei wurde die immer tüdeliger und unzuverlässiger. Außerdem redete sie in letzter Zeit zu viel und zu viel dummes Zeug. Da musste er unbedingt aufpassen, das ging nicht mehr lange gut.

Der Alte hatte derweil seine Flasche Schnaps bereits mit wenigen heftigen Zügen gut zur Hälfte geleert. Mit blöden Augen stierte er auf all die Bücher und Papiere, die sich auf dem Tisch türmten. Mit einer einzigen ausladenden Armbewegung wischte er sie von der Platte, so dass sie in alle Richtungen davonflogen. Mit einem Ruck zog er die Schreibtischschublade auf, entnahm ihr eine Pistole und legte sie in einer raschen Bewegung an seine Schläfe. Norbert Riedel wollte eingreifen, den Arm heben, laut rufen … Nein, seine Hand lag weiterhin reglos in seinem Schoß, und er blieb stumm. Norbert hatte den Knall erwartet. Das war kein Theater, der Alte hatte sich tatsächlich in den Kopf geschossen! Blut rann über die Schreibtischkante auf das schöne Fischgrätparkett …

Am nächsten Morgen wurde Norbert Riedel durch die drei Kinder und das kalte Lüftchen, das sie beim Toben hinter sich herzogen, geweckt. Sie hatten sich vor ihm aufgebaut. »Froschgesicht, Froschgesicht …« Sagte der ältere Junge doch tatsächlich »Froschgesicht« zu ihm und äffte vorlaut nach: »Quak! Quak!« Unerhört. Wer erzog diese freche Bande? Besonders hübsch war er schon als Junge nicht gewesen, zugegeben. Aber »Froschgesicht« hatte noch nie jemand zu Norbert gesagt. Musste er sich hier denn alles bieten lassen? Nun war ihm auch noch die Brille von der Nase gerutscht. Brigittes dauerndes Lamento, er solle sich doch öfter die Haare waschen und die Hemden wechseln, Heidruns Nörgelei wegen dem Rauchen. Hatte er sich das gefallen lassen? Nein. Und mit diesen Gören würde er auch noch fertig werden! Mein Gott, fiel es ihm siedend heiß ein, wenn die Kinder gleich den Alten in seiner Blutlache entdecken, bekommen die einen Schock fürs Leben! Er linste um die drei herum. Glücklicherweise waren seine Sorgen unbegründet, hatte man doch anscheinend in der Zwischenzeit sorgfältig aufgeräumt, die Leiche abtransportiert, den Schreibtisch rausgetragen, das Blut aufgewischt. Von dem nächtlichen Drama war keine Spur mehr zu sehen. Norbert Riedel wunderte inzwischen nichts mehr: Wo der Alte sich erschossen hatte, standen nun Feldbetten aufgereiht! Der ganze Saal stand voll davon. Unter grauen Decken lugten hier und dort Köpfe und Gliedmaßen hervor, die blutdurchtränkten Verbände sahen schrecklich aus. Ein einziges Wimmern und Stöhnen erfüllte den Raum. Und dazu dieser Geruch! Diese Uniformen … Stalingrad. War er hier in Stalingrad gelandet? Er brauchte einen Therapeuten. Und dabei hatte er stets über Leute gelacht, die erzählten, sie gingen zum Therapeuten … Er erinnerte sich an diese Mandantin in der Fährstraße. Die hatte in ihrer Wohnung im vierten Stock ein »Therapeutisches Zentrum« eröffnet, was an sich schon ein großes Wagnis sei, immerhin wäre in der Fährstraße der Freiherr von Schill gewaltsam zu Tode gekommen und sein Kopf sei ja bis auf den heutigen Tag von seinem übrigen Körper getrennt, wobei bereits ein einfacher gewaltsamer Tod Ursache genug für die Phasenverschiebung eines Ortes sei. Wofür? Norbert hatte den Anschluss verloren. Phasenverschiebung, aha. Seine Mandantin missdeutete den fragenden Blick und beruhigte ihn, sie habe die Situation in der Fährstraße durch verschiedene Maßnahmen »geklärt«. Mehr wollte Norbert nicht wissen und nickte nur möglichst neutral. Völlig durchgeistigt und bar jeden Selbstzweifels, die Gute. Solche Klientel holte man sich mit den Kleinanzeigen in den Anzeigenblättern an den Hals. Blauäugig bis dorthinaus. Bei der war alles, aber auch wirklich alles bunt durcheinandergegangen, die kannte keine Hemmungen. Da hatten bestimmt selbst hartgesottene Finanzbeamte noch Augen gemacht, wenn die mitbekamen, was die alles konnte und wofür Leute Geld ausgaben: ganzheitliche Geistheilung, Besprechen und Handauflegen. Philosophie und Psychologie. Wissenschaft und Mythologie. Esoterik und Geopathologie, was immer das auch sein mochte. Wünschelrutengehen und »Astraltherapie«. Hellsicht auf höchstem Niveau. Bei einer Kanne widerlichem Kräutertee hatte sie ihm erklärt, bei ihr könnten die Menschen lernen, »verrückt zu sein«. Das glaubte er gerne. Gut, hier im Osten spielten die Kirchen ja nicht so die Rolle. Andere ließen sich tätowieren oder piercen oder gingen ins Solarium, was das Zeug hielt. Das verrückte Huhn wollte ihre Klienten auf allerlei Wegen dazu bringen, »ganz sie selbst« zu sein. War das überhaupt wünschenswert, wenn alle als »ganz sie selbst« auf die Menschheit losgelassen wurden? Er, Norbert Riedel, hatte eigentlich keine direkte Vorstellung davon, wie er noch mehr als bisher schon »ganz er selbst« sein könnte. War das nun ein Problem? Das kam sicher auf die Perspektive an. Die Einladung zum Lach-Seminar am nächsten Wochenende hatte er noch im Hausflur in einen der Briefkästen entsorgt. Er konnte es sich auch beim besten Willen nicht vorstellen, sich auf Kommando »gesund und glücklich zu lachen«. Lachmeditation! Nein, nein. Brigitte Stockfisch wäre begeistert gewesen, davon mal abgesehen. Seine Ex war von allem gleich begeistert. Aber warum er eigentlich drauf kam: Diese weise Frau aus der Fährstraße, als die sie sich mit vollkommenem Ernst selbst bezeichnete, hatte in ihrem Repertoire, soweit er sich erinnern konnte, auch etwas, das hatte sie »Traumarbeit« genannt. Und ihm was von den Aborigines, den australischen Ureinwohnern, dazu erzählt, wobei er aber schon nicht mehr zugehört hatte. Es war schließlich gerade um die Kraftfahrzeug-Versicherung für den Uralt-VW-Bus der Dame gegangen und sein Laptop hatte mal wieder nicht so gewollt, wie er sollte. Stur lehnte das Ding es ab, »Geistheilerin« als Berufsbezeichnung zu akzeptieren, auf die es Versicherungsrabatt gab. Vielleicht konnte die nun aber doch behilflich sein, sofern einem jemand helfen konnte, der dazu aufrief, das Leben »als Spirale« zu begreifen. Andererseits, wenn er das hier um sich herum so betrachtete … Norbert musste diesen verrückten Traum unbedingt jemandem erzählen, der war ja geradezu beklemmend real. Dafür würde er sich auch noch mal in dieser Räucherstäbchen-Höhle auf so ein niedriges ledernes »Meditationskissen« hocken, das irgendwie nach Kamel müffelte und auf dem man ständig hin- und herkippelte. Und auch noch mal den widerlichen Kräutertee runterwürgen, wenn es denn sein musste. Diese Aussicht auf Hilfe beruhigte Norbert Riedel ein wenig. Das Stöhnen, das Wimmern und Jammern um ihn herum holte ihn wieder zurück. Die ganze wahrhaft unschöne Szene war noch da. Der feudale Saal mit seinen Stuckgirlanden an der

Decke war ein einziges Lazarett. Richtig übel ging es darin zu. Die Kinder hatten offenbar das Interesse an ihm verloren und tobten unbekümmert zwischen den Feldbetten davon, neuen Spielen entgegen.

Allmählich hatte Norbert Riedel diesen abstrusen Traum satt. Diese widerlichen Geschwister war er wohl fürs Erste wieder los. Stattdessen starrte ihn nun von der nächstgelegenen Pritsche ein Auge an. Ein einzelnes Auge unter einem monströsen, mit Blut und Eiter durchtränkten Kopfverband. Es war nicht zum Aushalten. Doch, da: Es blinzelte. Der Mensch, der dazu gehören musste, lebte also noch. Aber was starrte der ihn mit schreckgeweitetem Auge so penetrant an? Zusammengekrümmt unter einer doppelten Lage grauer Wolldecken kauerte dieser Mensch auf seiner Pritsche und musste in ihm etwas Furchtbares erblicken. Etwas, das ihn in panische Angst und Schrecken versetzte. Norbert sah an sich herunter. Er hatte mächtig zugelegt, in der Tat. Derart, dass seine Haut förmlich spannte. Keine Frage: Dagegen sollte er etwas unternehmen. Aber musste man ihn deswegen gleich so angucken? Was starrten die hier alle so? Das war nicht höflich, ganz und gar nicht. So was machte man nicht. Er würde sich schnellstens im Fitness-Studio anmelden. Albernes Rumgehampel, aber was sein musste, musste sein. Hatte man erst einmal bezahlt, ging man auch hin. Er wusste gar nicht, was seine Ex-Frauen immer gehabt hatten, Geiz war doch etwas sehr Sinnvolles.

Nun fing dieser Mensch auf seiner Pritsche auch noch an zu keuchen! Das war ja fürchterlich. Er wurde unruhig. Weinte, betete und starb. Das Auge starrte ihn immer noch unverwandt an. Nunmehr ohne Blinzeln. Norbert Riedel mochte es nicht mehr sehen. Wenn er doch nur aufwachen könnte! Er wünschte sich nichts so sehr, wie aufzuwachen und alles wäre vorbei, wäre gut, wäre so wie immer. Meinetwegen auch seine schäbige Wohnung und das piefige Büro, seine billigen Anzüge und der alte Audi. Polyester-Hemden hatte er noch nie schlimm gefunden.

Am Fenster standen wie aus dem Nichts zwei alte Leutchen. Jemand musste die Weltkriegs-Kulisse weggeräumt haben. Wie in einer Theateraufführung. Der Saal war wieder leer. Bis auf die Scherben und den Staub, der den Fußboden bedeckte. Die beiden

Alten fassten sich an den Händen und blickten sehnsüchtig auf den Garten hinaus. Das Mädchen im weißen Kleid spielte im Hintergrund mit seinem Ball. In der Abenddämmerung waren draußen nur noch die Umrisse mächtiger Parkbäume zu erkennen. Es regnete in dicken Tropfen, die auf das Teerpappendach vor der offenen Tür klatschten. Norbert meinte, eine leichte Abendkühle zu verspüren.

Von unten drang Gekicher zu ihnen hinauf, dann folgten Schritte im Treppenhaus. Die beiden alten Leute lösten sich vor Norbert Riedels Augen förmlich in Luft auf. Weiter hinten kam das Mädchen noch einmal kurz zurückgehuscht und schnappte seinen Ball. Dann war auch das Kind weg. Und ein paar Augenblicke später gellte ein Schrei durch das Schloss. Irgendwie wusste Norbert gleich, dass dieser Schrei wahrscheinlich ihm galt.

Kapitel 2

Er kam gern in das Schloss. Zum Knutschen. Mädchen mochten doch Romantik. Und wo sollte man in Rantzow schließlich sonst hin? Außerdem behaupteten manche ja, es spuke dort zuweilen. Die alte Frau Kleinschmidt vor allem, die erzählte jedem, der sich nicht rechtzeitig davonmachte, was sie da immer für Gespenster sieht. Sven hatte aber noch nie etwas in der Richtung bemerkt. Da gab es höchstens herabhängende Stromkabel oder zerrissene Gardinen, die sich durch leere Fensterkreuze blähten. Und er musste es schließlich wissen, kannte er doch den alten Kasten wie seine Westentasche. Bangemachen galt nicht. Seine Eltern bewohnten ein Häuschen auf dem Gelände des ehemaligen Schlossparks. Wo früher vielleicht große Bäume geprunkt hatten, standen heute Eigenheime mit kleinen Gärten hinter Jägerzaun und kündeten von ganz anderen Sehnsüchten. Den Weiher hatte man irgendwann zugeschüttet, eine provisorische rückwärtige Zufahrt zum Schloss angelegt. Die Zuwegung durch die Allee war immer noch Gegenstand von Rechtsstreitigkeiten, die keiner hier im Ort verstand. Die wechselnden Eigentümer waren weit weg, machten stets Versprechungen, die sie dann nicht hielten. Anschließend schoben sich die Möchtegern-Investoren und die Behörden wechselseitig die Schuld am Scheitern der Blütenträume zu. Inzwischen glaubte hier in Rantzow keiner mehr irgendetwas. Im Grunde hatten sie das Schloss aufgegeben. Zwar war bei dem ganzen Hin und Her zumindest das Dach gesichert worden, aber das verzögerte allenfalls den Verfall, der immer schneller fortschritt. Ein Golf-Hotel oder ein Wellness-Resort in unmittelbarer Nähe einer riesigen Rindermast-Anlage? Mit einem völlig zersiedelten Park? Aus dem Schloss würde nie wieder etwas werden, das war eigentlich allen klar.

Sven war mit dem leer stehenden Herrenhaus aufgewachsen. Er kannte es nur als Abenteuerspielplatz. Sie hatten sich immer wieder Zugang verschafft, da konnten die Besitzer es verrammeln lassen, wie sie wollten. Von Weitem war das Schloss so gut wie uneinsehbar, derart waren die Bäume und Büsche drum herum gewachsen und gewuchert. Nahezu zwanzig Jahre Leer- und Stillstand seit der Wende hatten das Rantzower Herrenhaus allmählich in ein Dornröschenschloss verwandelt. Das Mitte des 19. Jahrhunderts im Stil des Historismus errichtete Gebäude mit seinem eigenartigen hohen Eckturm in dem verwilderten Park passte trefflich in dieses Bild. Ein Dornröschenschloss allerdings, das sporadisch von Vandalen und betrunkenen Jugendlichen heimgesucht wurde. Bald schon hatte Sven selber zu den Älteren gehört, die die Kiddies aus dem Schloss scheuchten. Sie hatten es sich mit alten Polstermöbeln vom Sperrmüll im Anbau hinten auf der ehemaligen Terrasse gemütlich gemacht. Irgendwann hatte es dort dann gebrannt, die Freiwillige Feuerwehr aus dem Ort konnte ein Übergreifen der Flammen auf das Hauptgebäude gerade noch verhindern. Heute führte der versteckte Weg in das Gebäude durch diesen verkohlten Anbau. Der Haupteingang unterhalb des Turmes auf der Südseite des Parks war inzwischen wieder einmal mannshoch mit Brennnesseln und anderem Gestrüpp verstellt. Sven konnte sich noch an die zwei steinernen Löwen davor erinnern. Die waren dann mitsamt einem der zwischenzeitlichen Eigentümer verschwunden.

Janine gehörte zu der ängstlicheren Sorte Mädchen. Stadtkind aus dem Stralsunder Plattenbau. Da konnte sich Sven als Beschützer geben, er kannte sich schließlich hier im Schloss bestens aus. Janine nervte. Sie jammerte in einem fort über ihre neuen Schuhe, den Matsch, den Regen und überhaupt über die ganze doofe Idee. Das mit dem Knutschen würde vorerst nichts werden, das war Sven klar. Aber hätten sie noch bis zum Abendbrot zu Hause bei seinen Eltern hocken sollen? Morgen war Montag und morgen war wieder Berufsschule. Schlimm genug. Janine sah sich zwischen den geschwärzten Mauern des Anbaus um. Eigentlich betrachtete sie dabei mehr ihre nagelneuen strahlend weißen Stiefeletten, die mittlerweile alles andere als strahlend weiß waren. Und dabei hatte sie die Dinger noch nicht einmal imprägniert. Sven kickte beiläufig eine leere Schachtel Kondome unter die verkohlten Reste eines Wohnzimmersessels. Was hatte sie hier auf dem Lande denn erwartet? So was wie den Strela-Park? Mit Parfumerie, Boutique und Eis-Salon?

»Und nun?« Janine guckte ihn fragend an. »Was machen wir jetzt hier? …Toll, ganz toll. Die waren nagelneu … Was wolltest du mir hier in diesem alten Schuppen denn Besonderes zeigen?«

Sven fasste sie bei der Hand und zog sie zu sich heran. »Hier im Schloss soll es spuken …«

Janine verdrehte die Augen. »Spuken. Klar, mit Sicherheit. Mir sieht das hier eher aus wie die Wohnung von Oskar aus der Mülltonne …«

Sven verstand nicht recht. Wen oder was meinte sie? Welchen Oskar? »Nein, im Ernst, die alte Kleinschmidt von gegenüber, die macht hier noch immer viel herum im Park, hat damals auch die Feuerwehr gerufen, als es hier gebrannt hat. Ihr Alter ist früher mal Hausmeister vom Schloss gewesen, aber der lebt auch schon lange nicht mehr. Die haben sogar noch die letzten Herrschaften gekannt. Und sie hört gar nicht wieder auf zu erzählen, wenn man danach fragt. Sollte man also besser nicht tun.« Janine kaute gelangweilt an einer Haarsträhne. »Na jedenfalls: Seit sie im Schloss die ›weiße Frau‹ gesehen haben will, hat sie keinen Schritt mehr hier reingesetzt.«

»Was hat die denn gemacht, die ›weiße Frau‹?«, wollte Janine nun doch wissen.

»Eigentlich nix. Hat aus dem Erkerfenster vom Turm geschaut. Auf den alten Eingang, den ich dir vorhin gezeigt hab. Wo früher mal die Löwen gestanden haben.«

»Und weiter?«

»Nix weiter. Seitdem ist die Kleinschmidt noch komischer. Erzählt dummes Zeug, dass das Schloss ein schlimmer Ort wäre und so was. Steht oft stundenlang im Park und starrt hier herüber.«

»Krass.« Janine fand die Omi viel unheimlicher als diese alten Mauern mitsamt ihren angeblichen Spukgespenstern. Wenn sie daran dachte, dass die Alte ihnen von irgendwo da draußen hinter einem Baum her nachspionierte, wurde ihr ganz mulmig. »Aber bestimmt nicht bei so einem Regen, oder?«

Sven konnte sie beruhigen, sie seien mit Sicherheit ganz allein im Park und im Schloss. Was sollte hier schon jemand wollen? Und das bei dem Sauwetter. »Nun komm schon …«

Janine zögerte kurz, griff dann nach Svens Hand. Sie war doch immer die Coole, die nicht mal bei den schlimmsten Horror-DVDs wegguckte. War doch alles nur Film. Sven half ihr über die kurze hölzerne Rampe, die vom Anbau in das Innere des Schlossgebäudes führte. Im Dämmerlicht des Erdgeschosses fiel Sven auf, dass vor Kurzem hier jemand durchgefegt haben musste: In der Mitte des Ganges war das Muster der schwarz-weißen Bodenfliesen eindeutig besser zu erkennen als am Rand. Tat sich wieder einmal etwas im Schloss? Sven drehte sich unvermittelt um und kitzelte Janine, so dass sie doch kichern musste. Sie gelangten an das Treppenhaus, von oben drang Licht herunter. Das Geländer fehlte, insbesondere Janine hielt sich eng an der Wand, versuchte gleichzeitig, sich von dem Staub, den abblätternden Farbschichten und dem abgeplatzten Putz fernzuhalten. Was machte sie überhaupt hier? So toll war der Junge nun auch wieder nicht, so bei Tag besehen. Seine Eltern waren ja ganz nett, hatten sogar extra für sie zum Sonntagskaffee Kuchen gebacken. Aber Rantzow? Jacqueline hätte ihr heute bestimmt neue Strähnchen gemacht. Wofür hatte man schließlich Freundinnen? Jacqueline war arbeitslos und kannte sich aus mit Strähnchen. Stattdessen kraxelte sie hier durch ein schmutziges altes Haus und ruinierte sich ihre neuen Schuhe. Tolle Wurst! Vor ihr blieb Sven unvermutet stehen und legte den Zeigefinger an den Mund. Er horchte. Janine war ebenfalls mucksmäuschenstill. »BUH!« Janine erschrak und zuckte zusammen. Sven ließ sie stehen, nahm die oberen Treppenstufen im Laufschritt und war verschwunden. Stille. Dieser Schuft! Dem würde sie es zeigen! Vorsichtig tastete Janine sich aufwärts. Der Korridor des ersten Obergeschosses war erstaunlich weit und licht. Ein steter Luftzug kam von links, draußen war es nach dem Regen tüchtig abgekühlt. Da vorne musste die große Treppe sein, die vom Haupteingang hierherauf führte. Oben an den Seitenwänden waren in kleinen Nischen irgendwelche weiß getünchten Figuren mit Blumenkränzen auf den Köpfen angebracht. Inzwischen grau von Zeit, Staub und Spinnenweben. Wo hatte der Kerl sich nur versteckt?

Zu beiden Seiten des Korridors gingen Räume ab. Sven war am Treppenabsatz nach rechts verschwunden. Janine entschloss sich, es mit dem nächstbesten Durchgang zu versuchen. Sie würde sich nicht ins Bockshorn jagen lassen, mochte der Kerl lauern, wo er wollte. Sie gelangte rechts in einen richtigen Saal. Holzvertäfelungen an den Wänden, darüber ein paar zerbrochene Spiegel, an der Decke Stuck mit einer prächtigen Rosette mittendrin. Die Tür sowie einige Fenster zum Park hin standen offen. In den Fenstern fehlten die Scheiben. Wo kam nur plötzlich dieser Gestank her? Janine bemerkte rechts unten ein Stück beigen Teppichboden. Darauf saß ... etwas Fürchterliches. Norbert Riedel. So etwas Scheußliches hatte sie noch nie gesehen. Sie hörte sich schreien. Dann kam auch schon Sven herbeigestürzt und blieb wie angewurzelt neben ihr stehen. »Ach du heilige Scheiße ...«

Bastian Schmidt klappte den Prospekt in der Mitte auf, hielt ihn sich an die Nase und sog den Geruch der Druckfarben ein. Herrlich! Bastian liebte den Duft von Motorrad-Prospekten, die frisch vom Händler kamen. Da kam nur noch der Gummigeruch von Fahrradreifen mit. Es gab da dieses Regal im Supermarkt draußen in Andershof, an dem kam er nicht vorbei. Direkt neben dem Autozubehör. Schon auf dem Gang duftete es verführerisch nach Gummi. Die Fahrradreifen hingen appetitlich aufgereiht nebeneinander und verströmten diesen warmen Gummiduft, wie ihn nur fabrikneue Ware hatte. Bastian konnte nie widerstehen, er musste einfach bei jedem Wocheneinkauf einmal an den Reifen schnuppern. Videoüberwachung hin, Videoüberwachung her. Sollten die Leute doch gucken, wie sie wollten. Das war ein freies Land, und an Fahrradreifen schnuppern war schließlich nicht verboten. Er sah sich allerdings besser einmal mehr um, dass nicht womöglich ein Kollege drauf zukam, musste ja nicht sein. Wenn er ehrlich war, kam Bastian vorwiegend wegen der Fahrradreifen jede Woche hierher. Und wegen der Brötchen und dem Kuchen aus der Bäckerei vornean, die waren mal eine echte Abwechslung zu den vielen Altstadtbäckern. Er wusste auch nicht, woher er diese Vorliebe für Gummigerüche aller Art hatte.

Giftgrün und schwarz präsentierte sich das aktuelle Modell der Kawasaki Ninja ZX-6R in der Mitte des Prospekts: »Intuitives Handling durch Optimierung der Massenzentralisierung und der Rahmensteifigkeit, neue Ansaugtrichter und eine geänderte Einspritzung für optimale Leistungsentfaltung im mittleren Drehzahlbereich und lineare Kraftentfaltung«. Die Farbe nannte sich »Lime Green« und genau die musste es bei einer Kawasaki Ninja einfach sein. »Ninja« war japanisch und hieß übersetzt »Schwert«. Das hatte ihm mal ein Motorradhändler in seiner alten Heimat Recklinghausen verraten.

Oder war er »bereit für den nächsten Schritt«?: »Mit der Ninja ZX-10R erreichen Sie den höchsten Level im Superbike-Game.« Bastian schnüffelte abermals am Prospekt. War schon ein irres Geschoss, quasi aus dem Rennsport. War er reif dafür? Natürlich war er das, keine Frage. Nach zwei Jahren Führerschein war jeder reif für volle Leistung. Er hatte seinen sogar schon dreimal so lange. Außerdem war er ein verantwortungsvoller Polizist, der um die Gefahren wusste. Erst neulich hatten sie einen gehabt, der hatte sich auf der A20 bei Grimmen totgefahren, indem er einem PKW hintendrauf gejagt war. Hintendrauf! Musste man sich mal vorstellen. Gut, fuhr der PKW 120, kam das Motorrad von hinten an mit – sagen wir – 250 Sachen, konnte das schon krachen. War schließlich nicht verboten, 250 zu fahren. Die Kawa war bei Tempo 300 abgeregelt, wenn er sich nicht irrte. Bastian konnte gerade keinen Hinweis zur Höchstgeschwindigkeit im Prospekt entdecken. Motor, Fahrgestell, alles da, aber keine Höchstgeschwindigkeit. Musste er noch mal genauer schauen. War aber auch eigentlich egal. Ihm ging es ja mehr um die Beschleunigung und die Kurven, um das Beschleunigen aus den Kurven heraus. Um die Kraft, um das Beherrschen der Kraft durch die richtige Technik. Geradeaus rasen konnte doch jeder. Oder eben nicht …

Zugegeben war ihm zusammen mit seiner letzten Maschine ein wenig die Fahrpraxis abhandengekommen. Die würde allerdings von selbst auch nicht wiederkommen. Ein Kollege hatte ihm einen Stellplatz in seiner Garage angeboten, direkt hier in der Altstadt. Dem war die Frau weggelaufen, weil sie angeblich mit seinem Schichtdienst nicht klarkam. Hatte die beiden Kinder natürlich mitgenommen. Nun hatte er zwar kein Auto mehr, aber bereits wieder eine neue Freundin. Sei's drum, das mit dem Stellplatz wäre also kein Problem. Dafür schon eher die 13.000 und irgendwas für die große Kawasaki. Bastian sockte los, um den Taschenrechner aus der Schreibtischschublade zu holen. Er konnte dieses fußkalte und rutschige Laminat nicht ausstehen, daran würde er sich nie gewöhnen können.

Ersparnisse, Anzahlung, Finanzierung … 800 für eine neue Kombi, neuer Helm, Stiefel, was zum Drunterziehen. Die alten Sachen konnte er unmöglich zu so einem Supersportler – nein, das ging auf keinen Fall. Dafür hatte er schließlich auch kein Auto, nur eine kleine Wohnung und keine Freundin. Auch so ein Thema. Nicht, dass er da nicht am Ball blieb. Am Wochenende nach Berlin in die Disco fuhr er schon lange nicht mehr. War einfach zu weit weg und zu teuer. Was sollte er machen, wenn er da jemanden kennenlernte?

Und so eine Kawa war ihm hier in Stralsund noch nicht begegnet. Sollten die Kollegen doch lästern: Muschimagnet. Pah. Schlimmes Wort. Bastian hatte schlucken müssen und war auch bestimmt wieder rot geworden. Die hatten keine Ahnung, was ihnen entging. Also jetzt motorradtechnisch. Irgendetwas wollte man doch vom Leben haben, oder nicht? Man war nur einmal jung. Seine Eltern würden wieder mal mit dem Kopf schütteln und gleich den Teufel an die Wand malen. Denen war es schon überhaupt nicht recht, dass er Polizist war. Und dazu noch in StralSUNNND, im Osten, fast in Polen. Inzwischen war ihnen hoffentlich klar geworden, dass er ihre Fleischerei nicht übernehmen würde. Und den Partyservice auch nicht. Mal schauen, ob sie ihn dieses Jahr besuchen kamen. Das konnte was werden … Die Kawa würde er sich von seinem eigenen Geld kaufen. Jawoll, das würde er machen. Das war jetzt beschlossene Sache. Einmal im Leben eine neue Maschine. 200PS mit Ram-Air-Einsatz bei 12.500 Umdrehungen. Katalysator, Euro-Norm, man brauchte also nicht einmal ein schlechtes Gewissen haben. Was sollte er noch zwei oder drei Jahre warten und sich eine Gebrauchte kaufen? Nur wegen dem Wertverlust? In zwei oder drei Jahren gab es auf den Autobahnen vielleicht schon längst ein Tempolimit. Wegen dem Klima. Und dann? Eben. Nicht, dass es ihm aufs bloße Rasen ankam. Lausitz-Ring, Oschersleben … Als Erstes würde er sich ein Sicherheitstraining auf einer richtigen Motorrad-Rennstrecke gönnen. Mit einer brandneuen Kawasaki Ninja ZX-10R in limonengrün. Bastian war gerade so richtig zufrieden mit sich und auf dem Weg zum CD-Player, da klingelte sein Telefon. Verdammte Bereitschaft.

Kapitel 3

Marlene Düsterbehn wuchtete sich aus dem Bett. Ihr Rücken schmerzte. Sie hatte sich mit der Aktion doch übernommen. Sie hatte gewusst, dass es so kommen würde. Aber was sein musste, musste sein, das nützte nichts. Augen zu und durch. Es durfte bereits weit nach Mittag sein. Die vergangene Nacht erschien ihr unwirklich. Draußen vor den Vorhängen war es mächtig hell. Sie würde sie heute zugezogen lassen. Die Welt sollte draußen bleiben, wo sie hingehörte. Sie wollte ihre Ruhe. Basta! Marlene warf sich den altgedienten Bademantel über, schlüpfte in ihre ausgetretenen Puschen und schlurfte zunächst ziellos im Halbdunkel ihrer Wohnung über dem Fischgeschäft umher. Unten klingelte es. Sie äugte am Vorhang vorbei. Der Paketbote. Der war ja ganz nett, aber heute sollte er besser bleiben, wo der Pfeffer wächst. Ehe sie die Treppe runter war, war der bereits wieder weg. Das Spiel kannte sie zur Genüge. Würde sie eben am Montag das Paket von der Post abholen müssen. Auch gut. Waren eh nur neue Schlüpper drin, was anderes hatte sie nicht bestellt, wenn sie sich recht erinnerte. Jeder Gang macht schlank. Marlene rang sich ein sarkastisches Grinsen ab. Schlank! Ein Zustand, den sie in diesem Leben sicher niemals erreichen würde. Wollte sie auch gar nicht. Hatte sie noch nie gewollt. Jawoll. Marlene Düsterbehn griff zu den Weinbrandbohnen, die auf der Anrichte im Wohnzimmer ständig auf der großen Etagere üppig ausgeschüttet bereitstanden. Hhmm, köstlich! Es ging doch nichts über Weinbrandbohnen! Es mussten nur die richtigen sein. Marlene hatte da ihre Hausmarke, die hatte sogar die Wende überstanden. Manchmal setzte sich Qualität eben doch durch. Richtige Weinbrandbohnen hatten diesen Kern aus Zucker unter der Vollmilchschokolade. Es brauchte diesen Widerstand beim Zerdrücken mit der Zunge. Das machte doch im Wesentlichen den ganzen Reiz aus. Sie war süchtig danach, das gab sie gerne und bereitwillig zu. War nicht jeder auf die eine oder andere Weise mit irgendwas süchtig? Nach der schmeichelnden Süße der Schokolade kam das Knacken der Bohne, dann die sanfte Schärfe der Weinbrandfüllung. Der Genuss lag in der Wiederholung. Sie hatte nach der Wende alle möglichen Sorten ausprobiert, doch an ihre Hausmarke reichte keins von diesen Westprodukten heran. Die machten nur Sodbrennen, da konnte die Verpackung noch so bunt und aufwendig sein. Allein diese matschigen Varianten mit bloß dick Schokolade drum herum. Meistens widerlich süß und mit einer laschen Plörre von Schnaps drin. Nein, sie blieb bei ihrer Sorte. Die bezog sie seit Langem zu Großhandelskonditionen. Ausreichend Kühlkapazitäten hatte sie ja im Haus. Da konnte sie die alljährliche Sommerpause ihres Pralinenherstellers mühelos überbrücken. Die Inspektorin von der Hygiene hatte zwar zuerst dumm geguckt, was Weinbrandbohnen in einem Fischhandel zu suchen hätten, aber was sollte die dagegen haben, was sie in ihrem privaten Kühlschrank aufbewahrte. Ging das jemanden etwas an? Eben. Der stand halt nur zufällig neben der Fischtruhe. Nee, die Cipionka von der Hygiene war noch nie ihre Freundin gewesen. Aber hatte die ihr je was können? Nein, hatte sie nicht. Bei ihr war alles immer pikobello. Jedenfalls alles, auf das es ankam. Jedenfalls so, dass es für die Verlängerung einer Ausnahmegenehmigung und des Bestandsschutzes reichte. Und Eigenbedarf war Eigenbedarf, da konnte die Cipionka noch so unter ihrer Halbbrille hervorschauen wie sie wollte. Aber die Cipionka war nun auch Geschichte. Den Fischhandel gab es ja gar nicht mehr. So als solchen. Marlene vergaß in letzter Zeit zuweilen, dass sie den Laden vor einigen Wochen dichtgemacht hatte.

Gut, dann und wann war ihr danach, einfach mal den süßen Dreck mit etwas Weinbrand pur nachzuspülen, zugegeben. Weinbrand mit Marzipan war auch nicht zu verachten. Allerdings musste es schon das Original-Königsberger sein, das war nicht so süß. Aber nicht gleich nach dem Aufstehen mit harten Sachen anfangen, das ... Nein, das ging nicht. In der Tür vom Kühlschrank stand noch eine Flasche Rotkäppchen. Gute Idee! Ein Gläschen Sekt machte munter, ein Gläschen Sekt hatte sie sich mehr als verdient. Marlene nahm das Sektglas von der Spüle und wanderte ins Wohnzimmer. Auf die Couch setzte sie sich nicht mehr. Seit damals, seit dem Vorfall mit Trixi, Gott hab sie selig. Das arme Tier. Sie ließ sich in den alten Ohrensessel fallen. Der hatte schon immer zum Inventar des Hauses gehört und stammte vermutlich mindestens aus der Kaiserzeit, nur der Bezug war irgendwann einmal erneuert worden. Wahrscheinlich, nachdem der alte Wilhelm Düsterbehn darin gestorben war. Marlenes Vater, der Häusler Kleinschmidt aus Rantzow, hatte einmal zu ihr gesagt, ein Haus wäre erst ein richtiges Haus, wenn jemand darin gestorben sei. Da war sie noch Kind gewesen und hatte das ziemlich gruselig gefunden. Jedenfalls hatte nach ihrem Schwiegervater ihr Mann in diesem Sessel gesessen und ebenfalls die letzten Stunden vor seinem Tod darin verbracht. Nun saß Marlene hier. Sie mochte den alten Ohrensessel. Er war so herrlich bequem. Solche Möbel bauten sie heute gar nicht mehr. Auf Armeslänge stand der Plattenspieler. Mit geübtem Griff langte sie in die Anbauwand, fischte eine Schallplatte heraus, legte diese auf. Es knackte. Oh, wie Marlene dieses Knacken mochte! Nur wirklich geliebte Platten knackten so. Unten im Laden hatte sie die CDs, die waren eben praktischer. Aber hier oben gab es den wahren Genuss für besinnliche Stunden. Eine Schale Weinbrandbohnen in Reichweite, der Sekt entkorkt, es konnte losgehen! Da war sie endlich wieder: Hildegard! Hildegard Knef! Hildegard war die Größte. Der Abdruck ihrer Stimme auf schwarzem Celluloid. Eins zu eins. Das konnte keine CD. Marlene summte mit: »Für mich soll's rote Rosen regnen …« Sie fischte nach dem Fußschemel, machte es sich bequem. Was konnte das Leben schön sein! Nein aber auch.

Mit einem Mal kam ihr in bester Wohlfühllaune dieser Riedel in den Sinn. Den war sie doch nun ein für alle Mal los, oder etwa nicht? Sie kam ins Grübeln und schalt sich dafür: Es zog sie doch tatsächlich schon wieder nach Rantzow raus. Würde doch gar nicht auffallen, wenn sie ihre alte Mutter dort besuchen täte. Machte sie doch eh öfter. In letzter Zeit ohnehin, ging auch nicht mehr lange gut mit ihr allein in dem Häuschen da draußen. Brauchte bloß einmal zu fallen und dann war es endgültig vorbei. Essen auf Rädern und zweimal am Tag kam die Sozialstation, damit sie ihre Tabletten auch ordentlich nahm. Redete in letzter Zeit viel Blödsinn, erzählte immer dasselbe. Meistens was vom Schloss. Wenn sie tagsüber da im Park herumstrich, störte das ja keinen weiter. Hauptsache, sie holte sich keine Lungenentzündung. Warum eigentlich nicht? Wäre vielleicht für alle das Beste. Was sollte denn noch kommen? Ihre Enkelin kannte sie auf Fotos nicht wieder. Und was hätte sie davon, wenn sie irgendwo im Westen einen Urenkel hätte, den sie wohl nie zu Gesicht bekommen und sofort wieder vergessen würde. Aber so was würde wohl eh nicht passieren. Dafür war Doreen viel zu sehr Egoistin, wie ihr Vater. Gefühlskalt und egoistisch. Die kam ganz nach Kurt Düsterbehn, schon immer. Marlene dachte seit längerer Zeit wieder einmal an ihre Tochter, die ein paar Jahre nach der Wende in den Westen gegangen war. Zahnarzthelferin. Leonberg, irgendwo bei Stuttgart. War das normal, dass einem das einzige Kind derartig abhandenkommen konnte? Irgendwie fremd war sie Marlene schon als kleines Kind gewesen. Kurt hatte sie vergöttert, zumindest bis ihm der

Alkohol wichtiger wurde. Vergöttern ging ja auch leicht. Das Foto von Doreens dritter Hochzeit musste so um die vier Jahre alt sein. Was sie jetzt wohl machte? Ob sie noch verheiratet war? Noch mit dem aktuellen Kerl? Was hieß bei Doreen schon »aktuell«? Wenigstens brauchte sie kein Geld, sonst hätte sie sich längst gemeldet. Doreen würde sich jedenfalls später nicht um Marlenes Wäsche und den Haushalt kümmern. Die hatte das gut, die war weit weg ... Wäre das verdächtig, wenn sie heute bereits wieder raus nach Rantzow fahren würde? Könnte da einer was dabei finden, wenn sie ganz unauffällig mit ihrer Mutter ein wenig im Park ...? Nur mal so etwas schauen? Aber: Was wollte sie dort denn überhaupt? Erledigt war erledigt. Basta!

Ersatzweise langte Marlene zu den Weinbrandbohnen und spülte ordentlich mit Sekt nach. Augenblicklich kam ihr der hübsche Thomas wieder in den Sinn, der erste Bursche, den sie geküsst und der so herrlich nach Sekt geschmeckt hatte. Sie kam von diesem Schloss nicht los! Verflixt und zugenäht! Sie musste an etwas anderes denken. Anderes, was gab es denn anderes? Hildegard. Sie drehte Hildegard um. Das tat gut. Hildegard half ihr zu vergessen. Mit Hildegard entkam sie diesem alten feuchten Kasten in der Frankenstraße, der aus jeder Ritze nach Fisch stank. Das mochte Einbildung sein, aber Marlene nahm das so wahr. Hier roch es nach Fisch, wie es in Rantzow überall und bis in den letzten Winkel nach Kuh roch. Sie dachte an ihre Mutter, deren Haar damals immer nach Kuh müffelte, wenn sie auf der LPG ausgeholfen hatte. Man gewöhnte sich daran, wie man sich eigentlich an alles gewöhnte, oder? Marlene hatte sich aber für ihre Mutter geschämt, schon früh fort wollen aus der Enge und dem Mief. Vorübergehend im Kaufhaus am Ring, da hatte sie es geschafft. Das war eine schöne Zeit in dem Kollektiv vom Kaufhaus gewesen. Dann war die Chefin unter den Zug gekommen und damit war es vorbei gewesen mit der schönen Zeit. Der neue Chef war ein Ekel. Vater von drei Kindern, der ihr vom ersten Tag an nachstellte, was das Zeug hielt. Erzählte überall herum, wie sehr ihm doch üppige Schönheiten gefielen, so dass sich alle schon ihr Teil denken mussten. Als er ihr dann auf der Weihnachtsfeier an die Wäsche gegangen war, hatte sie ihm vor versammelter Mannschaft eine geschwalbt, dass die Wände wackelten. Da war es dann endgültig aus mit lustig. Abermals drehte Marlene die Platte um, wiederum von vorne die roten Rosen. Ein sarkastisches Auflachen und ein Hickser entfuhren ihr zeitgleich.

Dann hatte sie sich an Kurt Düsterbehn gehalten. Allein schon dieser Name! Düsterbehn & Sohn. Aber: Die Fisch-Düsterbehns, die hatten Geld, hatten schon immer Geld gehabt, hieß es hinter vorgehaltener Hand. Na, jedenfalls ein großes Haus in der Frankenstraße und dann noch welche irgendwo in der Stadt. Brachten ja nicht viel, der Staat hielt die Mieten klein. Aber trotzdem. Haben oder Nichthaben. Mutter Düsterbehn war tüchtig von oben herab, kaufte nur die besten Sachen. Stoffe, die sie dann zur Schneiderin brachte, vor allem. Sohnemann trottete hinterdrein und schleppte die Einkäufe aus dem Laden. Die Düsterbehn hatte gut mit der Chefin gekonnt, die hatten zusammen alle 14 Tage Doppelkopf gespielt mit ihren Männern. Und dann war die Chefin unter den Zug gekommen. Schicke Frau war das gewesen! Jedenfalls: Den jungen Düsterbehn hatte sie erst gar nicht so richtig bemerkt, aber seine Mutter musste wohl über ihre Chefin noch gehört haben, dass sie eine zuverlässige Kraft war, die auch zupacken konnte, wenn es sein musste. Sie wusste heute nicht mehr zu sagen wie, aber dann war sie mit Kurt Düsterbehn ausgegangen. Ins Kino am Frankendamm. Der Junge war zwar damals noch gehörig sprillig, aber nicht direkt unansehnlich. Du meine Güte, der war zwar kein hübscher Thomas, der nach Sekt schmeckte, aber immerhin eine Perspektive in der Stadt. Zack – war sie verlobt, und ihr Chef konnte ihr nichts mehr. Dann starb kurz darauf Düsterbehn senior, der hatte ihr gleich so verdächtig gehustet mit seinen dauernden Billig-Zigarren. Egal, hatte sie eh kaum gekannt den Mann. Jedenfalls, ehe sie sich versah, hatte sie Rinderdunst gegen Fischgestank eingetauscht. Nüscht mehr mit schönen Klamotten, mit Pudern und Schminken und in schicken Schuhen zur Arbeit.

Und am Wochenende waren die Hände so rot und rissig, dass ihr das Ausgehen von vorneherein keinen Spaß mehr machte. Ihre Schwiegermutter machte auf sparsam, kochte samstags den Spüllappen auf dem Herd aus. Stundenlang. Als ob das zerfledderte graue Kodderdings eine besonders schmackhafte Brühe abgäbe.

Das bei Düsterbehns vermutete Geld gab es nicht wirklich. Mehr Schein als Sein. Ihre Schwiegermutter entpuppte sich als noch schlimmer denn befürchtet, forderte und forderte, hatte auf allem die Hand drauf. Für die Arbeit hatte sie ja jetzt jemanden. Dafür griff sie lieber in die Geschäftskasse und ging einkaufen oder zum Kaffeekränzchen mit ihren Freundinnen aus der guten Gesellschaft Stralsunds. Gute Gesellschaft, pah! Und Kurt? Ließ sich alles gefallen und soff lieber. Ohne sie wäre der ganze Laden schon viel eher zusammengekracht, dessen war Marlene sich gewiss. Da hatten die beiden eine Dumme gefunden, die ihnen die Arbeit machte. Sie konnte gut mit Leuten, schon immer. Ein wenig flirten mit den Fischern, verkaufen im Laden, die beiden Angestellten hierhin und dorthin schicken. Bald war in dem Laden nichts mehr ohne sie gegangen, bald war sie die Fischhändlerin gewesen. Die beiden Düsterbehns störten nur noch. Immer hatte sie die beste Ware in der Stadt. Sie wusste, wie das ging mit den Beziehungen. Oh ja, wenn jemand das wusste, dann sie. Alljährlich hatte sie für ihre Leute ein Fischer-Fest organisiert in Rantzow draußen. Da waren alle mit dabei gewesen. Jedes Jahr, keiner hatte gefehlt, eine dufte Truppe war das gewesen. Einige hielten ihr bis heute die Treue. Aus ganz Stralsund kamen sie zu ihr, wenn sie etwas Besonderes wollten. Und sie hatte stets etwas Besonderes in petto für gute Kunden. Gut, das war noch heute so. Aber sonst war inzwischen alles anders. Ach Gott, nun war auch das vorbei, fiel es ihr wieder ein.

Inzwischen war ihr Haus nicht mehr der Hingucker, sondern der Schandfleck auf diesem Abschnitt der Frankenstraße. Wozu noch auf Fassade halten? Für wen? Bröckelnder Putz hatte doch auch seinen Charme. Musste alles immer so geleckt sein? Wen störten die Plakate am Hoftor? Das

Krickelkrackel neben dem Schaufenster musste man einfach ignorieren. Übertünchen lohnte nicht, die bösen Buben kämen alsbald wieder zum Schmieren. Gut, die Regenrinne überm Ladeneingang würde sie nächstens machen lassen, ging ja nicht an, dass die Kunden bei jedem noch so kleinen Guss nass gepladdert wurden. Noch ein Winter und das Ding wäre endgültig hinüber. Eigentlich kam sie gegen den Verfall nicht mehr an und hatte längst aufgegeben. Aber das würde sie sich nie eingestehen. Aufgeben? Nie! Hatte Hildegard jemals aufgegeben? Bis zum Schluss nicht.

Etwas war im Argen. Sie durfte sich die Zügel nicht aus der Hand nehmen lassen, so ging es jedenfalls nicht weiter. Die Aktion mit diesem widerlichen Versicherungsfritzen war immerhin ein Anfang. Ein erster Schritt in die richtige Richtung. Mit dem hätte sie sich nie und nimmer einlassen dürfen. Kleine Männer! Die hatten allesamt einen Napoleon-Komplex. Ohne Ausnahme, musste frau sich vor hüten. Hatte sie schon damals ihre Chefin gewarnt. Die war ja dann unter den Zug gekommen, die Ärmste. Übelste Sorte überdies, dieser Riedel, unverschämt und niveaulos, kein Geschmack. Nun, zumindest Letzteres hatte sie – im Rahmen ihrer Möglichkeiten – korrigiert. Marlene musste grinsen. Hildegard wäre stolz auf sie gewesen! Eine ordentliche Seidenkrawatte wirkte da schon Wunder. Verdammt, der Sekt war alle. Und die Platte zu Ende. Marlene mochte aber weder aufstehen noch sich überhaupt richtig bewegen. Sie rackte sich die Wolldecke von der Couch und druselte sachte weg.

Das Hämmern und Sägen kam näher. Marlene Düsterbehn wusste nicht, wo sie war. Sie hatte kalte Füße und eine kalte Nase. In der Anbauwand leuchtete im Dunklen das Lämpchen vom Plattenspieler. Sie streckte den linken Arm unter der Decke hervor. Noch ein Stückchen … Geschafft. Ihr Rücken schmerzte, dass es eine Art hatte. Sie hatte Hunger. Ächzend wuchtete sie sich aus dem Ohrensessel, nahm die leere Sektflasche an sich und schlurfte rüber in die Küche. Das Hämmern und Sägen war noch da. Und zwar nicht in ihrem Kopf, sondern anderswo. Gut fürs Erste. Marlenes Magen knurrte. Sie zog den Gürtel vom Bademantel fest und machte sich an die Arbeit. Die Küchenuhr zeigte an, dass es früher Abend war. Wollen wir mal so glauben. War ihr Frühstück halt das Abendbrot, hatte sie heute früh ja echt ausgehebelt. Kam davon, wenn man sich zu viele Gedanken machte. Marlene gelobte Besserung. Strammer Max und ein heißer türkischer Kaffee weckten ihre Lebensgeister. Abwaschen und duschen, anziehen, Wäsche in die Maschine. Das Hämmern und Sägen war immer noch da. Frechheit, um diese Uhrzeit. Marlene äugte auf die Straße hinaus. Eine von Kurts wenigen guten Ideen war es gewesen, vorm Badfenster zwei alte Motorradspiegel anzubringen. Eigentlich war es wohl mehr ein typischer Wunsch ihrer Schwiegermutter. Von allein wäre Kurt wahrscheinlich nicht auf so was gekommen. Aber die beiden waren Gott sei Dank lange Geschichte und damit nicht mehr wahr. Und dazu hatte sie der Menschheit verholfen. Heldin der Arbeit!

Marlene brauchte nur die Badgardine ein Stückchen zur Seite zu schieben, schon hatte sie die ganze Straße rauf und runter im Blick. Sie wusste genau, wer von den Nachbarn seinen Müll in wessen fremde Tonne entsorgte. Ging sie ja nichts an und interessierte sie auch nicht weiter, hingucken tat sie natürlich trotzdem. Ab und an zeigten Touristen zu ihrem Bad hoch: »Guckt mal, wie früher bei der Stasi!« Die Straße war aber augenscheinlich ruhig. In den Spiegeln nichts zu sehen. Marlene musste ohnehin noch lüften. Unter heftigem Ruckeln öffnete sie das störrische Badezimmerfenster.

Du liebe Güte, was war denn das? Auf dem Trottoir direkt unter ihrem Haus stapelte sich der Sperrmüll einer ganzen Straße! Quatsch, kein Sperrmüll. Das waren die alten Videokabinen und Regale aus dem Sex-Shop von nebenan. Die wollten am Wochenende renovieren und hatten sie sogar noch gefragt. War ihr ganz und gar entfallen. Montag kam der Sperrmüll und die Betreiber – eigentlich ganz normale Leute, denen sah man »das« gar nicht an – wollten die Sondernutzungsgebühr für öffentlichen Straßenraum sparen. Und sich natürlich keinen Tag Geschäft entgehen lassen.

Wenn sie ganz genau achtgab, konnte Marlene mithilfe ihrer beiden Spiegelchen im Bad rausfinden, wer den Sex-Shop frequentierte. Das war aber nur in den ersten Wochen interessant gewesen, da hatten die Herren sich noch mit hochgeschlagenen Mantelkragen an den Laden herangeschlichen. Von den Kunden kannte sie kaum einen. Alle von außerhalb oder viel jünger. Heutzutage war das ja nichts Besonderes mehr, ob man nun in den Sex-Shop ging oder zum Bäcker war einerlei. Nicht, dass sie da jemals drin gewesen wäre, das nun wieder auch nicht. Aber mitunter marschierten da sogar Frauen rein! Doch unerhört, oder? In der DDR waren sie freizügig gewesen, da hatten sie so was nicht nötig gehabt, so eine Roquefort-Gesellschaft. Sollte jeder aber machen, was er wollte, ging sie ja nichts an. Nur dass der Sex-Shop bereits renoviert werden musste! Wie lange gab es den eigentlich schon wieder? Lohnte sich das heute überhaupt noch, wo es das alles von zu Hause aus im Internet zu gucken und zu bestellen gab? Nicht ihr Problem.

Marlene Düsterbehn behagte es nicht, dass die Frankenstraße Haus um Haus saniert wurde. Die Nachbarn zogen fort oder starben. Ihr großer alter Kasten fiel immer mehr ab gegenüber den neuen Schmuckstücken. Die bunte Welt kam ihr Saison um Saison näher. Sie kämpfte auf verlorenem Posten und hatte sich deshalb mit einem solchen Typen wie dem Riedel abgeben müssen. Wäre sie doch bloß nie auf seine Anzeige gestoßen. Wer in so einem Blatt inserierte, der hatte es auch nötig. War nun nicht mehr zu ändern. Und wer wusste, wofür es gut gewesen war. Der würde keine Frau mehr »fette Planschkuh« schimpfen. Sie wusste nur, sie hatte rotgesehen. Ganz klassisch. Wie im Film. Und die Lachsforelle danach war ebenso kapital wie köstlich gewesen. War doch eingeschweißt, was war denn dabei? Nichts.

Noch bevor sie das Badfenster zumachen konnte, hatte er sie entdeckt, der neue Florist von gegenüber. Blickiges Kerlchen, dem entging so leicht auch nichts. Schwul wie nur irgendwas. Sie hatte nichts gegen Schwule, aber Möbel Onken von früher mit seinen beigen Fernsehsesseln und lindgrünen

Couch-Garnituren war ihr vis-à-vis denn doch lieber gewesen als Dietmar Craul und sein Kompagnon mit ihrem hippen Blumenladen. Die feierten sogar ihre Partys im Laden. Eine Idee, auf die sie nie gekommen wäre. Den Dietmar kannte sie noch unter seinem – äh, ja, was? – Mädchennamen. Der hatte als Kind ein paar Häuser weiter gewohnt und war von den anderen immer gehänselt worden, weil er bereits damals diese bunten Perlenketten trug. Die musste er aus dem Westen gehabt haben. Der hatte mit vierzehn noch auf der Straße mit Barbies gespielt. Das musste schon nach der Wende gewesen sein. Jetzt war er mit diesem Torsten verheiratet und hieß Craul mit Nachnamen oder nannte sich zumindest so. Komischer Name. Hatte sie eine Ahnung, wie das bei denen ging?

Also das mit den Namen, wenn geheiratet wurde oder wie das hieß. Das machte sie noch ganz verrückt, unübersichtlich wie das war, wenn die heirateten. Früher war überhaupt vieles übersichtlicher gewesen, so viel stand fest, oder? Jedenfalls grüßten die beiden sehr nett, seit sie zur Eröffnung drüben gewesen war: »Man muss uns nicht mögen, aber man darf uns lieben …« Und sie hatten Hildegard Knef gespielt. Und Marlene hatte sogar ein bisschen gesungen. Nach dem dritten Sektchen. Die beiden Jungs fanden die Gegend hier »authentisch«. Damit mussten sie vor allem ihr Haus gegenüber meinen. Schönen Dank auch. Hätten ihren Laden denn auch ganz konsequent im »shabby-chic-style« eingerichtet, wenn sie das richtig verstanden hatte. Was auch immer das sein mochte, es sah ein bisschen wie leer stehendes Altstadthaus mit ein paar dürren Gewächsen drin aus. Keine Konkurrenz für Sundflor, wirklich nicht. Und dabei war das ganze Giebelhaus gerade frisch saniert! Da hätte auch ein richtiges Geschäft reingekonnt, im Ernst jetzt. Aber Dietmar und Torsten waren bannig stolz auf ihren Laden. Es kamen auch sogar Kunden, wie Marlene von hinter der Theke zuweilen mitbekommen hatte. Und sie mochten Hildegard, so verkehrt konnten sie also nicht sein. Die beiden hatten sich in Hamburg kennengelernt, in der Lehre: Neeeiin, was hätten sie da buckeln müssen … Marlene mochte sich das nicht vorstellen. Vergeben und vergessen, nun könnten sie endlich machen, was sie schon immer machen wollten. Die Glücklichen. Was Hildegard wohl zu dazu sagen würde?

Marlene lächelte zurück und zelebrierte einen gekonnten Augenaufschlag. Schwule Floristen! Der alte Onken vom Möbelladen würde sich auf St. Jürgen in seinem Grabe umdrehen. Apropos. Heute musste sie das nächste Problem angehen. Das Problem, das unter Norbert Riedel zum Vorschein gekommen war. Sie machte sich an den Abstieg aus ihrer Wohnung. Sollten sie doch nebenan hämmern und sägen, wie sie wollten. Umso besser, wenn man noch eine zweite Leiche im Keller hatte.

Marlene trödelte. Sie pusselte hier noch ein bisschen und dort noch ein bisschen, wischte den Tresen heiß ab, wienerte die Glasscheiben. Räumte kurzentschlossen einen Kühlschrank im Hinterraum leer und reinigte ihn von innen. Früher oder später würde die Cipionka von der Hygiene sie kriegen, das wusste Marlene. Und dann wäre Schluss. Aber sie würde es der nicht zu leicht machen. Der Cipionka schon gar nicht, der auf keinen Fall. Marlene ließ den Lappen fallen und hielt entsetzt inne: der Laden war abgemeldet, die Cipionka gar nicht mehr ihr Problem. Marlene straffte sich.

Kacheln bis zur Decke, neue Abflüsse, Hochdruckreiniger, dies und das und noch viel mehr. Allein dieses wahre Monster von Kühltruhe für den Keller, das ihr Alter in seinem Größenwahn angeschafft hatte. Oh ja, um große Pläne war ihr Gatte nie verlegen gewesen. Trotzdem: Damals waren sie jemand in der Stadt. Sie waren immer Moskwitsch gefahren. Ersatzteile hatten ihnen die Russen mitgebracht, die mit ihren Schiffen in der Volkswerft lagen. Ersatzteile und Fisch, wie Marlene ihn seither auch nicht mehr zu Gesicht bekommen hatte. Ganze Blöcke tiefgefrorene Tintenfische, riesige Kapitänsfische … Alles von den Supertrawlern. Dafür hatten die Beziehungen, ihr Russisch und ihr Augenaufschlag hinlänglich gereicht. Heute behalf sie sich mit einer ollen Rostlaube, der die Leute hinterherguckten, weil sie so schäbig aussah … Sie hatten immer alles mitgemacht, was die vom Amt gewollt hatten. Und Kurt in seinem vorauseilenden Gehorsam hatte gleich alles eine Nummer größer angeschafft. Um die Rechnungen hatte sie sich kümmern müssen. Wer auch sonst? Ihre Maschine für Crash-Eis war groß genug, um ganze Volksfeste zu versorgen. Andererseits: War das ganze Leben nicht eine Frage der richtigen Ausrüstung? Mit der richtigen Ausrüstung ging manches einfach leichter von der Hand.

Seit der Sache mit ihrem Mann hatte Marlene allen erzählt, der Keller stünde unter Wasser, da sei nichts mehr. Die Tür hielt sie sorgfältig verschlossen, an den Schlüssel an ihrem Bund ließ sie keinen heran. Wurden einmal im Jahr die Zählerstände abgelesen, stieg sie mit hinab und achtete mit Argusaugen darauf, dass der Ableser schnell wieder verschwand. Die große Truhe im Keller hatte zwar ein eigenes Schloss, aber sicher war sicher. Und eine Kühltruhe im Keller eines Fischladens war doch wohl das Normalste von der Welt, oder? Marlene hatte sich in ihre Gummistiefel gequält und machte sich daran, alles noch einmal heiß überzufeudeln. Das tat nicht Not, half ihr jedoch, sich noch eine Weile vor Trixi zu drücken. Das Problem mit Trixi bestand darin, dass Trixi vollkommen unschuldig gewesen war. Sie hatte Trixi sogar auf gewisse Weise gemocht. Wahrscheinlich sogar mehr als Gisela, ihre Freundin seit Jugendtagen. Die mit der Altstadt-Pension, in die sie eingeheiratet hatte. Gisela kannte jeder in der Stadt, die gehörte zum Stralsunder Inventar. Gisela beklagte sich ständig über die Leute von heutzutage, wie unmöglich die sich benahmen und was das für Mühe machte, deren Dreck wegzuräumen. Dass das immer schlimmer würde, dass die Gäste klauten und überhaupt, was die Leute für Ansprüche hätten. Und die Gäste beklagten sich über Gisela, was sie doch unfreundlich und piesepampelig sei. Die Brötchen zu hart, die Eier zu weich, Kalkränder im Bad und wusste der Teufel was noch alles. Da war Marlene manchmal doch froh, dass toter Fisch stumm war und sie ihre Ruhe hatte.

Trixi war eine bezaubernde kleine Malteser-Hündin gewesen. So eine von der Sorte, die von Frauchen überall mit hingeschleppt wurde. Zumindest so lange, wie sie niedlich, prosper und fluffig war. Gisela behauptete, Pharao Ramses von Ägypten hätte auch schon so einen Malteser gehabt. Das passte, so wie Gisela, der olle Lederstrumpf, sich das Gesicht mit Ägyptischer Erde zukleisterte und die Augen schwarz nachmalte. Jedenfalls kam Gisela schon bald mit der Fellpflege nicht so richtig nach. Nach der ganzen Putzerei in der Pension tagsüber hatte sie da verständlicherweise nach Feierabend nicht mehr unbedingt die Motivation für. Trixi bekam überdies eine Augenentzündung nach der anderen und schließlich noch Probleme mit der Kniescheibe, wie der Tierarzt für teuer Geld diagnostiziert hatte. Und zu allem Überfluss sogar noch Osteoporose obendrauf. Ein winziger Malteser mit Glasknochen! Mit der Zeit sah das arme Hundchen denn auch eher räudig als chic aus und Gisela verlor – wie soll man es sagen, das arme Tier – etwas das Interesse. Marlene hatte immer mal wieder auf Trixi aufgepasst, sich an einsamen Wochenenden um sie gekümmert. So ein winziger Hund war leicht in der Wohnung zu beschäftigen. Sie war mit dem Fahrrad ein wenig durch die Stadt geschoben, Trixi an der Leine nebenher. Die Ossenreyer rauf und runter, so kam sie auch mal raus und zum Schaufenstergucken. Bewegung war schließlich wichtig. Bäcker, Handyladen, Goldschmied. Und wieder von vorne: Bäcker, Handyladen, Klamotten. Alles nicht ihre Größe und somit keine Gefahr. Völlig uninteressant.

Sie waren gerade zurück vom Gassi gehen, Trixi hatte ihr Leckerli bekommen, sich auf dem alten Teppich aus Großmutter Düsterbehns Zeiten die Pfoten geleckt, gleich würde Frauchen kommen … Marlene brauchte dringend eine Pause, die Füße taten ihr weh, die Knöchel und überhaupt. Erschöpft ließ sie sich auf die Couch plumpsen. Es war kein schönes Geräusch gewesen, nicht einmal ein richtiges Quieken. Marlene war sofort wie elektrisiert hochgefahren, ihr war siedend heiß geworden, als sie sich die Bescherung betrachtete. Sie hatte Trixi umgebracht! Erdrückt, zerquetscht, der Ärmsten die Rippen, das Genick und was sonst nicht noch alles gebrochen. So kleine Knöchelchen! Was für ein schrecklicher Tod! Trixi hatte keine Chance gehabt. Das arme Tier! …

Entsetzt hatte sie auf den Kadaver gestarrt, konnte sich von dem fatalen Anblick nicht losreißen. So weiß, so unschuldig. Trixi tat ihr leid, Trixi hatte ihr doch nichts getan! Sie war zur Mörderin geworden, hatte unschuldiges Leben gemordet! Und gleich kam Gisela und wollte ihren Schatz abholen! Vorsichtig hob Marlene das Fellbündel hoch. Es war noch warm. Das machte es nicht gerade einfacher. Das Adrenalin ließ sie ihre Erschöpfung vergessen. Behände balancierte sie mit Trixi die Treppe zum Laden hinab. Entschlossen hatte sie das Hundchen kurzerhand in silberne Fischfolie eingeschweißt und das Paket im Eilschritt in den Keller hinuntergebracht, es in die große Kühltruhe getan und eingeschlossen. Sicher war sicher. Jetzt, wo sie wieder runter musste zu Trixi, war ihr, als wäre es erst gestern passiert.

Ihre Bestürzung war ehrlich. Sie hatte das doch nicht gewollt. Sie war doch nicht böse. Völlig außer Atem hatte Marlene damals ihrer Freundin Gisela berichtet, wie Trixi ihr in der Fußgängerzone weggelaufen sei, sie hinter ihr hergerufen habe, sie dann wie vom Erdboden verschluckt … Nein, das arme Tier! Hatte sich einfach das Halsband über das Köpfchen gestreift … Marlene hatte ihrer Freundin Trixis verwaistes Halsband mit den extragroßen rosa Swarowski-Kristallen übergeben, die Rollleine mit eingebauter Taschenlampe und integriertem Radio. Sie sei dann nach Hause, was hätte sie denn tun sollen … Händeringend hatte sie Gisela um Verzeihung gebeten. Doch die hatte den Bericht eher gleichmütig zur Kenntnis genommen. Es schien fast, sie war ein wenig erleichtert, die arme Trixi unverhofft losgeworden zu sein. Faselte bereits was von einer Perser-Katze. Konnte man so herzlos sein? Marlene hatte darauf bestanden, Aushänge in der Stadt zu machen, mit einem Foto von Trixi drauf. Sie hätte auch die Belohnung übernommen. Aber es meldete sich niemand. Marlene dachte ungern an Trixi. Die war zwar seit Jahr und Tag unten im Keller, schlich sich aber mitunter sogar in ihre Träume, aus denen sie dann schweißgebadet erwachte. Und das in letzter Zeit immer häufiger. So was kannte sie sonst nicht.

Trixi musste aus dem Haus. Marlene zögerte an der Kellertür. Aber wohin mit ihr? Mit dem Auto kam sie nicht raus, vor dem Tor standen die alten Videokabinen und Regale aus dem Sex-Shop. Zu Fuß kam sie nicht weit. Einfach in die nächstbeste Mülltonne? Nein, das ging nicht, das konnte sie der armen Trixi nicht antun. Sie würde das Fahrrad nehmen. Und Trixi eine Seebestattung zukommen lassen. Ja, das war eine gute Idee, sie konnte das Hundchen doch nicht einfach wo so ablegen. Und eingraben ginge ja auch wohl schlecht. Wo denn? Jetzt, mitten in der Nacht? Auf ihrem Grundstück wollte sie Trixis sterbliche Überreste auf keinen Fall beerdigt wissen. Mit Trixi in der Tüte und mit nem Spaten im Taxi nachts zum alten St. Jürgen-Friedhof an der Prohner Straße? Hatte der nicht Tore und wurde nachts abgeschlossen? Überhaupt, was für ein Schwachsinn. Nein, das ging auf keinen Fall. Obwohl: Sie hatte eine Kundin, die hatte ihr neulich berichtet, sie habe dort gerade ihre siebte Katze begraben. Das sei ein würdiger Ort, man dürfe sich nur nicht erwischen lassen. Neunzehn Jahre alt sei die Gute geworden. Mit strenger Diät und Herztropfen morgens und abends. Neunzehn Jahre! Das wären hundertvierzig Menschenjahre. Mindestens.

Fast zwanzig Jahre war es nun her, als ihr Gatte, das arme Würstchen von Kurt Düsterbehn, hier auf dieser Kellertreppe vor ihr plötzlich das Laufen gekriegt hatte. Fast zwanzig Jahre kassierte sie jetzt schon seine Rente. Was für ein Glück, dass in der DDR alle rentenversichert gewesen waren. Das hatte sich gelohnt, das hatte sie sich verdient. Das war doch nur gerecht gewesen. Ein winziger Schupps. Und zack! War im Grunde nichts groß dabei gewesen, wenn man die Notwendigkeit eingesehen hatte. Man gewöhnte sich tatsächlich daran. Wie eine Schlenkerpuppe war der Kerl die steile Stiege runtergepoltert. Und am Ende der Länge nach liegen geblieben. Auf der Stelle mausetot. Ganz ohne Nachhelfen. So was passierte Säufern ja öfter. Marlene hatte gestaunt, wie einfach und glatt das geklappt hatte. Sie hatte nicht einmal einen richtigen Plan gehabt, das war mehr so ein Impuls gewesen. Ganz spontan eigentlich. Gut, sie hatte hin und wieder schon in Gedanken durchgespielt, was wäre, wenn ... Als sie dann im Kellerabgang nicht unerwartet sein widerlicher Geruch nach Fisch, Schweiß und Bier angeflogen war, ging plötzlich alles ganz schnell. Vollkommen folgerichtig. Schupps, fertig. Und in den Wirren der Wendezeit, ja, mein Gott ... Zur Sicherheit hatte Marlene ihren ungeliebten Gatten einäschern lassen. Im Grunde war es für ihn besser so gewesen. Was hätte da noch kommen sollen? Wäre doch nur unschön geworden. Gott, viel war die Rente auch nicht, bei der Inflation heutzutage. Für ein ordentliches Pflegeheim reichte das dereinst nicht. Sieben Zivis wollte sie haben, hatte sie immer gesagt. Und einer davon dürfte schwarz sein. An der Stelle hatte Gisela immer geguckt, nein, das war zu schön gewesen. Gisela sollte bleiben, wo der Pfeffer wächst, diese herzlose Person. Lange würde sie die Treppen nicht mehr schaffen, allein schon wegen der Knie. Marlene verdrängte solche Überlegungen. Würde schon werden, war immer noch geworden.

Marlene angelte das kalte Paket mit Trixi drin aus der Truhe, die im Laufe der Jahre völlig vereist war. Aber noch konnte sie die nicht abtauen. Sorgfältig verriegelte sie die Kühleinheit. Ordnung musste sein. Keuchend knipste sie oben das Licht aus, schloss die Kellertür hinter sich. Sie mochte gar nicht hingucken, als sie die arme kleine Trixi aus der Silberfolie mit den lustigen blauen Fischen drauf befreite. Es müffelte eigenartig und Trixi fühlte sich gruselig an, kalt und steif. Marlene steckte das Hundchen in einen Baumwollbeutel, zog sich eine Strickjacke über, band ein Kopftuch um. Auf dem Hof hängte sie die Tüte an den Fahrradlenker, bugsierte das Rad durch die Schlupftür im Hoftor und um den Sperrmüll auf dem Bürgersteig herum. Unter dem Auto vor ihr maunzte ein Straßenkater. Das war Benni, ein schwarzer Riese mit einer gehörigen Portion Charme, den sie manchmal im Hof mit Fischabfällen fütterte. Benni würde sie nicht verraten. Nur die Cipionka von der Hygiene, die durfte das nicht mitbekommen. Gegenüber feierten die schwulen Floristen ihre Wochenendparty. Wie Marlene durch das Fenster erkennen konnte, waren die Betreiber vom Sex-Shop inzwischen auch mit dabei. Sie hatte gar nicht bemerkt, dass das Hämmern und Sägen von nebenan aufgehört hatte. Stattdessen plärrten nun Songs von ABBA aus dem Blumenladen. Ansonsten war die Straße ruhig. Das grelle Licht der Straßenlaternen blendete Marlene. Und wenn jetzt die Polizei kam? Ja, es war doch schließlich nicht verboten, mit einem toten Hund im rot karierten Einkaufsbeutel mit einer ordentlich schweren rostigen Kette vom ausgedienten Seilzug drin am Fahrradlenker durch die Gegend zu schieben, oder was? Am Ende der Frankenstraße ging der Blick rechter Hand auf das Heilgeistkloster und geradeaus direkt daneben auf das neue Parkhaus, das aussah wie eine überdimensionierte Legebatterie oder Kartoffelkiste. Marlene schüttelte den Kopf über so viel Hässlichkeit. Konnte man das nicht wenigstens begrünen? Am besten gleich mit Knöterich. Den hatten sie ihr seinerzeit im Baumarkt als »Architektentrost« empfohlen. Und es hatte funktioniert: Der ganze alte Klotz auf dem dunklen Ende der Langenstraße, der von Tante Lieselotte über sie gekommen war, verschwand binnen weniger Sommer unter üppigem Knöterichgestrüpp. Im Winter sah das Kraut zwar scheußlich aus, aber wen störte es? Immer noch besser als eine nackte, zugemauerte Ruine. Hatte Tante Lieselotte ihr seinerzeit hinterlassen. Nachdem sie endlich für tot erklärt worden war. Zu DDR-Zeiten war da ein Betrieb für die Reparatur von Waschmaschinen und Kühlschränken drin. Und im Keller standen noch die alten rostigen Öfen von einer Seifensiederei. Es war da unten so gruselig, da traute sich bestimmt keiner rein. Und das war auch besser so. Die gute Lieselotte Düsterbehn hatte nur vom Verzicht gelebt und den Banken nicht getraut, buchstäblich all ihre Ersparnisse unters Kopfkissen gesteckt. Sollte sie noch eine Weile ihre Ruhe haben ... Von der Gruseligkeit mal abgesehen war das Haus verriegelt und verrammelt. Als die Obdachlosen sich in den Nachwendejahren ihre Quartiere in der Altstadt suchten, hatte sie die Seifensiederei in der Langenstraße konsequent zumauern und verschließen lassen. Sollten sie nur rundherum fein sanieren, der alte Kasten stieg im Wert. Sie brauchte dabei nur zugucken. Um Tante Lieselotte im Seifensiederkessel würde sie sich zu gegebener Zeit kümmern. Eins nach dem anderen. Aufräumen war gar nicht so schwer. Erst der Riedel, dann die arme Trixi. Man musste nur damit anfangen. Aber auch nicht übertreiben. Jedes Übermaß fault irgendwann und fängt an zu stinken. Hatte schon ihr Vater immer gesagt. Immer mit der Ruhe. Gut Ding will Weile haben.

Marlene schob in Richtung Hafen. In der Wasserstraße kam sie an dem Haus vorbei, in dem früher der Bäcker Zander gewesen war. Über Generationen. Hier hatten sie ihr Brot und ihre Brötchen geholt, gleich um die Ecke quasi. Das war der Geschmack von Heimat gewesen. Futsch. Sie war heute nicht gut bei Kondition, musste mehrmals verschnaufen. Der Blutdruck. Mal war er zu hoch, mal zu niedrig. Nie konnte sie es ihrer Ärztin recht machen … Sie überquerte den Kanal, schob zwischen Ozeaneum und Fischhalle hindurch. Seitdem das Ozeaneum hier stand, war ihr die Gegend völlig fremd geworden. Was sollte sie Eintritt bezahlen und sich Fische angucken? Fisch hatte sie jeden Tag zur Genüge. Am alten Hafenamt vorbei führte sie der Weg ganz weit raus bis an die Wasserkante heran. Die Hafenlichter, hinten die Insel Rügen, irgendwo in der Ferne Hiddensee. Ein schöner Ort. Unter ihr schwappten schwarz die Wogen des Strelasundes. Marlene schaute sich um. Niemand zu sehen. Unauffällig ließ sie den zugeknoteten Baumwollbeutel ins Hafenwasser plumpsen. Eine bessere Lösung war ihr nicht eingefallen. Sie wartete eine Weile, blickte auf den Sund hinaus und dachte dabei an Trixi, die ihr unschuldig zum Opfer gefallen war. Nun aber heim zu Hildegard und Weinbrandbohnen! Beim Umdrehen fiel ihr Blick auf das weiße Gebäude des Ozeaneums. Es sah tatsächlich aus wie eine Klo-Rolle.

Kapitel 4

Cindy. Cindy war im vergangenen Sommer quasi das erste Mädchen gewesen, das Bastian hier in Stralsund näher kennengelernt hatte. Von ein paar Kneipenbekanntschaften abgesehen. Aber Mädchen, die in finsteren Kellerkneipen Bier tranken und nichts Besseres zu tun hatten, als dort rumzuhängen? Mit Cindy hatte er sich in der Disco einen ganzen Abend über hauptsächlich angeschrien. Tanzen war noch nie so sein Ding gewesen. Er stand lieber am Rand der Tanzfläche und hielt sich an seinem Bier fest. Cindy sah nicht übel aus, obwohl Bastian im Wesentlichen ihr Hintern in Erinnerung geblieben war. Evelyn hätte das sicher fürchterlich missbilligt. Evelyn, seine erste »richtige« Freundin, obwohl da ja eigentlich nichts gewesen war. Eigentlich war mehr er Evelyns erster »richtiger« Freund gewesen. Dieser Auffassung war sie jedenfalls lange gewesen und nichts hatte sie davon abbringen können. Da war Evelyn hartnäckig, das ging bis zur Penetranz. Wahrscheinlich hatte Evelyn sich das alles nur eingebildet. Bastian war sich keiner Schuld bewusst, jemals irgendwelche Signale ausgesendet zu haben, die Evelyn zu ihrer irrigen Auffassung hätten ermutigen können. Egal. Er hatte auch schon länger nichts mehr von Evelyn gehört. Sogar ihre Briefe hatte sie irgendwann eingestellt. Nicht, dass er einen davon beantwortet hätte. Nicht einmal daran hatte Evelyn sich gestört. Wie gesagt, von Cindy war ihm im Wesentlichen ihr Hintern in Erinnerung geblieben. Musste am Alkohol gelegen haben. Und Muskeln hatte Cindy gezeigt! Bastian war sich nicht sicher gewesen, ob er bei Cindys Oberarmen dagegenhalten konnte. Bisschen klein war sie insgesamt vielleicht, so ein Mäuschen mit niedlichem Spitzgesicht. Aber eine äußerst energische Maus, die augenscheinlich wusste, was sie wollte. Eigentlich stand Bastian, nachdem er Evelyn mit ihrem Tofu- und Meditationstick, der Plage seiner frühen Jahre, nun hoffentlich endgültig entkommen war, eher nicht mehr so auf bestimmende Frauen. Aber Cindy schien anders, zumindest nicht so nervig. Cindy war Sportlehrerin am Hansa-Gymnasium. Lehramtsanwärterin oder wie sich das nannte. Und damit wohl auch ein paar Jahre älter als er. Aber machte das was? Cindy war jedenfalls ganz begeistert, auf einen richtigen Polizisten getroffen zu sein. Ob er denn auch viel trainieren müsse? Bastian hatte dann mit der Darstellung seines Trainings gewohnheitsmäßig etwas übertrieben. Was er denn da alles machen müsse? Bastian hatte noch mehr übertrieben. Cindy hatte ganz glitzerige Augen bekommen und wurde immer begeisterter. Motorradfahrer, nicht schlecht. Sie musterte ihn gründlich und anerkennend von oben bis unten. Offenbar hatte er ihrer Prüfung standgehalten und wurde von Cindy zum Austausch der Handynummern aufgefordert.

Cindy kam gleich zur Sache. Bastian hatte noch kein Auge aufgetan, als am folgenden Sonntagmorgen sein Handy klingelte. Irgendwo in der Tiefe seiner Wohnung. Er schlitterte los. Verdammtes Laminat! Bastian stieß sich übel an der Kante seines neuen Glasschreibtisches, der erst seit ein paar Tagen dort stand. Er fummelte das plärrende, vibrierende Ding aus der Innentasche seiner Jeansjacke. »Ja? … Äh … Wo? … Nein, eigentlich nicht. … Ja, okay, bis um viertel zwei denn.« Bastian war soeben von Cindy um zwei zum Kajak fahren auf dem Sund verabredet worden. Wenn er das richtig verstanden hatte. Er rieb sich seinen schmerzenden Oberschenkel. Viertel zwei? Bastian fragte sich, was »viertel zwei« jetzt bedeutete. Er sah auch nach einer ganzen Weile in Stralsund nicht durch, wie die Leute hier die Uhrzeiten bezeichneten. Halb zwei war klar. Aber viertel zwei? Bastian bekam Kopfschmerzen. Das letzte Bier hätte er besser weglassen sollen. Er war müde. War viertel zwei nun viertel vor zwei oder viertel nach zwei oder was? Er trante ins Bad. Wie spät war es denn überhaupt? Kurz vor eins, auweia. Trotzdem, da hatte er ja noch Zeit. Wieder im Bett zog er sich die Decke über den Kopf, jetzt bloß nicht noch mal einschlafen! Viertel zwei, du liebes bisschen, meinten die hier im Osten damit nicht viertel nach eins? Bastian schoss hoch. Noch zehn Minuten! Cindy war bestimmt keine, die Unpünktlichkeit lässig nehmen würde. Das Bootshaus vom Kanu-Club an der Sundpromenade war mit dem Rad schnell erreicht, er wusste vom Laufen her, wo das lag. Bastian stürmte ins Bad, klatschte sich reichlich kaltes Wasser ins Gesicht. Das half. Seine Wäsche klaubte er vom Trockengestell im Wohnzimmer zusammen. Was zog man zum Kajak fahren an? Er hatte überhaupt keine Ahnung. Reichte ein T-Shirt? Eher nicht. Es war zwar Mai, aber wenn er so aus dem Fenster schaute, war es doch ein wenig windig und sah irgendwie nach Regen aus. Mist, der Reißverschluss von den Shorts klemmte. Jetzt aber! Sandalen! Cindy hatte am Telefon was von Sandalen gesagt. Er hatte aktuell gerade keine Sandalen. Bastian zog sich seine neuen Joggingschuhe an. Würde schon gehen. Er griff sich ein Kapuzen-Shirt und warf die Wohnungstür hinter sich zu. Das Fahrrad war schnell aus dem Keller bugsiert, nun aber ordentlich in die Pedalen getreten! Nach zehn Metern lief die Kette ab und er trat ins Leere. Mist, verdammter. Retour. Glücklicherweise hatte Bastian seine Laufschuhe bereits an.

Er sah Cindy schon von Weitem. Sie wartete auf ihn vor dem Bootshaus. Ihre ganze Körperhaltung signalisierte, dass sie wartete. Und dass sie es gar nicht mochte zu warten. Zudem noch auf jemanden, der die unverzeihliche Unverschämtheit besaß, unpünktlich zu sein. Bastian trabte keuchend aus. Cindy blickte missbilligend auf ihre eindeutig überdimensionierte Multifunktionstiefseetaucherhochseepilotenbergsteigerarmbanduhr. Bastian sah rundherum vor allem Knöpfe an dieser Uhr. Wofür mochten die alle nur gut sein? Brauchte man so was? Er stammelte etwas zu seiner Entschuldigung. Cindy hatte sich eine futuristische Sonnenbrille mit orangenen Gläsern ins Haar geschoben und wirkte ohnehin äußerst entschlossen. »Na, jetzt bist du ja hier. Bist du schon mal Kajak gefahren?« »Nö.« Bastian war da lieber gleich ehrlich. Cindy in ihrer ganzen Multifunktionsausrüstung machte ihm ja etwas Angst. Alles atmungsaktiv und semi-irgendwas und haufenweise Klettverschlüsse. »Und, wo sind deine Sandalen?« »Äh …« Cindy guckte wieder missbilligend. Bastian wurde immer kleiner.

In den Regalen des Bootsschuppens stapelten sich die Boote. Kanus? Kajaks? Bastian traute sich nicht zu fragen. Bestimmt würde Cindy wieder gucken. Es roch nach Umkleidekabine und nach Gummistiefeln. Das war aber nicht der Gummigeruch, den Bastian an und für sich so sehr mochte. Hier dünstete es eher nach getragenen Gummistiefeln … Cindy lotste ihn in die Tiefe des Schuppens und hieß ihn, mit anzufassen. Gemeinsam hievten sie ein Doppel-Boot aus seiner Halterung im Bootsregal und bugsierten es nach draußen. Bastian stellte sich dabei etwas ungeschickt an. Er war schon ganz nervös vor lauter Angst, wieder etwas verkehrt zu machen. Das war wie damals im Handarbeitsunterricht in der Grundschule. Da hatten sie alle der Reihe nach am Ende der Stunde nach vorne kommen müssen. Und wenn es nicht gut genug war, was sie da fabriziert hatten, hatte das alte Fräulein Harms alles wieder aufgetrennt. Bei Bastian hatte Fräulein Harms fast immer alles wieder aufgetrennt. Und Fräulein Harms hatte schlimmen Mundgeruch gehabt. Und im Malunterricht hatte sie ihm einmal ein Tuschbild mit dem Schwamm wieder ausgewischt. Weil, sie hatte sein Bild von der Geschichte von Xaver und Wastl nicht schön gefunden. Und er war so stolz darauf gewesen. Das Bild war so getupft gewesen.

Fräulein Harms stammte noch aus einer Generation, die das Sparen gelernt hatte. Das Papier mit den ausgewischten Xaver und Wastl konnte man schließlich nach dem Trocknen noch mal verwenden. Nur hatte das mit dem Auswischen nicht ganz funktioniert, Bastian hatte die Gesichter von Xaver und Wastl sehr wohl noch erkennen können! Bei Cindy würde er immer an Fräulein Harms denken müssen, das konnte irgendwie nichts werden.

Bastian war beim Heraustragen zweimal irgendwo drangeschrammt mit dem Boot. Er hatte das noch nie gemacht, er kannte sich hier nicht aus, du meine Güte. Cindy besah sich im Gegenlicht das Boot, das sie vor dem Schuppen im Gras ablegt hatten. Offenbar konnte sie keine neuen Kratzer erkennen. Die Dinger waren aus Fiberglas, was sollte da passieren? Nein, das wäre ein Vereinsboot, da müsse man gerade sorgfältig mit umgehen. Sie hätte noch einen eigenen Einer. Cindy zeigte in das Dunkel des Schuppens. Eine Spezialanfertigung, extrem leicht und extrem widerstandsfähig und extrem schnell. Überhaupt ziemlich extrem. Und eben nicht billig. Aha. Bastian konnte sich daran erinnern, in den Tiefen des Schuppens ein besonders schnittiges Modell in schwarz und gelb gesehen zu haben, das in großen schwungvollen Buchstaben den Namen CINDY trug … Bastian spukte immer noch Fräulein Harms durch den Kopf. Cindy erzählte etwas von Barthefahrt, Trebelfahrt, Weser-Marathon, Peenefahrt, Recknitzfahrt, Rund Darß … Sie wär auch schon um Grönland gepaddelt, den Amazonas rauf und runter, im Himalaya … »Hallo!?« »Ja, äh …« Bastian hatte geträumt. Ihm knurrte der Magen und er hatte heute noch keinen Kaffee bekommen. Cindy hatte bislang keinen günstigen Eindruck von dem Bewerber. Unpünktlich, offensichtlich grobmotorisch und unkonzentriert. Na, das konnte ja was werden! Sie brauchte aber unbedingt einen zweiten Mann für den Hiddensee-Marathon Ende Juni. Den Mix wollte sie unbedingt auch einmal gewinnen. Der fehlte noch in ihrer Sammlung. Die Konkurrenz war nicht unbedingt groß. Im vergangenen Jahr war im Mix nur ein Boot ins Ziel gekommen.

Aber Pokal war Pokal. Das musste doch zu schaffen sein. Der Kerl hier war schließlich Polizist und stand irgendwie im Training. Außerdem war er doch Motorradfahrer!

Cindy reichte Bastian einen großen durchsichtigen Plastikbeutel mit Zipp-Verschluss. Darin waren bereits eine Flasche Ananas-Saft, ein paar Schokoriegel sowie eine Packung Tampons. Bastian verstand nicht und guckte bloß. Auch noch schwer von Kapee! Der Knabe würde das nie und nimmer begreifen, das richtige Paddeln. Cindy sah ihren schon sichergeglaubten Sieg im Mix-Doppelkajak beim diesjährigen Hiddensee-Marathon wieder in weite Ferne entschwinden. »Na, für deine Sachen, die nass werden könnten, wofür sonst?« Cindy war genervt. Alleine wäre sie schon längst auf dem Wasser, aber alleine konnte man keinen Wettbewerb im Doppelkajak gewinnen. Zu dumm. Bastian fielen auf die Schnelle keine Sachen ein, die er dabeihatte und die im Wasser Schaden nehmen konnten. Er hatte sogar sein Portemonnaie vergessen. Bastian hätte gerne einen von den Schokoriegeln gegessen, traute sich aber nicht, Cindy zu fragen, ob er einen davon haben könne. Unschlüssig stand er da und hielt die Tüte mit Cindys Sachen in der Hand. Die steckte irgendetwas am Boot fest und sah ihn missbilligend von unten herauf an. Sie nahm ihm den Beutel aus der Hand und verstaute ihn im Bootsheck.

Anschließend erhielt Bastian im Schnelldurchgang eine Einführung in das Paddeln mit dem Doppelkajak. Kajak. Es hieß also Kajak und nicht Kanu. Da hatte Cindy ihm auch schon ein Paddel in die Hände gedrückt. Das sollte er irgendwie mit angewinkelten Armen vor die Brust halten und dann damit so und so und so paddeln. Cindy griff ihm dabei von hinten unter die Arme durch. So und so und so: ganz einfach. Bastian kam gar nicht erst dazu, sich die Bewegungsabläufe anzueignen. Wie jetzt noch mal? Cindy hatte erzählt, sie sei praktisch auf dem Kajak aufgewachsen. Und er sollte das jetzt in fünf Minuten lernen? Bastian mochte aber auch nicht nachfragen. Die Sonntagmittagsspaziergänger an der Sundpromenade guckten schon, was sie hier veranstalteten.

»Und immer schön synchron.« »Sitze ich denn vorne oder hinten?« »Na vorne, ich muss doch hinten steuern.« Bastian fragte sich, wie er vorne synchron paddeln sollte, wenn er gar nicht sehen konnte, was Cindy hinter ihm machte. Sollte er sich ständig zu ihr umdrehen? Er traute sich aber auch nicht zu fragen. Er sollte irgendwie paddeln, das war ihm klar. Und er hatte dabei Cindy im Nacken. Die stülpte ihm gerade ein Gummidings über, das sie ihm bis in die Körpermitte runterrackte. Dann schickte sie ihn zum Probesitzen ins Kajak. Alles auf dem Trockenen. Bastian fädelte seine langen Beine in die Öffnung und nahm Platz. Eigentlich erstaunlich bequem. Cindy zog das Gummidings über der Öffnung fest. »So, jetzt ist das Boot wasserdicht. Nun kommt kein Wasser mehr rein.« Und auch keins mehr raus. Daher also der Umkleidekabinengummistiefelmief im Bootsschuppen. Bastian fragte sich, ob man im Boot drinnen, also mit der unteren Hälfte, wohl viel schwitzen musste beim Rudern. Cindy reichte ihm ein Paddel. Bastian versuchte, die Bewegungen korrekt zu wiederholen. Entspannt war das alles nicht. Den Motorradfahrer nahm Cindy Bastian inzwischen nicht mehr ab. Sie hielt ihn mittlerweile augenscheinlich für eine reichlich grobmotorische Weichwurst. Die Spaziergänger guckten, Cindy schurigelte, was das Zeug hielt. Vorm Vereinshaus gleich nebenan hatte sich eine Gruppe von Kanuten versammelt. Bastian spürte die mitleidigen Blicke. Wann ging es denn endlich rauf aufs Wasser? Da guckte wenigstens niemand mehr zu.

Zu zweit wuchteten sie den Doppelkajak zum Bootssteg über die Sundpromenade. Bastian vorneweg, Cindy am Heck. Das Ding war ganz schön schwer. Bastian war einfach geradeaus gelaufen. Hatte er ahnen können, dass er die Schräge runter sollte? Kannte er sich hier aus? Auf der Schräge stand ein Schwan und zischte ihn böse an. Bastian hielt inne, Cindy hinter ihm fluchte. »Was ist denn nun schon wieder? Los, scheuch ihn weg!« Wie verjagte man einen bedrohlich fauchenden Schwan? Sie setzten das Boot ab und Cindy erledigte den Part. Sie hatte augenscheinlich keine Angst vor Schwänen. Woher sollte er sich mit Schwänen auskennen? Sie hoben das Boot wieder an. Cindy blaffte von hinten. Hatte er hinten Augen im Kopf? Als Nächstes trat er in einen dicken Klecks, den der Schwan in seiner Empörung, von seinem sonntäglichen Lieblingsplatz vertrieben zu werden, auf dem Steg hinterlassen hatte. Hoffentlich merkte Cindy nichts! Bastian geriet auch nur ganz kurz ins Rutschen. Sie setzten das Boot am Rand vom unteren Steg ab und ließen es zu Wasser. Cindy hielt den Kajak fest, Bastian sollte als Erster einsteigen. Das war schon bei der Trockenübung vor dem Bootsschuppen eine heikle Angelegenheit gewesen. Aber es klappte wider Erwarten. Er hatte sich lediglich an der Hand einen Holzsplitter vom Steg übel eingerissen. Nur nichts anmerken lassen. Nun noch das schwarze Gummidings drum herum festgezurrt. Es ging nicht. Das widerspenstige Ding wollte partout nicht so, wie er wollte. Mit genervtem Brummen zog Cindy es in seinem Rücken über den Wulst an der Öffnung. Mit einem Ruck stieß sie das Boot ab und los ging es!

Man hatte ja tatsächlich eine ganze andere Sicht auf die Dinge, man saß mehr oder weniger direkt auf dem Wasser. Eine völlig neue Perspektive. Bastian kam aber gar nicht dazu, die ungewohnte Aussicht über den Strelasund, auf die Insel Rügen und die Stadt Stralsund zu würdigen. Ständig machte er etwas falsch: Entweder hielt er das Paddel grundsätzlich und überhaupt falsch oder in einem verkehrten Winkel, tauchte es zu tief oder zu flach ein, paddelte zu schnell, zu langsam … Er konnte machen, was er wollte, immer war irgendetwas. Cindy saß ihm buchstäblich im Nacken. Mit ihrer orangenen Rundrum-Designer-Sonnenbrille musste sie zum Fürchten aussehen. Und Cindy würde nicht lockerlassen, die nicht. Die See war ganz schön kabbelig. Nicht, dass Bastian seekrank wurde, den Gefallen würde er Cindy nicht tun. Aber er hatte dummerweise sein Kapuzen-Shirt am Bootsschuppen liegenlassen. Auf dem Wasser war es doch frischer, als er vermutet hatte. Sie platschten über die Wellen, dass es nur so spritzte. Alsbald war sein T-Shirt durchnässt. Cindy in ihren Hightech-Outdoor-Klamotten hatte es da besser. Aber er würd' den Teufel tun und jammern. Schon nach kurzer

Strecke schmerzten Bastian die Arme. Entweder lag das an der ungewohnten Belastung, seiner bescheidenen Technik oder an beidem. Hinter seinem Rücken hörte es nicht auf zu meckern. Augen zu und durch. Aus dem Hafen kam ihnen ein großer flacher Flusskreuzfahrer bedrohlich nahe. Cindy erklärte ihm von hinten, dass es Verkehrsregeln im engeren Sinne für Kajaks nicht gebe. Man müsse da eben rechtzeitig aufpassen. Schon allein als Polizist fand Bastian das reichlich bedenklich. Kreuzfahrer, Frachter, Segler, Motorboote … Was für ein Durcheinander! Und er mittendrin in so einem kleinen Paddelboot, in dem er anscheinend alles nur verkehrt machte, was er auch tat.

Cindy erzählte aus dem Off etwas von Hafenrinne, von Strömung und von Stralsunder Fahrwasser. Bastian merkte nur, dass sie eigentlich kaum von der Stelle kamen, was aber bestimmt an ihm lag. Er werkelte eben nicht synchron, tauchte das Paddel nicht tief genug ein … Seine Schultern schmerzten und er mochte nicht mehr wirklich. Die Wellen waren ganz schön hoch. Aufgeben kam nicht infrage. Er war gefangen. Nach einer endlosen Weile ging es unter der neuen Rügenbrücke und dem alten Rügendamm hindurch. Obenrum war Bastian durchnässt und fror, unten im Boot schwitzte er. Das gab bestimmt wieder eine deftige Erkältung, da konnte er drauf wetten. Cindy wollte mit ihm um den Dänholm herum. Unter kurzer Spritztour hatte er sich etwas anderes vorgestellt. Aber eine Memme wollte er schließlich auch nicht sein. Obwohl er mittlerweile seine Schultern nicht mehr spürte. Von hinten dozierte und schurigelte Cindy. Was interessierte ihn eine verfallene ehemalige Militärschwimmanstalt auf der Rückseite vom Dänholm? Das waren doch nur ein paar vergammelte Pfähle im Wasser. Bastian wollte nur noch ankommen am Vereinshaus an der Sundpromenade und sonst gar nichts. Ziegelgraben, wieder die beiden Brücken. Nun steuerte Cindy auch noch in irgendwelche Kanäle am Hafen! Touristen glotzten sie von den Brücken aus an. Hoffentlich sah ihn hier kein Kollege. Das Wasser stand derart hoch, dass sie sich bei der Durchfahrt unter die Brücken ganz flach machen mussten. Bastian war bei jeder Brücke von Neuem durch und durch mulmig zumute. Cindy hatte ihren Spaß. Sie grüßte im Vorbeifahren irgendwelche Bekannte, rief dazu ein paar launige Bemerkungen, etwas in Richtung Anfänger und so. Woraufhin weitere Passanten auf ihr Boot aufmerksam wurden. Es ging an den Fahrgastschiffen der Weißen Flotte vorbei. Eines davon legte gerade ab. Es stank nach Dieselqualm und schaukelte wieder ziemlich. Die Fahrgäste schauten zu ihnen herab. Cindy gab von hinten hektische Anweisungen, aber die waren Bastian inzwischen mehr oder weniger egal. Recht machen konnte man es ihr sowieso nicht. Sollte sie da hinten doch zusehen, wie sie zurechtkam. Sie umrundeten die Nordmole, dann wurde es abermals unruhiger. Schließlich erreichten sie nach endloser Zeit wieder den Bootssteg. Bastian war inzwischen ganz schwummerig, hatte er doch den ganzen Tag über noch nichts gegessen. Aber Cindy nach den Schokoriegeln und dem Ananas-Saft in ihrem wasserdichten Proviantbeutel fragen? Niemals.

Beim Aussteigen glitt Bastian vom Boot ab und stand plötzlich im Wasser, das hier in Ufernähe zum Glück reichlich flach war. Nun war auch seine untere Hälfte klatschnass. Die Passanten amüsierten sich und blickten ihnen spöttisch hinterher, als sie den Kajak zum Schuppen zurücktrugen. Cindy kümmerte sich als Erstes um das Boot, wischte es trocken, machte sich hier und dort daran zu schaffen. Bastian stand bedröppelt daneben. Er hatte sich unter Paddeln immer vorgestellt, dass man sich gemütlich einen Fluss entlang treiben lässt, dabei hin und wieder mal einen Paddelschlag tut und ansonsten die Natur genießt. Gut, er hatte damals auf der Klassenfahrt an die Nordsee auch geglaubt, unter dem Schlick bei Ebbe im Dangaster Hafenbecken wäre gleich fester Sand drunter. War aber nicht. Er hatte den herrenlosen Anker bergen wollen und war einfach mit Anlauf vom Bootssteg gesprungen. Und war fast bis zum Hals im stinkigen Hafenschlick versunken. Mit panischer Angst hatte er sich freigerappelt und sogar selbst wieder auf den Steg gezogen. Allerdings nunmehr bedeckt von einer zentimeterdicken übel riechenden Schlammschicht. Zum Gespött der ganzen Klasse hatte er sich gemacht. Und einen Gummistiefel hatte er dabei auch noch verloren. Wie bei Max und Moritz im Brotteig. Unter intensiver Anteilnahme zahlreicher Hafenbesucher hatten sie ihn dann mit einem Gartenschlauch notdürftig gereinigt. Den Schlickgestank hatte er immer noch in der Nase. So was zumindest konnte ihm an der Ostsee nicht passieren.

Artig bedankte er sich bei Cindy für den Ausflug. Die verlor kein weiteres Wort über seine nassen Sachen oder sonst irgendetwas und werkelte unverdrossen weiter am Boot herum. Gerade einmal, dass sie zu ihm hochschaute und ihm gleichfalls ein schönes Wochenende wünschte. Nun fing es zu allem Überfluss auch noch an zu regnen. Bastian griff nach seinem Kapuzen-Shirt und trabte in nassen Klamotten los. Er musste unbedingt etwas essen und trinken, heiß duschen und vergessen und verdrängen, Cindy und Dangast und überhaupt. Vom Wasser aus fauchte ihm ein Schwan hinterher.

Mit schmerzenden Schultern, vor Nässe frierend und reichlich entkräftet stolperte Bastian am »Ventspils« vorbei. Er musste dringend wieder etwas mehr für seine Kondition tun. Das bisschen Laufen reichte offenbar nicht aus, um bei einer Cindy mithalten zu können. Er ging zwar davon aus, dass weder Cindy ihn noch er sie wieder anrufen würde, um sich zu was auch immer zu verabreden, aber trotzdem, er musste etwas tun. Schwimmen vielleicht? Oder lieber doch etwas, das weniger feucht und kalt war? Bastian bog rechts ab und blickte aus den Augenwinkeln auf das Schill-Denkmal. Jaha, er wusste mittlerweile, was es mit diesem Schill auf sich hatte. Zumindest so ungefähr. War ja ein reichliches Durcheinander und Hin und Her gewesen, damals in Deutschland und Europa. Mit Napoleon und so. Das konnte man unmöglich alles im Kopf behalten. Die Bodenplatte im Bürgersteig in der Fährstraße hatte er sich auch angesehen. Bemerkenswert fand er vor allem, dass der Körper von diesem Schill zwar hier in Stralsund beerdigt war, der Kopf aber woanders. Hatte so auch im Internet gestanden. Bastian hatte inzwischen wieder vergessen, wo der Kopf nun letztlich begraben lag. Aber spielte das eine Rolle? Jedenfalls nicht hier in Stralsund. Egal, der war schon lange tot und Geschichte. Bei seinem Trab am Theater vorbei, durchs Kniepertor rauf auf den Alten Markt musste er an Schwester Ingrid denken, die ihn damals auf Ferdinand von Schill gebracht hatte. Mit Schwester Ingrid war er seinerzeit hier auf die Suche nach Blauzahns Schatz gegangen. Sie hatten ihn dann schließlich auch gefunden. Oder eben nicht. Bastian hatte dazu seine eigene Meinung, doch wen interessierte das? Schwester Ingrid begegnete ihm ab und an in der Stadt und sie grüßten sich freundlich. Reichte ja auch vollkommen.

Bastian fischte den Schlüsselbund aus seiner klammen Hose. In der Wohnung entledigte er sich als Erstes der quietschnassen Laufschuhe, an deren einem mutmaßlich noch Schwanendreck anhaftete, streifte dann seine durchfeuchteten Klamotten ab, schlüpfte in den Bademantel und stürzte sich mit Heißhunger auf die letzte schrumpelige, braune Banane im Obstkorb in der Küche. Nach einer Instant-Gemüsebrühe, einem Stapel Toastbrot mit dick Nutella drauf nebst einem Pott Kaffee und einer heißen Dusche ging es ihm körperlich wieder ein wenig besser. Nun konnte er sich um die Wäsche und den Splitter vom Bootssteg in seinem rechten Zeigefinger kümmern. Die Stelle, wo er sich vor der ganzen Aktion an der Ecke vom Glastisch gestoßen hatte, schmerzte immer noch. Das gab mit Sicherheit einen mächtigen blauen Fleck. Cindy hielt ihn bestimmt für ein Weichei mit Koordinationsproblemen … Da halfen nur noch Motorradzeitschriften. Und im Keller wartete zu allem Überfluss noch sein Fahrrad mit abgelaufener Kette.

Bastians nächster Versuch gleich nach seiner heftigen Erkältung hieß Melanie. Melanie schien das genaue Gegenteil von Cindy. Zum Fasching ging Melanie bestimmt jedes Jahr als Prinzessin. Als was sonst? Gut, Bastian war schon im Kindergarten immer als Cowboy verkleidet gewesen. Melanie war Friseuse. Oder sagte man korrekt Friseurin? Mit rosa

Strähnen im blonden Haar. Überhaupt war vieles an ihr rosa, von den Haaren übers Handy bis zu den Pantöffelchen. Oder war es pink? Bastian kannte sich da nicht so aus. Alles mit Glitzersteinchen. Sogar die Zähne und die Fußnägel. Und braun gebrannt vom Badeurlaub auf Ibiza. Unterdessen hatte diesmal ganz klassisch Bastian die Initiative ergriffen. Wie sich das gehörte. Damit standen die Vorzeichen schon einmal günstiger.

Melanie arbeitete in einem Salon im Strelapark. Bastian traf sich dort einige Male mit ihr auf ein Eis oder einen Cappuccino. Er sollte sie unbedingt im Salon abholen. Ihre Kolleginnen konnten sich gar nicht wieder einkriegen vor Neugier. Da gab es eine Grüne, eine Blaue, eine etwas ältere Violette. Alle mit solchen Strähnen und wechselhaften Haarfarben. An solche Haartracht konnte Bastian sich im Westen nicht erinnern. Hier in Stralsund gehörte diese Buntheit geradezu zum Straßenbild. Ein Kollege hatte mal gemeint, die seien alle so bunt, weil sie arbeitslos seien. Da hätten sie Langeweile und viel Zeit, was mit ihren Haaren zu machen. Mochte sein, mochte nicht sein. Bei Melanie war die Buntheit berufsbedingt zu erklären.

Im Eissalon gab es ein rosa Eis aus Drachenfrucht. Was immer »Drachenfrucht« auch sein mochte. Melanie bestellte fünf Kugeln mit Sahne und bunten Streuseln zum Doppelten Cappuccino. Bastian blieb bei einer Tasse Kaffee. Melanie ließ von der Bedienung einen zweiten Löffel kommen. Bastian durfte auch einmal naschen. Wie zufällig kam immer mal eine von Melanies bunten Kolleginnen vom Salon am anderen Ende der Passage vorbei. Deren Toilettenschlüssel ging offenbar von Hand zu Hand. Melanie orderte noch einen Crêpe mit Baileys und Sahne. Bastian hatte sie schließlich eingeladen, sollten Yvette, Andrea und Simone nur richtig gucken. Melanies Rundlichkeit störte Bastian nicht im Geringsten, zumal sich diese Rundlichkeit ansehnlich verteilte. Nur dass beinahe jede ihre Äußerungen mit einem »wie süß« oder »nein, wie süß« endete, nervte ihn bald. Das machte auch ihr leichtes Lispeln nicht wett. Melanie fand kleine Hunde süß, Babies, Kleinkinder … Alles so was fand sie einfach nur süß. Bastian ignorierte das und nickte der Einfachheit halber. Er hatte dummerweise gerade nicht mehr zugehört und wieder genickt, als Melanie ihn zu einem Besuch im Tierpark eingeladen hatte. Er wusste gar nicht, wie ihm geschah. Tierpark! Was sollte er im Tierpark?

Am nächsten Samstag löste Bastian an der Kasse vom Stralsunder Zoo, wie sich der Tierpark seit einiger Zeit nannte, zwei Eintrittskarten für Erwachsene. Melanie packte noch zwei Tüten mit Tierfutter auf den Tresen. Er konnte ihr kaum folgen, so schnell wieselte sie auf das erste Gehege zu. »NEIN, SCHAU MAL, WIE SÜÜÜSSSS. MEERSCHWEINCHEN! ... HÄNGEBAUCHSCHWEINE! ... PUUT-PUUT-PUUT ... NEIN, DIE HABEN JA JUNGE, WIE SÜÜÜSSSSS, NEIN, WIE SÜÜÜSSSS! ...« Melanie war völlig aus dem Häuschen und kaum zu bremsen. Bastian betrachtete ein gähnendes Hängebauchschwein. Allein diese gebogenen gelben Zähne! Wer konnte an diesen grauenhaft schmatzenden Viechern etwas süß finden? Melanie, schon klar. Bastian wollte sich die beiden urtümlichen Wisente im Gehege gegenüber von Nahem betrachten. Aber Melanie zerrte ihn weiter, sie hatte bereits ein neues, lohnenderes Ziel ausgemacht. Aufgeregt tippelte sie einen Hügel hinauf. Bastian kam kaum hinterher. Melanie hockte schon vor einer Art Palisade und pükerte in ihrem Futterbeutel, während sich eine abnorme Riesenzunge gierig mal hier und mal dort durch die Abstände zwischen den Holzpfählen schob. »DASSS WAATUSSSII-RIND ISST MEIN LIEBLINGSSTIER HIER IM ZZZOO, GLEICH NACH DEN HÄNGEBAUCHSSSWEINEN! NEIN, GUCK DOCH NUR MAL, WIE SÜSSS!« War Melanie aufgeregt, verschlimmerte sich ihr Lispeln. Sie drängte ihn, es doch auch einmal mit dem Füttern zu versuchen. Bastian hatte eine Aversion gegen Rinderzungen. Feucht und warm und widerborstig. Als Kind hatte er einmal brechen müssen, als eine ganze gepökelte Rinderzunge in Weißweinsauce und mit Mandelstiften auf den Sonntagsmittagstisch gekommen war. Und das vor Besuch und vom Sohn des Fleischers. Na, da war was los gewesen. Rinderzunge hatte es bei ihnen nie wieder gegeben.

Bastian überwand sich, er wollte schließlich nicht im Tierpark zwischen Melanie und einer Gruppe von Tagesmüttern mit einer Horde Kleinkinder, die sich inzwischen dazugesellt hatte, als gnadenloser Feigling dastehen. »SSSO MUSSST DU DASSS MACHEN: MIT DER FLACHEN HAND.« Das war ihm schon klar. Trotz aller Vorsicht: Im Nu hatte das Watussi-Rind seine Rechte vollgesabbert. Den Geruch würde er den ganzen Tag nicht wieder loswerden. Bastian stand auf. Seine restlichen Krümel verteilte er lieber an die Ziegen. Hin- und hergerissen schwenkte das Watussi-Rind seine riesigen Hörner wild durch die Gegend. Könnte es damit nicht kurzerhand die lispelnde Melanie … Hockte doch gerade in der richtigen Höhe. Aber da war die geschickte Konstruktion der Palisade davor. Bastian fluchte auf die Sicherheitsvorschriften. Es dauerte eine Weile, bis Melanie sich von ihrem geliebten Watussi-Rind losreißen konnte. Bastian wollte sich erst die Eulen ansehen und dann die Wölfe. Melanie wollte lieber noch ein Rindvieh füttern, irgendetwas aus Ungarn mit riesigen Kuhaugen. Das ungarische Riesenkalb verschlang das Futter gierig, so dass Bastian sich fragte, wie man womöglich seine Hand wieder aus einer Kuh herausbekam. Der Sabber war jedenfalls widerlich. Er wollte zu den Wölfen, sie ging einfach weiter zu den SÜSSSEN weißen Gänsen mit so Püschelfedern über den Füßen. Bastian resignierte und trottete hinterher. Er dachte an Gänsebraten mit Rotkohl und Kartoffelklößen und grinste böse hinter einer munter schnatternden Melanie. Im Südamerika-Haus bekam Melanie richtig Ärger mit einem Pfleger, weil sie versucht hatte, eines der SÜSSSEN Äffchen zu füttern. Hätte er sie darauf hinweisen sollen, dass es verboten war, Essbares mit in das Haus zu nehmen? Bastian fand diese Äffchen ohnehin eher unheimlich. Die erinnerten ihn an diesen Katastrophenfilm, in dem die Seuche von so einem ach so putzigen Kerlchen beinahe auf die gesamte Menschheit übertragen worden wäre. Jedenfalls waren eine ganze Menge Menschen an dieser mörderischen Urwaldkrankheit gestorben. OK, im Film.

Er wollte sich die Piranhas näher anschauen, die Vogelspinnen, die Pfeilgift-Frösche … Melanie mochte aber nicht mehr länger im Südamerika-Haus sein, wo der böse Tierpfleger sie ermahnt hatte. Draußen wurden erst einmal die SÜSSSEN Nasenbären gefüttert. Die mochten aber Melanies Futter nicht. Dann wollte sie weiter zu den Ziegen. Gut, auch Ziegen. Bastians Hände stanken bald nach Rind und nach Ziege. Fehlte nur noch Schaf. Richtig, beinahe hätten sie vergessen, die Schafe zu füttern. Blöde glotzten sie Bastian an und lutschten an seinen Händen herum. Gott sei Dank war bei den Schafen ihr Futter endlich alle. Bastian wollte nun zum Affenhaus. Melanie zog ihn schnurstracks daran vorbei zum Süßigkeitenwagen auf der großen Wiese neben dem Spielplatz: Sie habe Hunger und wolle jetzt etwas essen. Bastian staunte über die Vielfalt und Üppigkeit des Angebotes. Die hatten hier sogar diese Bonbons mit der Kuh drauf, die von früher, diese ganz besonderen … Ehe er sich versah, hatte Melanie ihm eine große rosa Zuckerwatte in die Hand gedrückt. Um Himmels willen, wie aß man so was? Eine Pommes mit Mayo im »Café Borstel« wäre ihm lieber gewesen. Bastian beobachtete Melanie dabei, wie sie geschickt ihrer klebrigen Wolke zu Leibe rückte. Er versuchte, es ihr nachzutun, was ihm aber nicht zu seiner Zufriedenheit gelang. Melanie steuerte auf die Böschung hinter dem Baumhaus mit der Schaukel zu, um sich ein wenig in die Sonne zu setzen, die gerade wieder hinter ein paar Wolken hervorgekommen war. Das Gras war noch ein wenig klamm, so dass Bastian ihr seine Jeansjacke zum Drunterlegen anbot. Wie ihm zu spät einfiel, steckte seine gute Sonnenbrille noch in der Brusttasche. Melanie plapperte drauflos, wie es eben so ihre Art war. Ein Junge schaukelte, die Schaukel quietschte erbärmlich. Bastian hatte sich schon immer gewundert, was Frauen so viel redeten. Über Gott und die Welt, Hauptsache, es wurde geredet. Melanie erzählte gerade, wie sie als Kind bereits auf den Betonelefanten hier im Tierpark gerutscht sei. Gar nicht genug hätte sie davon bekommen können. Sie fragte Bastian auffällig beiläufig, ob er eigentlich Kinder möge. Der war gleich auf der Hut und rätselte intensiv, ob das jetzt eine Fangfrage war. Was antwortete mann da am besten drauf? Er hatte verloren, er konnte antworten, was er wollte, er hatte verloren. Er dachte an seine gute Sonnenbrille. Sollte er Melanie damit ablenken? Oder wenn er gar nichts sagte? Bevor er auch nur losstottern konnte, bohrte Melanie weiter. Die hatte sein Schweigen offenbar anders als von ihm beabsichtigt interpretiert: »Könntest du dir vorstellen, mit mir Kinder zu haben?«

Bastian überkam ein Ziehen im Schritt. Er zögerte, schluckte. Dann hörte er sich ein zaghaftes »Nein« äußern.

»Warum denn nicht?«, beharrte Melanie. Bastian fiel so schnell nichts ein.

»Oder bist du etwa schwul?«

Erleichtert entgegnete Bastian: »JA!«

»Seit wann denn das?«

»Seit gerade eben ...«

»Boah, bist du fies!«

Melanie warf den Rest ihrer Zuckerwatte in den Dreck und stapfte wütend von dannen. Sie hatte gar nicht mehr gelispelt zum Schluss. Als Melanie in Richtung Ausgang verschwunden war, hob Bastian seine Jacke auf und zog eine verbogene Sonnenbrille heraus. Völlig hinüber. Das machte ihm im Moment aber nicht viel aus. Die Erleichterung überwog. Er entsorgte die Zuckerwatte in einen Mülleimer. Den Strelapark und die Disco würde er für eine Weile besser meiden. Wo er schon einmal hier war: Mit einer prallen Tüte Kuhbonbons sah er sich in Seelenruhe alle die Tiere im Zoo an, die er sich ansehen wollte. Die Schimpansen und die Löwen, den Bären und die Wölfe, die Uhus und die Wisente ... Alle waren sie eingesperrt. Aber er, er konnte gehen. Wohin er wollte.

Evelyn, Cindy, Melanie. Warum nur zog er förmlich solche durchgeknallten Frauen mit ihren spinnerten Ideen an? Was machte er falsch, dass die solche Vorstellungen entwickeln konnten und ihn für was auch immer einplanten?

Er wollte weder meditieren noch Kajak-Marathons paddeln. Und Kinder vielleicht irgendwann einmal und eher nicht mit Melanie. Bastian beschloss, sich vor dominanten Frauen in Acht zu nehmen. Irgendwann würde er die Richtige schon finden.

Julia war anders. Julia war weder sportbesessen noch rosa. Mit ihren langen braunen Haaren, ihren dunklen Augen und ihrem blassen Teint war sie eine richtige Erscheinung. Bastian sah Julia von Beginn an vor sich, wie sie mit ihrem altmodischen Fahrrad, eine Stange Baguette unter dem Arm, durch Paris radelte, um in einem Straßencafé einen Café au lait zu schlürfen. Julia hatte so etwas Französisches an sich, sprach aber einwandfreies Hochdeutsch. Offenbar war sie nicht aus Stralsund. Die Stralsunder sagten solche Sachen wie »oorndlich« statt ordentlich. Oder »Bäänd« statt Bernd. »Kööschen« statt Kirschen. Er hatte sich das teilweise auch schon angewöhnt. Julia legte hingegen Wert auf richtige Aussprache. Sie redete ohnehin nicht übermäßig viel. Das war Bastian gleich angenehm aufgefallen, als er beim Laufen auf den Weißen Brücken drauf zugekommen war, wie sie mit spitzen Fingern versuchte, die abgelaufene Kette ihres Fahrrades zu reparieren. Bastian kannte sich mit so was schließlich aus, und bei so einem altmodischen Teil war das ein Klacks. Zack, fertig. Julia schaute unter ihrer Baskenmütze heraus bewundernd zu ihm auf. Eigentlich brauchte Julia nur zu schauen. Julia war anders. Julia trug ausschließlich schwarze Sachen, schminkte sich kaum und war vornehm blass. Sie war seinerzeit mit ihrer Mutter nach Stralsund gekommen. Die arbeitete bei der Deutschen Rentenversicherung draußen in Parow. Ihr Vater war Studiendirektor in Göttingen und bereits vor Ewigkeiten von ihrer Mutter geschieden. Julia bewohnte mit ihrer Mutter eine schicke Altbauwohnung am Jungfernstieg und arbeitete in einem Blumenladen in der Altstadt. Mehr hatte Bastian bei ihrem ersten Treffen auf einen Kaffee und ein Stück Mandeltorte im »Schweden-Café« in der Mühlenstraße nicht aus ihr herausbekommen. Eigentlich hatte er die meiste Zeit geredet. Das war schon mal sehr ungewöhnlich. Hoffentlich hatte er nicht zu viel dummes Zeug erzählt.

Er wollte es dieses Mal nicht gleich so forsch angehen und womöglich wieder übertreiben. Er hatte ja noch nicht einmal Julias Telefonnummer. Entweder hatte sie kein Handy oder sie wollte nicht vorschnell mit ihrer Nummer rausrücken. Julia war auf eine gewisse Weise spröde, die Bastian nach all den forschen Damen durchaus zusagte. Immerhin hatte auch er etwas über sie in Erfahrung gebracht. Wozu war er schließlich Polizist und ermittlungstechnisch geschult? War sie auch an einem baldigen Wiedersehen interessiert? Bastian war sich nicht sicher. Vielleicht sollte er es nicht überstürzen und einfach dem Zufall überlassen. Dennoch machte Bastian sich gleich an einem seiner nächsten freien Nachmittage auf in die Frankenstraße, um Julia in ihrem Blumenladen zu sehen. Bei ihr zu Hause einfach so klingeln? So ungefähr wusste er ja, wo er auf dem Jungfernstieg nach ihrer Wohnung zu suchen hatte. Aber Julia wäre so viel Dreistigkeit bestimmt nicht recht. Ging er halt Blumen kaufen.

Der Laden war ganz am anderen Ende der Frankenstraße zur Wasserstraße und zum Hafen runter. Wenn Bastian sich richtig erinnerte. Hier gab es noch ein paar echt üble Ruinen. Große Kästen, für die sich erst einmal ein Investor finden musste. Das Haus, in dessen Parterre sich der Blumenladen befand, war gerade frisch gemacht. Die Fassade strahlte in einem leuchtenden Hellgrün. Hinter einer historischen Ladentür schlug Bastian eine beinahe tropische Dämse entgegen. Über seinem Kopf klingelte sanft ein Windspiel. Jemand hatte sich offenbar große Mühe gemacht, dem neuen Laden den Anschein von jahrzehntelangem Verfall zu geben. An der Decke hingen Lautsprecher, aus denen leises Wellenrauschen perlte. Die Einrichtung bestand hauptsächlich aus schäbigen Holzkisten, auf denen in Zinkeimern die Blumen standen. Eigentlich waren es nicht viele Blumen, aber so exotische Sorten, die Bastian noch nie gesehen hatte. Nun interessierte er sich auch nicht besonders für Blumen. Von Julia nichts zu sehen. Der Tresen war mit rohen Holzplanken beschlagen, oben hatte er eine Platte aus schimmerndem Kupfer, das allerdings an einigen Stellen bereits angilbte.

»Momentchen, komme gleich!«, quäkte es von hinter dem Vorhang zum Tresen hinüber. Das war nicht Julia. Bastian war bereits auf dem Rückzug, als ein feister junger Mann in einem zu engen Tweed-Jackett hinter dem Südsee-Vorhang zum Vorschein kam. Er trocknete sich an einem Küchenhandtuch seine fleischigen Finger: »Sie wollen uns doch nicht schon wieder verlassen, junger Mann? Nicht doch, nicht so schüchtern, schauen Sie sich um, trauen sie sich. Ich beiße schon nicht. Obwohl, weiß man's?« Dabei warf der kleine Kerl schwungvoll und mit großer Geste einen überlangen Scheitel nach hinten, entblößte freundlich lächelnd seine schlechten Zähne und sah ihn erwartungsvoll an. »Womit kann ich Ihnen denn was Gutes tun?« Bastian stammelte etwas von einem Elektroladen, den er eigentlich suche, und stolperte rückwärts aus der Blumenhandlung.

Der Zufall wollte es, dass er Julia bald darauf eines Abends beim Laufen traf. Justament vor ihrer Haustür am Jungfernstieg. Nun gut, der Zufall war nicht ganz lupenrein. Bastian wäre auch noch ein paar Mal öfter die Straße rauf und runter gejoggt und hätte dabei nach Julia und ihrer Wohnung Ausschau gehalten. Sie verabredeten sich für den nächsten Sonntag auf eine Bootsfahrt am Knieperteich.

Nach dem Paddel-Desaster auf dem Sund war Bastian froh, dass er nicht rudern musste. Julia war geradewegs auf die Tretboote zugesteuert. Nun schipperten sie bei schönstem Sonnenschein in einem grotesken Riesenschwan über den Teich. Das war zwar auch ein wenig abwegig, aber Bastian hatte zumindest die technische Seite der Situation unter Kontrolle. Unauffällig erkundigte er sich nach Julias Arbeit. Sie berichtete, dass das Blumenbinden für sie mehr oder weniger nur ein Job sei. Eigentlich würde sie auf einen Studienplatz warten. Sie wolle nun doch Lehrerin werden, was sie früher immer abgelehnt habe. Wegen ihrem Vater. Deutsch, Geschichte und Englisch. Ihr Psychologie-Studium hatte sie nach vier Semestern abgebrochen. Da wären nur Leute gewesen, die geglaubt hätten, sie könnten sich mit so einem Studium selbst therapieren. Oder solche, die mit Psycho-Tricks

Macht über andere bekommen wollten. Da hätte sie nicht dazwischen gepasst. Julia war nun doch ins Reden gekommen, aber Bastian hörte nicht unbedingt auf jedes Wort. Er war ganz und gar bezaubert von Julia. Von Julia hier mit ihm, auf diesem Schwanen-Tretboot auf dem Knieperteich. Die Sonne schien, es war angenehm warm, unter ihnen plätscherte das grünliche Teichwasser. Ach, der Blumenladen sei schon nicht verkehrt. Da sei eh nicht viel los, für so was seien die Stralsunder wohl noch nicht reif. Die beiden Jungs, die den Laden betrieben, seien sogar richtig verheiratet und schon recht nett, aber auch ganz schön verrückt. Die würden tatsächlich noch dem letzten krätzigen Gestrüpp Poesie entlocken, das sei schon erstaunlich, wie die das machten. Sie könne sich allerdings nicht vorstellen, dass sich das Geschäft lange halten werde. Julia fand es vor allem angenehm, dass sie während ihrer Arbeitszeit meistens ungestört lesen konnte. Und dafür sogar bezahlt wurde. Bastian starrte versonnen auf Julias Gesicht. Was hatte sie gerade gesagt?

Sie hatten dann noch draußen im Garten vom Bootsverleih eine Berliner Weiße getrunken und waren im Anschluss zu Fuß in die Altstadt rauf in Bastians Wohnung. Die hatte er vorsorglich aufgeräumt und sauber gemacht. Und sogar noch in einer nächtlichen Aktion ein wenig gemalert. Nun sah seine Wohnung genau so aus, wie Bastian sich vorstellte, dass eine moderne Wohnung, die einem Mädchen wie Julia gefallen sollte, auszusehen hatte. Die elektrische Saftpresse präsentierte sich in der Küche neben einem Korb frischer Orangen. Er hatte sogar gelüftet. Die Wohnung verfehlte denn auch ihre erhoffte Wirkung nicht. Nur ein bisschen wenig Bücher, fand Julia. Aber das konnte ja noch werden. »Die Abenteuer des Pitje Puck« im Regal über dem riesigen Glasschreibtisch waren zumindest bezaubernd. Dieses Monster von einem Möbel stand aber wirklich zu dumm, ständig stieß man sich daran. Naja, das würde sich schon zurechtschieben …

Kapitel 5

Henriette stand am Fenster und wandte anmutig ihren Kopf nach Norbert Riedel um. Ihr weißes Gesicht mit den ebenmäßigen Zügen wirkte ein wenig kantig unter der berüschten Haube, fast knabenhaft wie die ganze Gestalt, groß und rank. Sie schien den Kinderschuhen kaum entwachsen. Gerade das hatte dem Grafen gefallen, als er sie kennenlernte. Eine zeitlose Schönheit, die großes Entwicklungspotential hat, dachte er damals. Braun gebrannt, vierschrötig, voller Abenteuerlust machte er seine erste Aufwartung im Hause von Rumpendorff. Die vierte Afrika-Expedition lag hinter ihm, dank des Elfenbeins war er ein gemachter Mann. Der alte Familiensitz derer von Palitz war dem Erdboden gleichgemacht, der Neubau in vollem Gange. Ein prächtiges Haus sollte es werden, in einem prächtigen Park, umgeben von prächtigen Ländereien mit prächtigen Stallungen. Er hatte in den letzten zwei Jahrzehnten gesehen, was möglich war an Pracht und Macht. Jetzt war er 50 und wollte den Glanz seiner großen Reisen ins heimische Rantzow tragen. Graf Hubert Wilhelm Adalbert von Palitz wollte als »der Prächtige« in die

Familienchronik eingehen, das hatte er sich fest vorgenommen. Und dazu gehörte eine Frau an seiner Seite, die er schmücken, mit Gold und Damast behängen und herumzeigen konnte wie eine seiner Jagdtrophäen.

Henriette Sophie Ottilie von Rumpendorff war der Bewerber um ihre Hand um einiges zu alt, zu laut und auf jeden Fall viel zu behaart. Aber sie war ein wohlerzogenes Mädchen, von Kindesbeinen dazu bestimmt, reich zu heiraten in eine bedeutende Familie. Das waren sich die von Rumpendorffs schuldig. Graf von Palitz galt als Abenteurer, aber als steinreich und politisch geschickt. Und er hatte das Ohr des Königs. Der preußische Staatsapparat beäugte neidisch das Engagement der Briten in Indien. Reichtum versprach die Ferne, Nahrung und Rohstoffe, Expansion und Prestigegewinn. So kam es, dass ein unternehmungslustiger pommerscher Landadeliger wie Graf Hubert in die höchsten Kreise des preußischen Apparates aufsteigen konnte. Jetzt hatte der Pommer sogar einen Posten als Berater für Fernhandelsbeziehungen bei Fürst Bismarck erhalten, der mit einer ansehnlichen Besoldung einhergehen dürfte. Eine Position, die ihm Lust machte, das unstete Leben zu beenden und die Früchte seiner strapaziösen Exkursionen zu ernten. Dazu gehörte zweifelsohne eine standesgemäße Ehe.

Die von Rumpendorffs entstammten dem etablierten preußischen Adel. Mitglieder der Familie waren stets bei Hofe gewesen, insbesondere der Königin verpflichtet. Beste Erziehung konnte er bei Henriette also voraussetzen. Vielleicht auch etwas Bildung, aber das war Graf Hubert nicht wichtig. Schließlich hatte er die Welt gesehen und wusste darüber so viel zu erzählen, dass kein Buch das aufwiegen konnte. Vom Unterhaltungswert seiner Reiseberichte war Graf Hubert vollkommen überzeugt. So fiel es ihm gar nicht auf, dass Henriette bei ihrem ersten Treffen im Salon der von Rumpendorffs kein Wort sprach.

Sie sprach auch nicht viel, als er sie 1864 vor den Traualtar in der Kapelle des heimatlichen Gutes führte. Von Palitz hatte eigentlich etwas mehr Begeisterung erwartet, als er die 18-Jährige das erste Mal durch die Räume des neuen Schlosses Rantzow schob. Er wartete auf die Ahs und Ohs eines staunenden jungen

Mädchens, als er ihr die Jagdtrophäen zeigte, sie das Fell von Antilopen und Löwen streicheln ließ. Als ihre Finger versonnen das lange Horn eines Nashorns entlangfuhren, erregte ihn das auf ungeahnte Weise. Ich werde sie schon zum Schreien bringen, dachte Graf Hubert und grinste in sich hinein.

Er hatte nicht lange Freude an seiner schönen jungen Frau. Aber er hörte sie einige Male schreien. Zum Beispiel in der Brautnacht, als er reichlich alkoholisiert und äußerst pflichtversessen in sie drang. Sie hatte schon zu schluchzen begonnen, als er das hinderliche Nachthemd abstreifte, das dumme Ding. Bei ihrer Erziehung hatte er eigentlich etwas mehr Kenntnis der intimen Zusammenhänge erwartet. Was Graf Hubert aber nicht abhielt, seine ehelichen Pflichten gewissenhaft wahrzunehmen. Ob mit oder ohne Lustgestöhn. Manchmal sehnte er sich zurück nach den prallen, ungenierten Weibsbildern in den Häfen von Alexandria, Sansibar oder Kapstadt, deren weiße Zähne im ewigen Halbdunkel der Bordelle leuchteten wie Perlen.

Geschrien hatte Henriette auch, als sie zwei Jahre nach ihrer Eheschließung die Fehlgeburt hatte. Ob vor körperlichem oder seelischem Schmerz, diese Frage hatte sich ihm nie gestellt. Jedenfalls hatte der Arzt anschließend eine gründliche Untersuchung der jungen Frau gefordert. Irgendwas sei ihm da spanisch vorgekommen. Sobald Henriette wieder reisen konnte, waren die Gatten nach Stralsund gefahren und hatten den Zug nach Berlin bestiegen, wo man in einer speziellen Frauenklinik bereits auf sie wartete. Die Diagnose war niederschmetternd: Syphilis. Auch Hubert musste sich entwürdigenden Untersuchungen und peinlichen Befragungen unterziehen. Doch er schien völlig frei von Anzeichen für die gefürchtete Franzosenkrankheit. Also konnte seine Frau sich nicht bei ihm angesteckt haben. Von Palitz war außer sich. Henriettes Beteuerungen, als Jungfrau in die Ehe gegangen und stets treu gewesen zu sein, schienen ihm angesichts der Tatsachen lächerlich.

Noch in Berlin begann die Quecksilber-Behandlung. Nach drei Wochen waren der jungen Gräfin die Haare und fast alle Zähne ausgefallen. Dieses unansehnliche Ding, dürr wie ein Stock und nur noch schwach jammernd, sollte Henriette Sophie Ottilie von Palitz, geborene von Rumpendorff, sein? Ihr Gatte wandte sich angewidert ab und schmiedete lieber neuerliche Reisepläne. Zwar wurde Henriette nach monatelangen Torturen als geheilt entlassen und stillschweigend im Rantzower Schloss versteckt, doch sie erholte sich von der Quecksilber-Kur nie wieder. Graf Hubert war allerdings nicht zu Hause, als ihr Körper endgültig den Dienst versagte. Stets in weite, weiße Gewänder gekleidet, war sie zuletzt kraftlos durch die Gänge und Räume des Schlosses geschlichen, ein kleines Buch mit Gedichten in der Hand. Die Dienerschaft fürchtete sich vor der schweigsamen Herrin, die kaum aß und schlief und durch das Gemäuer strich wie ein lebender Geist. Ein paar Mal hatten sie die Gräfin von Palitz an milden Tagen mit einem Rollstuhl in den Park gefahren, wo sie zaghaft Gesicht und Hände in die Sonne hielt. Nach einem solchen Ausflug war sie auch verschieden, kurz vor ihrem 24. Geburtstag. Graf Hubert überlebte sie noch weitere 13 Jahre. Sein Ende soll entwürdigend gewesen sein. Die Familie musste seinen Leichnam jedenfalls aus einer Irrenanstalt in Algier abholen, damit er auf dem Familiengut standesgemäß begraben werden konnte.

Eine alte Küchenmagd, die schon mehr als 50 Jahre der Familie diente, beteuerte immer wieder, sie könne die »weiße Gräfin« am Erkerfenster des Saales im ersten Stock stehen sehen, wenn sie aus dem Küchengarten Kräuter holen gehe. Was das Gespenst denn dort tue, wurde sie von naseweisen Dienstmädchen gefragt? Nichts, es stehe nur da und lächle. Und manchmal wende es anmutig den Kopf mit der rüschenverzierten Haube.

Riedel fragte sich, woher er das alles plötzlich wusste. Hatte ein Blick in ihre Augen genügt, um seinen absonderlichen Traum mit dieser Geschichte zu füllen? Doch er kam nicht weit mit seiner Überlegung. Denn jetzt hörte er schon jemand anderes kommen. Der Kontrast zur anmutigen weißen Gräfin konnte kaum größer sein. Jemand – eigentlich, dachte Riedel, eher »etwas« – schlurfte mit schlappenden Holzpantinen in den Saal und stellte scheppernd den Eimer auf den Boden. Alles an dieser Frau wirkte schmuddelig und grau. Die ausgewaschene und schlecht geflickte Kleidung ebenso wie die Haut. Selbst die Haarsträhne, die sich unter dem farblosen Kopftuch hervordrängte, schien fransig wie eine Staubfluse. Mit einem leisen Ächzen ließ sich die Magd auf die Dielen nieder und zog mit einem schmatzenden Geräusch einen unansehnlichen Feudel aus dem Wassereimer. Sie begann, den Boden zu wischen, apathisch und völlig unsystematisch. Das Wasser schwappte hierhin und dahin, der Schmutz wurde nur gleichmäßiger verteilt. Das schien ihr alles egal. Mit stumpfen Augen blickte sie auf die Dielenfugen vor sich, während ihre Hände mechanisch das Wischtuch herumschoben.

Eine Weile feudelte die Magd so vor sich hin, dann erhob sie sich ungeschickt und stemmte die Hände ins Kreuz. Mit einem erschöpften Seufzen drückte sie den Rücken durch. Jetzt sah man es deutlich: Unter ihrer Schürze rundete sich der Bauch. Bald würde sie nicht mehr verbergen können, dass sie schwanger war. Bald würden die bohrenden Fragen beginnen. Wer ist der Vater? Doch nicht dein Johann, der ist doch im Krieg. – Kannst du auf Schloss Rantzow bleiben? Oder wenigstens in den Ställen des Gutes arbeiten? Was soll aus dir werden?

Noch stellte sich die graue Frau allein diese Fragen, Tag und Nacht. Beim Wischen und beim Fegen, beim Fenster putzen und beim Teppiche klopfen, beim Öfen kehren und beim Entleeren der Nachttöpfe. Von Sonnenaufgang bis Sonnenuntergang und manchmal noch die halbe Nacht hindurch. Mittlerweile hatte sie auf alles eine Antwort parat. Der Vater sei ein Wanderarbeiter, der längst weitergezogen war nach jenem Nachmittag im Heu, würde sie Auskunft geben. Sie konnte doch niemandem sagen, dass der alte Herr sich über sie geworfen hatte, als sie ihm beim Kamin fegen den Rücken zudrehte. Und ihr Johann lag längst in irgendeinem Schützengraben, weit weg in Frankreich, zerschossen, vergast, erfroren. Da war sie sich ziemlich sicher. Nur die Frage, wie es weitergehen sollte, wenn im Spätsommer 1917 der Bastard auf die Welt kam, die konnte sie nicht beantworten. Da musste der Herr schon was sagen. Aber der schwieg und blickte nie in ihre Richtung, wenn sie sich im Hause begegneten. Als sei sie eine Staubflocke, die unbemerkt unter dem Sofa umherweht. Ein graues Gespenst, das der leiseste Lufthauch herumwirbelt.

Die Frau richtete ihren müden Blick in den Park und stand eine Weile tief in Gedanken da. Dann straffte sie die hängen-

den Schultern ein wenig. Sie warf den Wischlappen achtlos in den Eimer, so dass die schlammige Brühe überschwappte und sich ein nasser Ring auf den Dielen bildete. Sie ließ den Eimer achtlos stehen und ging einfach aus dem Saal. Man hörte ihre Holzpantinen davonklappern. Den Flur entlang und dann die Treppe hinauf. Und kurze Zeit später noch eine Treppe. Ganz entfernt im Innern des Hauses klapperte Holz auf Holz, es klang wie der Dachboden. Dann war es eine kleine Weile still.

Da fiel ein großer grauer Schatten am Fenster vorbei. Nur einen winzigen Augenblick, dann war er in der Tiefe verschwunden. Als hätte jemand einen Lumpensack vom Dach gestoßen. Riedel wollte aufspringen und hinunterschauen, ob es wirklich stimmte, was er eben wahrgenommen hatte. Doch obwohl ihm der Schreck gehörig in die Knochen gefahren war, konnte er keinen Muskel bewegen. Nur die Gedanken gingen im Kopf herum wie Mühlsteine.

Dass jemand – oder etwas – vom Dach fiel, das war schon schlimm genug, meinte er. Doch das mit den Kindern, das war am schlimmsten. Den ganzen Tag sprangen, polterten und rannten sie durchs Schloss. Unausstehlich. Und waren sie endlich einmal still, dann tauchte garantiert hinter irgendeiner Ecke eins dieser rundlichen Gesichter mit den riesengroßen Glotzaugen auf. Da standen sie dann, mal der große Bengel, mal das lockenköpfige Mädchen, ja sogar schon der ganz Kleine – und starrten. Starrten einfach nur und bohrten dabei in der Nase. Oder sabberten sich ganz versunken aufs Kinn. Schenkte man ihnen ein Lächeln oder sprach sie gar an, warfen sie mit der unbegreiflichen Arroganz der Kinder schnippisch das Köpfchen in den Nacken, machten kehrt und rannten wortlos davon. Ungezogene Bälger. Ja, kümmerte sich denn niemand um die Bande? Wo steckte die Mutter? Oder irgendeine Erzieherin?

Am schrecklichsten war der milchgesichtige Bursche, der die beiden anderen um fast einen Kopf überragte, obwohl er gerade mal im Einschulungsalter sein dürfte. Schlaksig schlenkerten seine langen Arme und Beine herum, wenn er durch den Saal stürmte. Oft hatte er dieses völlig abgewetzte Steckenpferd dabei. »Hü, mein Pferdchen, hü!« Seine schrillen Anfeuerungen verfolgten einen bis in den Schlaf. Der Junge konnte gar nicht still stehen. Er zappelte und hopste ständig herum. Dreckränder unter den Fingernägeln, blaue Flecken an den Schienbeinen. Ein wahrer Wildfang! Das Kerlchen musste mächtig gewachsen sein in letzter Zeit, denn sein Matrosenanzug hatte deutlich zu kurze Ärmel und Hosenbeine. Und dazu dieser leichte Silberblick – dem guckte die Dummheit buchstäblich aus den Augen. Der arme Lehrer, der dem das Lesen und Rechnen beibringen soll ...

Das kleine Mädchen war da schon etwas besser zu ertragen, zumindest vom Anblick her. Blonde Locken kräuselten sich unter ihrem Strohhut hervor. Und wenn sie sich drehte in ihrem weißen Kleidchen, sah das richtig niedlich aus. Hatte noch etwas Babyspeck, die junge Dame, die sich ihre drolligen Wurstfinger gerne in den Mund stopfte und daran herumknabberte. Aber die Glotzaugen, nicht auszuhalten! Stand immer in der Gegend rum wie mondsüchtig und glotzte einfach. Und wenn sie nicht glotzte, dann kicherte sie albern und plapperte dummes Zeug. Eine wahre Nervensäge.

Und dann hatten sie auch noch diesen Winzling im Schlepptau, eine kleine Kopie seines großen Bruders. Ein Windelkind im Matrosenanzug, noch nicht sehr sicher auf den Beinen, aber immer wie der Teufel hinter den Großen hinterher. Und wenn die ihn abhängten, was oft genug vorkam, stand er da und schrie. Wie am Spieß. Nach der Schwester, nach der Mama, nach wer weiß wem. Und das dicke Windelpaket, das sich unter der dunkelblauen Hose abzeichnete, sah nicht nur immer voll aus, sondern auch verdächtig schief und locker. Als würde das Bürschlein gleich was verlieren. Puh, sich das bloß vorzustellen, war schon eklig genug.

Unbegreiflich, dass die die ganze Zeit hier herumtollen durften ohne Aufsicht. So eine Rasselbande brauchte doch Führung, eine starke Hand, Autorität. Zumindest Fürsorge. Aber kein Mensch schien sich für die Gören zu interessieren. Papa und Mama nicht da? Aha, auf Reisen. Machen es sich auch leicht, die Herrschaften. Adliges Pack, tut wunder wie vornehm, ist aber immer auf Betteltour bei reichen Verwandten. Hat zwar Schloss Rantzow gekauft, nachdem Graf Hubert sein unappetitliches Ende gefunden hatte, doch damit haben sich die neuen Herren wohl reichlich überhoben. Jetzt hofieren sie die alten Tanten. Echte Erbschleicher. Die drei Wänster stören doch bloß dabei, sind ja keine dressierten Hündchen, die brav Pfötchen geben. Nicht mal für eine Gouvernante reicht das Geld der Herrschaft. Klar, die Dienstmädchen schrubben, windeln und kleiden die Kinder, die Küchenmagd gibt ihnen immer zu essen, wenn sie Hunger haben. Die Dienstleute basteln wohl auch mal ein Püppchen aus Stoffresten oder nageln das Steckenpferd zusammen, wenn es wieder einmal aus dem Leim geht. Aber kein Mensch ruft die Bälger zur Ordnung, lehrt sie Benimmse und Anstand. Oder liest ihnen mal ein Buch vor. Oder singt ein Schlaflied. Abends werden sie einfach ins Bett gestopft und fertig. Tür zu und endlich Ruhe!

Jetzt im Sommer geht das ja alles noch, da hat die Brut Auslauf im Park. Auf Bäume klettern, mit Stöckern fechten, Steinchen in den Vorfluter werfen, die Kühe auf der Weide scheuchen – davon können sie gar nicht genug bekommen. Und die Küchenmagd muss manchen Abend lange rufen, damit sie endlich reinkommen und sich den Bauch vollschlagen können. Stundenlang flitzen die drei draußen herum, den Kleinen auch schon mal auf dem Buckel mitschleppend. Und kein Mensch vermisst sie. Alle sind ganz froh, dass die wilde Jagd nicht durchs Haus springt, poltert und rennt.

Das war auch an jenem Tag so, als die alte Küchenmagd umsonst gerufen und gelockt hat. Schließlich hat sie dem Pferdeknecht Bescheid gesagt, er solle doch mal in den Park schauen, ob die Kinder unter einem Baum eingeschlafen sind. Der hat erst zu Fuß nachgesucht, dann hat er angespannt und eine Laterne mitgenommen und noch ein paar Männer aus dem Dorf. Da war es schon ganz dunkel geworden. Und einer hatte eine lange Stange dabei, um den Graben abzustochern, ob da was drin wäre. Aber im Graben haben sie sie nicht gefunden, sondern in der Kiesgrube. Und das auch erst nach einigen Tagen, mithilfe eines Jagdhundes. Hatten sich tatsächlich auf den weiten Weg gemacht zur Kiesgrube, was niemand für möglich gehalten hatte, wo sie doch den Kleinen immer mitschleifen mussten. Hatten aber eine Decke dabei und haben ihn wohl nach Indianerart hinter sich hergezogen über weite Strecken.

Jedenfalls müssen sie sich dann jauchzend die sandigen Hänge runtergestürzt haben. Ha, man hört das vergnügliche Kreischen praktisch noch in den Ohren gellen. Und eine kleine Höhle haben sie sich wohl bauen wollen, die drei Racker. Da hat dann der Hang über ihnen nachgegeben und sie in ihrer Kuhle unter sich begraben. War gar nicht so leicht, sie da herauszuholen. Die Männer haben tüchtig schaufeln müssen im immer wieder nachrutschenden Kies. Ganz verdreckt haben die drei kleinen Leiber schließlich dagelegen, die Kinderdecke vom Jüngsten noch als bunten Fetzen zwischen sich. Geheult haben alle, auch die Knechte und Bauern aus dem Dorf, die beim Suchen geholfen haben.

Den Eltern hat man erst telegrafieren müssen nach irgendwo in Bayern, wo sie wieder mal für Wochen bei einer Verwandten untergekrochen waren. Das Geschrei der Mutter war kaum zu ertragen. Aber die meisten Tränen hat wohl die alte Küchenmagd vergossen. Hat wochenlang still vor sich hin geweint, ist immer dünner und dünner geworden. Und eines Tages einfach nicht mehr aufgestanden von ihrem Strohsack in der Kammer. Eine Woche später ist sie den Kindern dann in den Himmel gefolgt. Hat die Alte zumindest gedacht in ihrem letzten wachen Augenblick. Aber im Himmel, da waren die kleinen Süßen eben irgendwie nicht angekommen, dachte Riedel mit einem Anflug von Sarkasmus. Nein, auf die Tränendrüse brauchten sie bei ihm nicht zu drücken mit ihren gewisperten Horrorgeschichten von weißen Frauen und Selbstmörderinnen und verschütteten Kindern. Er hatte Kinder noch nie leiden können!

Kapitel 6

»Muschi ans Kinn!« Scherzkeks. Marlene Düsterbehn haderte mit diesem unsäglichen jungen Schnösel von Trainer. Sie versuchte, alle Übungen, die er ihnen als Hausaufgabe mit auf den Weg gegeben hatte, vorbildlich auszuführen. Sie ächzte und stöhnte in ihrem übervollen Wohnzimmer. Zu viel gelebtes Leben, eindeutig. Und größtenteils nicht einmal ihr eigenes. Aus der Froschperspektive nahm sie ihr Zuhause ganz anders wahr. Marlene ließ sich erschöpft auf den Rücken sacken. Sie hatte zwar immer noch Kraft, doch die sprichwörtliche Gelenkigkeit der Dicken, wo war sie geblieben? Sie starrte die Decke an. Das hatte doch eh alles keinen Zweck mehr. Beckenbodengymnastik! »Muschi ans Kinn!« Bei Konfektionsgröße 58, ja? Und dazu dieser neunmalkluge jungsche Fuzzi von Trainer. Der hatte doch keine Ahnung, was hatte der denn schon mitgemacht im Leben? Der sollte sich seine mitleidigen Blicke lieber sparen, der würde schon auch noch mitbekommen, wie es im Leben zuging. Schadenfrohe Genugtuung erfüllte Marlene, schon ging es ihr wieder ein Stück besser. Sie hatte sich von ihrer Krankenkasse zu einem Gymnastik-Kurs im Fitness-Center überreden lassen. Wie hatte es nur so weit kommen können? Wenigstens war ihre Hausärztin diesmal ein klein wenig mit ihr zufrieden gewesen. Sie ignorierte die Schreckensgemälde, die die Mediziner malten, bereits seit langen Jahren. Zur Not wechselte sie eben den Arzt, wenn ihr einer gar zu dumm kam. Davon wurden die Werte zwar auch nicht besser, aber die waren schließlich – wie alles im Leben – Interpretationssache, nicht wahr? Marlene setzte sich auf und lehnte sich mit dem Rücken gegen die Anbauwand. Zu diesem Gymnastik-Kurs würde sie nicht wieder hingehen. Basta! Nur Entschiedenheit folgt Glück. Befand jedenfalls das Monatsmotto vom Küchenkalender. Sollte sich die Krankenkasse ihre Prämienzahlung für die Kursteilnahme doch an den Hut oder sonst wo hin stecken. Marlene Düsterbehn angelte nach der Bonbonniere mit den Weinbrandbohnen. Die erste war stets die beste. Gestärkt raffte sie sich auf, sich zu erheben. Bevor sie sich gleich darauf in den Ohrensessel plumpsen ließ, schaltete sie den Plattenspieler ein. Hildegards unvergleichliches Timbre erfüllte bald darauf den Raum.

Diese alten Möbel, dieses verschlissene Wohnzimmer, dieses schäbige Haus, diese Stadt, in der immer noch Ruinen standen. War das ihr Leben? War das überhaupt jemals ihr Leben gewesen? War es nicht vielmehr so, dass sie hier nur hineingeraten war auf ihrer Suche nach dem ihr tatsächlich zugedachten Leben? Sie hatte doch etwas anderes verdient als ständigen Fischgestank, oder? Das hier war immer nur ihr Basislager gewesen. Etwas Provisorisches, nur deswegen hatte sie sich mit alldem hier abgefunden, sich in anderer Leute Wohnung auf Zeit eingerichtet. Doch die Zeit war ihr davongelaufen. Nun war es zu spät, nun war dieses Haus hier zur Falle geworden. Wenn man versuchte, sie in die Enge zu treiben, ließ sie sich das nicht gefallen. Da konnte Marlene Düsterbehn durchaus schon mal aggressiv werden. Da sollte mal einer den Riedel fragen, der konnte das bestätigen. Und beleidigen ließ sie sich schon gar nicht. »Muschi ans Kinn!«

Klasse. Marlene tröstete sich mit einer weiteren Kaskade Weinbrandbohnen. Hatte doch eh alles keinen Zweck mehr.

Gleich nach der Wende, ja, damals, da hatte sie noch einmal Träume gehabt. Die ganze Sippschaft war sie losgeworden. Sie hatte es erst nur richtig wollen müssen. Alles natürlich auch eine Frage des richtigen Zeitpunkts, schon klar. Allmählich fühlte sie sich, wie sich die späte Hildegard gefühlt haben musste. Die Ärmste. Auch so ein Schicksal. Damals hatte Marlene noch auf die roten Rosen gewartet, die es ganz gewiss auch für sie regnen würde. Rente, Lebensversicherung, die Häuser, das Geschäft, Tante Lieselottes Barschaft. Endlich Freiheit! Die Wende hatte Marlene Düsterbehn keineswegs traumatisiert oder etwas in der Art. Nein, ganz im Gegenteil. Düsterbehnsens Plunder erwies sich als durchaus verwertbar. Die waren nur zu dumm gewesen. Zu dumm und zu geizig. Es traf sich wie eine glückliche Fügung, dass an der Stelle von Düsterbehns völlig runtergekommenem Mietshaus in der Tribseer Vorstadt mit seinem großen verwilderten Garten einer der ersten Supermärkte in der Stadt gebaut werden sollte. Der dauernde Ärger mit den Mietern und der Baupolizei hatte wundersamer Weise auf einmal ein Ende und ebenso wundersam hatte sich über Nacht Marlenes Bankkonto mit einem beträchtlichen Batzen schönster D-Mark gefüllt. Endlich hatte auch sie einmal Glück im Leben. Das Glück der Tüchtigen eben. Glück ist, wenn Vorbereitung auf Gelegenheit trifft. Sagte man doch so, oder? Die wilden Wendezeiten waren Marlenes Gelegenheit gewesen, die sie genutzt hatte.

Ihre Schwiegermutter hatte sie schlicht nicht mehr ertragen. Das hatte sich einfach so ergeben. Ganz konventionell. Mit dem Kissen. Schließlich hatte die alte Hexe es nicht anders verdient. Alzheimer im Frühstadium. Hatte der Arzt gesagt. Das noch obendrauf? Nein danke. Genug war genug. War doch nur gerecht, oder? Da hatte die Alte friedlich schlummernd ihren täglichen Mittagsschlaf absolviert. Nicht einmal im Schlaf konnte sie Ruhe geben, die Hexe. Ihr leises Schnarchen mit den kurzen Aussetzern verfolgte Marlene bis in den letzten Winkel der Wohnung. Es half nicht einmal, sich die Ohren zuzuhalten. Dieses widerliche Sägen war einfach immer da. Nicht zum Aushalten. Sie hatte sich zu ihrer Schwiegermutter in deren Zimmer geschlichen. Die war zwar mittlerweile ziemlich schwerhörig, aber sicher war sicher, schon allein wegen der knarrenden Dielen und der quietschenden Tür. Einen richtigen Vorsatz hatte sie eigentlich nicht einmal gehabt. Die alte Düsterbehn lag auf dem Rücken und sägte vor sich hin. Ein Speichelfaden rann ihr am dürren Kinn herab. Der Anblick dieses Speichelfadens war Auslöser und Bestätigung gewesen. Plötzlich wusste sie, was zu tun war. Sie war allein mit der Alten in der Wohnung. Nutze die Gelegenheit. Sicherheitshalber verriegelte sie die Wohnungstür von innen und ließ den Schlüssel stecken. Im Wohnzimmer wählte sie mit Bedacht das scheußlichste aus Mutter Düsterbehns Sammlung bestickter großer Sofakissen. Sonnenblumen. Sonnenblumen waren gut, genau das Richtige. Marlene ging entschlossen zu Werk und drückte ihrer schlafenden Schwiegermutter die Sonnenblumen aufs Gesicht. Die kam gar nicht mehr dazu, sich nachhaltig zu wehren. Es dauerte doch eine erstaunliche Weile. Doch dann: aus, vorbei. Endlich Ruhe. Marlene horchte gespannt. Kein Röcheln, kein Schnarchen, kein nichts. Erleichtertes Aufatmen. Sie kramte noch ein wenig in der Wohnung herum, machte sich frisch, rief den Arzt und suchte nach Kurt. Wusste der Teufel, wo sich der elende Kerl wieder einmal nach halb fertiger Arbeit betrank.

Und: Hätte sie ihren weiteren Weg etwa mit einem lebensuntüchtigen Alkoholiker als Mann gehen sollen? Sie hatte wahrlich genug gewartet. Im Grunde, also wahrscheinlich, hatte sie Kurt damit sogar einen Liebesdienst erwiesen. Ja, sie hatte die beiden vor einem unschönen weiteren Leben bewahrt. Edel sei der Mensch, hilfreich und gut. War auch alles glattgegangen. Alt und herzkrank, bitteschön. Bisschen Bammel hatte sie ja dennoch gehabt und im ersten Moment an die große Kühltruhe im Keller gedacht. Nein, besser keine Leiche im Keller. Also, so für länger zumindest nicht. Außerdem wäre Kurt da irgendwann misstrauisch geworden.

Woran man nicht auch alles denken musste! Das war wie beim Spielen: Man musste besser sein als die anderen, besser sein als die Bank. Das war die ganze Kunst. Das und ein bisschen Glück.

Sie hatte sich doch tüchtig bezähmen müssen, um nicht womöglich ins Gerede zu kommen. Das Ableben ihrer beiden nächsten Angehörigen war doch ziemlich schnell hintereinander erfolgt. Ein wenig Trauer nach außen hin schickte sich da schon. Gott, konnte sie heucheln. Marlene war über sich selbst erstaunt und hätte sich beinahe selbst geglaubt. Sie nahm das als gutes Zeichen. Während sie ihre angeheiratete Verwandtschaft seit angemessener Zeit in zwei hübschen preiswerten Urnen auf dem Stralsunder Zentralfriedhof gut und anonym untergebracht wusste, rekelte Marlene sich in den Velourpolstern der Ersten Klasse der Deutschen Bundesbahn. Die Deutsche Bundesbahn war doch etwas anderes als die Reichsbahn: sauber, komfortabel, pünktlich. Durch die vorpommersche und mecklenburgische Nachwende-Ödnis rauschte sie in den goldenen Westen, dem Sonnenuntergang entgegen. Sie hatte es sich verdient. Sie zerrte sich ein weiteres Päckchen Weinbrandbohnen aus dem Koffer und riss es auf wie ein Westpaket. So konnte es bleiben, so gefiel ihr das Leben.

Im Hamburger Hauptbahnhof stieg Marlene um. Das war nun wirklich mal ein Hauptbahnhof. Wie aus dem Bilderbuch. Hamburg, das Tor zur Welt! Marlene Düsterbehn ließ sich in Hamburg jedes Mal Zeit. Hier roch, hier duftete es schon auf dem Bahnhof nach großer weiter Welt. Nach ofenwarmen Croissants, druckfrischen Zeitungen, nach U-Bahn und – nun gut, das auch – nach Urin. Sie sog diese unvergleichliche, Glück verheißende Melange auf wie ein Schwamm. Mit ihrem Trolley enterte Marlene Düsterbehn die nächste Bundesbahn-Toilettenanlage. Auf dem Behinderten-WC war ausreichend Platz für die Verwandlung der Stralsunder Fischhändlerin in eine hanseatische Dame von Welt. Musste zu Hause ja nicht jeder gleich mitbekommen, was sie so trieb in ihrem neuen, ihrem richtigen Leben. Machte sie eben mal ein langes Wochenende, ja und? Die Kunden würden ihr schon nicht ausbleiben. Kunden! Marlene lachte böse auf. Wie weit das alles weg war. Noch ein wenig Puder und Schminke, nur nicht zu viel. Den Fehler hatte sie auch nur einmal gemacht. So, und nun noch die Handschuhe. Bei ihren roten, schuppigen Händen halfen weder Creme noch Puder, da halfen nur noch Handschuhe. Fertig. Marlene spürte förmlich, wie sich ihre Haltung veränderte: Aus der Raupe war endlich ein Schmetterling geworden. Der Toilettenmann kannte sie bald schon und bekam jedes Mal zwei Mark Trinkgeld. Der sagte nichts, wenn solch gute Kundschaft dafür das Behinderten-WC blockierte. Der bekam bestimmt noch ganz andere erstaunliche Dinge zu Gesicht. Marlene fand ohnehin, dass Männer die besseren Toilettenfrauen waren, so ganz generell. Das hatte sie dem guten Menschen auch einmal als Kompliment gesagt. Der hatte sie daraufhin allerdings so angeguckt, als ob er ihr das eher übel nahm, das mit den besseren Toilettenfrauen. War aber auch egal. Marlene stolzierte schwitzend, doch erhobenen Hauptes aus der Bundesbahn-Toilettenanlage. Mit ihrem Rollenkoffer rumpelte sie entschlossen auf diesen Sylter Fischimbiss-Stand zu. Sie wollte frische französische Austern, sie wollte ein Glas Champagner, sie wollte Hummer und dann noch ein Glas Champagner …

Marlene liebte es, die Einkaufs- und Fressmeile im Hamburger Hauptbahnhof entlangzubummeln. Nannte sich vornehm »Wandelhalle«, das Ding. Also wandeln und nicht bummeln. Wer hätte gedacht, dass sie es aus der hinterletzten windschiefen Hütte in Rantzow mit diesem elenden schmutzigen Geflügel im schlammigen Garten dahinter einmal bis an diese Buffets des Westens schaffen würde? Schaudern überkam Marlene bei dem Gedanken an das »Schwarzsauer«, das ihre Mutter gekocht hatte. Gänsekrallen und -köpfe, igitt, was da für Gekröse reingekommen war! Gott sei Dank war das alles weit, weit weg. Beladen mit Tüten und Taschen stieg sie in den Fahrstuhl, um zu ihrem Anschlusszug nach Dortmund zu gelangen. Sie genoss es, wenn ihr wildfremde Herren beim Einsteigen behilflich waren. So was wäre ihr in Stralsund nie und nimmer widerfahren! Ab Hamburg war sie meistens nicht mehr alleine in ihrem 1.Klasse-Abteil. Ach, was konnte man da für nette Leute kennenlernen. Sie beschränkte sich darauf, die Auskunft zu geben, sie käme »aus der Hansestadt«. Musste ja nicht jeder gleich wissen, aus welcher. Und die Leute liebten ihre Weinbrandbohnen! Sie blätterte in den Prospekten, die sie sich hatte zuschicken lassen. Gute Vorbereitung war das halbe Leben. In einem der bunten Faltblättchen hieß es vielversprechend: »Hoch über dem Ruhrtal erhebt sich die größte Spielbank Deutschlands, das Casino Hohensyburg …« Sie war auf dem Weg zu DEM Casino in Deutschland! Marlene Düsterbehn konnte ihre Vorfreude kaum bezähmen. Sie legte das bunte Infomaterial beiseite, befreite sich umständlich aus ihrem Fauteuil und sammelte die Lunchreste rundherum zusammen, um sie in den Abfalleimer auf dem Gang zu entsorgen. Dortmund-Hohensyburg! Das war doch mal etwas anderes als Bad Zwischenahn beim letzten Mal. Da hatte sie auf einmal irgendwo in der Pampa kurz vor der holländischen Grenze auf einem gottverlassenen Bahnhof von irgendsoeinem Moorkaff gestanden mit ihrem Trolley. Die überheizte Holzklasse des Bummelzuges war schlimmer gewesen als jede DDR-Reichsbahn. Sie hatte wohl die richtige Station verpasst. Kein Wunder, so spärlich wie die Bahnhöfe dort ausgeleuchtet waren. Wenigstens gab es neben dem Bahnhof eine Telefonzelle, die tatsächlich auch noch über ein halbwegs intaktes Telefonbuch verfügte. Und zum Glück hatte sie noch etwas Kleingeld, so dass sie sich ein Taxi rufen konnte. Das Casino in Bad Zwischenahn erinnerte sie an eine reetgedeckte Bauernkate. Es war klein und offenbar ausschließlich von Holländern besucht, die Marlene nicht verstand. Schon allein von der Sprache her. Sie war dann gleich am nächsten Morgen wieder abgereist. So etwas würde ihr in Dortmund nicht passieren: Deutschlands größte Spielbank!

Das war so ein rechter Abend, die neuen Goldlamé-Handschuhe auszuprobieren. Die gingen bis zu den Ellenbogen. Der Taxifahrer, der sie von der kleinen Pension zum Casino bringen sollte, hatte jedenfalls schon einmal große Augen gemacht. Marlene wurde ganz kribbelig, als die ersten Lichter vom Spielerparadies auftauchten. Sie liebte den großen Auftritt. Das war ihr Lohn für lange Jahre der Plackerei und Fron, der Demütigung und Gängelei. Nun war ihre Schwiegermutter endlich dort, wo sie hingehörte. Und Kurtchen gleich mit. Kurtchen hier und Kurtchen da ... Nie war ihr etwas gut genug gewesen für ihren Kronensohn, das versoffene Stück. Schade, dass die alte Hexe sie jetzt nicht sehen konnte! Heute war Marlene ein Star! So musste Hildegard sich gefühlt haben, wenn sie die Bühne betrat. Überall um sie herum funkelte und glitzerte es. Marlene meinte, aus den Blicken der anderen Gäste im Foyer des Casinos Bewunderung und Anerkennung herauszulesen. Sie war eine Erscheinung, zweifelsohne, dessen war sie sich schon bewusst. Die Formalitäten ließ sie mit Routine über sich ergehen, tauschte eine ziemlich beträchtliche Summe in einen ansehnlichen Stapel bunter Jetons, was ihr erneut Blicke der Umstehenden sicherte. Wie hieß es doch so schön? Vorfreude ist die schönste Freude. Marlene genoss das Kribbeln, die gespannte Erwartung bei einem bunten Cocktail an der Bar. Die gedämpften Geräusche, das Klackern der Elfenbeinkugeln in den rotierenden Roulette-Trichtern, die professionellen Ansagen der Croupiers ... Die schnöde Welt blieb draußen, kein Gedanke mehr an irgendwelchen stinkigen Fisch. Marlene wusste, was sie tat. Mit Zahlen hatte sie schon immer gut gekonnt. Und auf ihr Gedächtnis durfte sie sich verlassen. Sie hatte Intuition und Wagemut, wusste sich aber auch zu beherrschen. Es kam darauf an, nicht den Punkt zu verpassen, an dem man aufhören musste. Das war eigentlich schon das ganze Geheimnis. Wie im richtigen Leben auch. Überdies war sie eine Meisterin der Strategie und Planung, hätte sie es sonst so weit gebracht? Bis zur Hanseatin mit Goldlamé-Handschuhen bis zum Ellenbogen in Deutschlands größter Spielbank? Eben. Oder sie war schlicht ein Glückskind. Was im Ergebnis dasselbe zählte.

Marlene hatte sich für ihre einsamen Abende in der abgelebten Wohnung über dem Fischladen ein Mini-Roulette-Set gekauft. So eines komplett aus billigstem Plastik, preisreduziert aus der Kaufhalle. Das kam daher, weil in den Frauenzeitschriften, die nach der Wende plötzlich alle bei den Ärzten und Friseuren und sonst wo lagen, immer wieder was über die Spielcasinos im Westen zu lesen war. Das hatte ihr gefallen. Der Prunk und Pomp. Monte Carlo, Baden-Baden … Die chic zurechtgemachten Leute, die Männer alle mit Schlips und Kragen. Jedenfalls hatte Marlene zu Hause geübt, Abend um Abend. Hildegard im Hintergrund immer mit dabei. Hatte sich in der Buchhandlung Ratgeber bestellt. Sie hätte nie gedacht, dass es so was geben würde. Ratgeber für Glücksspiel! Aber es gab auf einmal auch im Buchhandel alles. Auch das, was es nicht gab. So viele Möglichkeiten, ständig musste man sich entscheiden. Das war nicht mehr wie im Sozialismus. Nein-nein. Auf einmal gab es allein schon mindestens dreißig Sorten Joghurt im Supermarkt. Jede Entscheidung hatte Konsequenzen, nur wusste man nicht genau, welche. Dagegen war Roulette geradezu einfach und übersichtlich, besaß feste Regeln mit eindeutigen Ergebnissen. Marlene übte und übte, führte erst Ergebnislisten, dann -hefte. Sie liebte diese Abende mit Weinbrandbohnen, Hildegard und Roulette. Darüber konnte sie vollkommen Zeit und Raum vergessen. Allmählich bekam sie ein Gespür, wann sie eine Strähne hatte, wann die an und für sich unerbittlichen Gesetze der Wahrscheinlichkeit zu überlisten waren. Es kam, wie gesagt, auf das Gespür für den richtigen Moment an.

Binnen Jahresfrist fühlte sie sich so sicher, dass sie ihre Fähigkeiten in einem richtigen Casino ausprobieren wollte. Mit richtigem Geld. Sie ging zur Sparkasse, ließ sich einen ansprechenden Betrag in bar auszahlen. Seitdem sie dieses Festgeldkonto mit flexiblem Zinsbonus und Hastenichtgesehen mit dem Erlös vom Hausverkauf drauf hatte, wurde sie dort freundlich wie nur was behandelt. Meinte sie zumindest, mochte aber auch Einbildung sein. Egal. Marlene staffierte sich vornehm aus. Nach dem, was sie damals für vornehm hielt jedenfalls. Und setzte sich zum allerersten Mal in den Zug Richtung »Goldener Westen«. Ihr erstes Ziel war die Spielbank in Aachen. Da ging sie ganz pragmatisch nach Alphabet vor. Spielbank war Spielbank und so richtig kannte sie sich in den alten Bundesländern eh nicht aus. Aachen war jedenfalls ziemlich weit im Westen. Schnell merkte sie, dass die Herren im Aachener Casino zwar alle Krawatte trugen, aber ein schmaler weißer Lederschlips zum offenen schwarzen Hemd nicht unbedingt einen Mann von Welt machte. Goldkette und üppiges Brusthaar dazu. Marlene schauderte. So kannte sie die Zuhälter-Gestalten aus den West-Krimis. Die ganze Atmosphäre hatte ihr anfangs überhaupt nicht behagt. Die anderen Besucher, die Anspannung, das fiebrige Warten der Spieler auf das nächste Ergebnis, nein, das war vielleicht doch nicht ihr Ding. Zunächst hatte sie sich an die Bar zurückgezogen. Von dort hatten sie bald zwei reichlich blasierte Damen vertrieben, die sie mit einer Mischung aus Spott und Mitleid betrachteten. Waren es die rosa Handschuhe? Der Rock? Ihre Haare, die Schminke? Ihre Figur? Oder alles zusammen? Stand ihr auf der Stirn geschrieben, dass sie aus dem Osten kam? Sobald ein Platz frei wurde, flüchtete sich Marlene an den Roulette-Tisch. Sie hatte Glück und traf auf einen äußerst charmanten Croupier, mit dem sich trefflich flirten ließ. Marlene hatte bereits nach wenigen Minuten alles um sich herum vergessen. Die Stunden vergingen wie in Trance, ein ständiges Auf und Ab. Wie gewonnen, so zerronnen. Noch ein letzter Versuch. Na, noch einer. Gegen zwei Uhr morgens rutschte Marlene in ein Mercedes-Taxi. Zweitausend Mark ärmer, aber glücklich.

Baden-Baden war prachtvoll. Marmor und Gold. Alles sah aus wie im Prospekt. Es wurde um richtig viel Geld gespielt. Obwohl auch hier ein Großteil des Publikums eher zum Rotlichtmilieu zu gehören schien. Oder eben gerade darum. Irgendwo musste das Geld schließlich herkommen. Marlene störte lediglich die Verbissenheit, mit der hier an diesem Abend gespielt wurde. Sie spielte zum Vergnügen, weil es ihr Spaß machte, weil sie es sich leisten konnte. Leicht angewidert nahm sie an der Bar Platz und machte sich über die Erdnüsse her. Selbst die Erdnüsse waren hier nicht einfach nur Erdnüsse, sondern ein üppiger Nuss-Cocktail mit richtig verschiedenen und sogar noch heilen Nüssen drin. Mandeln! Cashew-Kerne! »So oder so ist das Leben, so oder so ist es gut …« Hildegard war doch immer ein Trost. Marlene summte versonnen vor sich hin, als sie von einem äußerst gepflegten, älteren Herrn angesprochen wurde, ob sie Feuer habe. »Aber natürlich«, flötete Marlene mit kokettem Augenaufschlag, Feuer habe sie immer. So wurde es dennoch ein schöner Abend. Siegfried erwies sich als überaus charmanter Nichtraucher. Und Marlene fand hinlänglich Gelegenheit, die Hanseatin von Welt zu mimen. Siegfried kannte sogar den Osten. Naja, er kannte Zinnowitz. Aus Kindheitstagen. Dort war er mit seinen Eltern stets von Berlin aus zur Sommerfrische gewesen. Später dann sei er seiner inzwischen verstorbenen Frau – »Das tut mir leid.« »Nein-nein, schon gut. Die Zeit, wissen Sie, heilt manche Wunde.« »Aber nicht jede.« »Ja, nicht jede ...« – nach Baden-Baden gefolgt. Sie kamen ins Plaudern und vergaßen darüber ganz das Spielen. Siegfried warf nur ab und an einen Blick auf den Stapel großer Chips, den Marlene mit ihren behandschuhten Fingern immer wieder neu sortierte. Er berichtete ihr, dass er als Heilpraktiker tätig sei. Marlene sagte das zunächst einmal wenig. Siegfried erzählte von Sauerstofftherapie und von Frischzellen, wie sie sogar der Papst bekäme. So was mache nur er hier in der Gegend. Und dabei gebe es gerade in Baden-Baden so viele betuchte Herrschaften, die es sich gerne was kosten ließen, dem Alter ein Schnippchen zu schlagen. Die Frischzellen, die kämen extra von glücklichen Kälbern aus der Schweiz. In der Nähe von Bern gebe es eigens eine kleine Fabrikation dafür. Streng wissenschaftlich und hygienisch, davon habe er sich mehrfach persönlich überzeugt. Das alles ging nach einem weiteren Glas Sekt etwas an Marlene vorbei. Was hatte der Papst mit irgendwelchen Kälbern aus der Schweiz zu tun? Baden-Baden sei schließlich die Stadt der Millionäre. Die Stadt der alten Millionäre, die aber nicht alt sein wollten. Medizin hatte hier goldenen Boden. Wenn Siegfried einmal ins Reden gekommen war, konnte ihn so leicht niemand stoppen. Marlene ließ ihn reden. Was machte es schon, wenn er sich mitunter wiederholte. Alles, was er sagte, klang nach Geld, nach beruhigend viel Geld. Sie ließ ihre Füße baumeln. Hier war es gemütlich und ihre Gliedmaßen fühlten sich angenehm schwer an. Sie würde nie im Leben von diesem Barhocker wieder herunterkommen.

Siegfried ging bestimmt ins Solarium, so tiefengebräunt wurde man nicht an der frischen Luft. Das Resthaar war gefärbt. Und nicht einmal besonders gut. Als Frau sah man so was. Dazu eine Goldrandbrille älteren Semesters, die ihm immer mal wieder etwas von der Nase rutschte. Beim Hochracken des Brillengestells fasste Siegfried jedes, aber auch wirklich jedes Mal voll mit Daumen und Zeigefinger auf die Gläser, was darauf jede Menge Abdrücke hinterließ. Marlene dachte bei sich, dass sie solche Flecken beim Durchgucken durch die Brille verrückt machen würden. Besonders schön fand sie es auch so nicht. Aber wer war schon perfekt? Ihr Gegenüber zwinkerte ständig mit dem linken Auge. Marlene musste unwillkürlich auf das nervöse Zucken starren, was Siegfried nicht entging: »Ach das, da muss ich mir mal wieder ein wenig Botox nachspritzen, dann geht das weg.« Woraufhin er Marlene die wundersame Wirkung dieses Medikaments, das eigentlich ein Gift sei, erklärte. Es käme, wie überhaupt im Leben, eben auf die richtige Dosierung an. Siegfried kramte eine ganze Sammlung Fotografien aus seiner krokodilledernen Brieftasche hervor: Siegfried ganz in Weiß, sogar mit weißen Latschen. Sah fast aus wie ein richtiger Arzt. Zu ihm kämen die Leute, wenn die Ärzte nicht mehr weiter wüssten. Offenbar hielt er nicht allzu viel von seiner studierten Konkurrenz. Siegfried wieder ganz in Weiß, diesmal sogar mit Häubchen auf. Das war in der Schweiz, in dem Labor, von wo er seine Frischzellen beziehe, die auch schon der Papst bekommen habe. Der gebräunte Siegfried in Weiß vor seinem dunkelgrünen Jaguar vor seiner beigen Villa mit seinem schwarzen Cockerspaniel namens Bessy. Die Villa habe mal seinen Schwiegereltern gehört, der Cockerspaniel seiner Frau, der Ärmsten. Ob er ihr denn nicht habe helfen können mit Sauerstoff oder Frischzellen? Nein, leider nicht, ein tragischer Haushaltsunfall … Marlene wurde hellhörig. Womöglich eine verwandte Seele? Siegfried vor einer weißen Yacht am Mittelmeer. Erst jetzt fiel ihr auf, wie schmuckbeladen Siegfried daherkam. Noch mal Siegfried vor seinem Jaguar. Krawattennadel und Manschettenknöpfe. Siegfried auf einem Heilpraktiker-Kongress. Alle in Weiß. Wie richtige Ärzte. An beiden Händen prangten mächtige goldene Ringe mit bunten Steinen. Siegfried braun gebrannt beim Tennis. Kein Ehering. Siegfried vor der Universität von Caracas in Venezuela. Von dort habe er auch einen Doktortitel, den er aber nicht führe, weil ihm jede Form von Eitelkeit fernliege. Seine Hände waren manikürt und ebenfalls heftig gebräunt. Vielleicht war die Bräune doch echt? Jedenfalls echter als die von ihrer Freundin Gisela mit ihrem Gesichtsbräuner und der ägyptischen Erde obendrauf gekleistert: verbranntes Gesicht, aber kalkweiße Hände. War das doof?

Siegfried und Marlene verstanden sich prächtig. Endlich einmal ein kultivierter Mann! Das ständige nervöse Blinzeln mit dem linken Auge irritierte ein wenig, aber dagegen wusste er ja ein geeignetes Mittelchen. In der Tiefgarage vom Kurhaus stand tatsächlich sein dunkelgrüner Jaguar. Marlene erschrak tüchtig, als sie bemerkte, wie tief und wie eng der Wagen trotz seiner Größe war. Sie zog ihren Bauch ein und glitt – Augen zu – passgenau hinein. Sie würde sicher einen Kran brauchen, um jemals aus dieser Chaise wieder herauszukommen. Siegfried brachte sie zu ihrem kleinen Hotel in der Altstadt. Sie verabredeten sich für den nächsten Tag zum Brunch im »Café König«, dem ersten Haus am Platze. Marlene entkam dem Gefährt mit einer geschickten Windung und erheblicher Kraftanstrengung.

Auch bei Tage erwies sich Siegfried als galant und charmant. Der wusste, wie man Frauen imponierte, in ihnen ungeahnte Perspektiven und Hoffnungen weckte. Marlene hielt mit ihrem ganzen Repertoire dagegen. Bereits knapp vierzehn Tage später machte sie sich erneut auf in Richtung Süden, diesmal schon freitags. Vierzehn Tage hatte sie auf Weinbrandbohnen und Marzipan verzichtet, sich ausschließlich von Salat und Kefir ernährt. Zumindest schien ihr das im Rückblick so. Die stundenlangen Telefonate mit Siegfried waren Balsam für ihre Seele. Dass er neben seiner aufopferungsvollen Arbeit und den vielen Patienten noch so viel Zeit für sie hatte, schmeichelte Marlene. Den verlängerten Aufenthalt in Hamburg nutzte sie für einen Boutiquenbummel.

Wohlausgestattet mit neuer Garderobe und einem Bündel Bargeld in großen Scheinen ließ sie sich in ihre Erster-Klasse-Polster fallen. Erst einmal musste man investieren, das war doch klar. Schließlich war sie Unternehmerin. Unternehmerin in eigener Sache. Endlich.

Goldener Spätherbst in Baden-Baden. Siegfried holte sie und ihren Trolley und die Tüten aus den Hamburger Boutiquen vom Bahnhof ab. Er hatte tatsächlich was mit seinem Auge gemacht, vom Zucken keine Spur mehr. Donnerwetter, Wunder der Medizin. Der Einstieg in den Wagen klappte schon etwas besser. Dieses Mal ging es in eines der vornehmeren Häuser der Stadt. Der Jaguar glitt durch die Lichtentaler Allee. Marlene war beeindruckt vom Ambiente des Hotels, von der zuvorkommenden Begrüßung, dem Pagen, der sie zum Fahrstuhl geleitete. Dieser tiefe Teppichboden! Wie machten die das, dass der so flauschig blieb? Antiquitäten auf dem Flur, die aussahen wie frisch lackiert. Auf den Gängen duftete es nach Sauberkeit. Der Page öffnete ihnen die Zimmertür und ließ sie ein. Siegfried hatte alles perfekt arrangiert. Sogar an Blumen und Obst auf dem Zimmer hatte er gedacht! Wenn das jetzt ihre Freundin Gisela sehen könnte! Ein Bad ganz aus Marmor, der Balkon mit Blick auf den Park … Sie warteten einen Augenblick, bis Marlenes Gepäck gebracht wurde. Siegfried bedachte den Hausdiener mit einem großzügigen Trinkgeld. Als die Tür wieder ins Schloss fiel, sahen sie sich tief in die Augen und genossen ihre Zweisamkeit.

Entspannt hatten sie zum Abendessen im Hotelrestaurant Platz genommen. Marlene war gerade dabei, sich mit der Vorstellung anzufreunden, in Baden-Baden eine kleine Modeboutique für große Größen zu eröffnen. Auf die Idee hatte Siegfried sie gebracht: Eine Frau mit ihrem Geschmack und Geschäftssinn, da wäre sie doch wie geschaffen dafür. Kundschaft mit dem nötigen Kleingeld gebe es hier mehr als genug, die warte nur auf jemanden wie sie. Ihre Liegenschaften an der Küste könne sie doch gewiss in Verwaltung geben oder veräußern, er würde ihr dabei auch gerne mit Rat und Tat zur Seite stehen, in Finanzdingen kenne er sich aus. Er hätte sie doch so gerne ständig in seiner Nähe … Marlene wurde ein wenig mulmig: Den Fischladen hatte sie Siegfried vorsichtshalber verschwiegen. Und die konkrete Beschaffenheit ihrer beiden Häuser in der Franken- und in der Langenstraße besser auch. Nun ja, eines davon war eine vollkommene Ruine, da biss die Maus keinen Faden ab. Und in dem anderen bröckeligen Kasten hatte sie ihren Fischhandel. Die Vorstellung von einer schönen Boutique in Baden-Baden, der Stadt der Millionäre, schien ihr schon verlockend. Wer Fisch verkaufen konnte, konnte auch Klamotten verkaufen, da mochte Marlene drauf wetten. Hatte sie schließlich mal gelernt im Kaufhaus am Ring. Bis ihre Chefin unter den Zug … Na, egal. Noch war sie in einem Alter, in dem sie vielleicht noch einmal umsatteln konnte. War aber auch der letzte Poäng …

Sie überließ Siegfried seinem Redefluss, zuppelte in Gedanken an ihren Handschuhen, genoss den Rotwein zum vorzüglichen Essen, als sie plötzlich von einer schrillen Stimme aufgeschreckt wurden: »Hab ich dich wieder einmal erwischt, du alter Gockel! Kommst du mit nach Hause! Das darf doch nicht wahr sein, ist es denn die Möglichkeit! Er kann es doch nicht lassen!« Marlene schaute konsterniert von ihrer wirklich hervorragenden Crème Caramel auf. Vor ihrem Tisch hatte sich eine kleine, spindeldürre Frauensperson aufgebaut, die einen schwarzen Cockerspaniel an der kurzen Leine mit sich zerrte. Marlene kannte den Hund von einem der Fotos aus Siegfrieds Brieftasche.

Ein Kellner kam aufgeregt hinzu: »Entschuldigung. Hunde sind hier nicht erwünscht.«

»Ja-ja, schon gut. Wir sind auch gleich wieder weg. Siegfried, nun mach schon, Hunde sind hier nicht erlaubt, hast du nicht gehört!?« Siegfried erhob sich zögerlich und sah verlegen zu Marlene herüber. Sein linkes Auge zuckte. Die Frau räusperte sich. »Gestatten Sie, dass ich mich Ihnen abschließend kurz vorstelle. Ich bin Dagmar, die verstorbene Ehegattin. Mir gehören das Haus, die Praxis, der Wagen, das Boot und der Hund. Was war es denn dieses Mal? Autounfall oder Flugzeugabsturz?«

»Haushaltsunfall«, antwortete Marlene tonlos. In ihrem Mund war plötzlich Wüste.

»Nehmen Sie es nicht persönlich. Er kann nicht anders. Siegfried, komm jetzt!« Siegfried schlich betreten hinter seiner kleinen Frau und dem Hund her aus dem Restaurant hinaus. Der Schofel blickte sich nicht einmal zu ihr um. Was für eine Memme! Der hatte es nicht anders verdient.

Marlene ließ das Diner für zwei auf die Hotelrechnung setzen und ging allein zurück auf das Zimmer. Im Grunde musste sie noch dankbar dafür sein, dass das so früh herausgekommen war. Sie machte sich chic für das Casino. An diesem Abend spielte und spielte sie. Bis all ihre schönen bunten Chips aufgebraucht waren. Mit Unverständnis registrierten ihre verbissenen Mitspieler das Lächeln, mit dem sie sich schließlich vom Spieltisch erhob. Aus Schaden wird man klug. Lehrgeld ist gut angelegtes Geld. Lügen haben kurze Beine. Also fortan keine Spielbank-Bekanntschaften mehr. Wer trieb sich denn auch schon in Spielbanken herum? Die guten Männer gingen vielleicht mit ihrer Frau ins Konzert oder nobel essen, aber nicht ins Casino. Die Zeiten waren vorbei, das gab es nur noch in alten Filmen. Hildegard hatte das schon länger gewusst. Warum hatte sie nicht auf Hildegard gehört? Wozu hatte frau schließlich so eine beste Freundin? Marlene wollte zurück zu Hildegard, zurück nach Stralsund.

Im Zug übermannte sie auf der Rückfahrt der Schlaf, die Illustrierte glitt ihr sacht aus der Hand. Daran war die Wärme schuld, die Heizung ließ sich einfach nicht abschalten. Marlene sah sich am Ende eines langen, dunklen Flures ein Bad betreten. Das Bad hatte Wände aus Marmor, mittendrin prangte ein weiß emailliertes Prachtstück von gusseiserner Badewanne. Mit Füßen, die an Löwenpranken erinnerten. Goldene Armaturen. Und in der Wanne rekelte sich Siegfried in einem üppigen Schaumbad, das penetrant nach Lavendel duftete. Siegfried prostete ihr mit einem Glas Champagner zu, reichte ihr eine rote Rose … Marlene packte die Wut. Sie wurde förmlich von einer roten Welle an Wut überspült. Dieser elende Schuft! Der traute sich was. Als ob nichts gewesen wäre. Sie griff am unteren Ende der Wanne mit beiden Händen durch den Schaum, bekam Siegfrieds Fußgelenke zu fassen und zog daran. So kräftig sie nur konnte. Wasser spritzte durch das ganze Zimmer, lief an den großen, beschlagenen Spiegeln hinunter. Wasser schwappte über den Wannenrand, große Lachen bildeten sich auf den Marmorfliesen. Marlene zog und zog … In diesem Moment wurde vom Schaffner die Abteiltür geöffnet, sie schreckte hoch, die Zeitschrift polterte zu Boden. Es dauerte einen Moment, bis Marlene sich wieder gefangen und die Fahrkarten aus ihrer Handtasche geklaubt hatte. Der Zugbegleiter entschuldigte sich bei ihr nochmals für die Störung und überließ sie ihren finsteren Träumen: Siegfried und der Fön in der Badewanne. Siegfried und die Brotschneidemaschine, ein echter Haushaltsunfall eben. Oder eher ein kleiner »Schönheitsfehler« mit Botox? Ihr Traum hatte Marlene auf Ideen gebracht. Von wegen Gleichgesinnter, verwandte Seele oder was in der Art. Eher einer aus der Kurtchen-Fraktion, der unter dem Pantoffel von so einem dürren Lederstrumpf stand, aber einen auf dicken Wilhelm machte. Der lohnte den Aufwand nicht, bei dem war nix zu holen, schon klar. Marlene spürte noch den Griff ihrer Hände um Siegfrieds feuchte Fußgelenke. Sie lächelte böse. Fantasie war das halbe Leben.

Am Montagmorgen hockte Marlene wieder hinter dem Tresen in ihrem Fischgeschäft in der Stralsunder Frankenstraße. Das richtige Leben, es hatte sie wieder. Sie wollte sich nicht kleinkriegen lassen, Hildegard war schließlich auch eine Stehauf-Frau. Und die hatte viel mehr mitgemacht. Hildegard sang vom grauen Regen.

»BLITZ ERSCHLÄGT 8-FACHE MUTTER«
»BRITE STIRBT IN MÜLLLABYRINTH«
»SCHNEEPFLUG ZERQUETSCHT JOGGER«
»MANN FÄLLT KOPFÜBER IN HÄCKSLER«

Die Welt war im Grunde kein freundlicher Ort. Für diese Erkenntnis reichte eigentlich schon ein flüchtiger Blick auf die Zeitungen, die sie mitunter aus alter Gewohnheit noch zum Einwickeln der Fische nahm. Frau Cipionka von der Hygiene hatte bestimmt auch da was dagegen, aber manche Kunden bestanden geradezu auf Zeitungspapier für ihren Fisch, für die gehörte das einfach zusammen.

»FÖRSTER STATT WILDSCHWEIN ERSCHOSSEN«

»MENSCHLICHER STÖPSEL FLUTET BAD«. Was immer das nun auch wieder bedeuten mochte.

»INTIM-RASUR AM STEUER: UNFALL«. Du liebe Güte. Marlene legte den Zeitungsstapel lieber beiseite. Für heute hatte sie genug von den Unbilden der Welt. Sie tröstete sich mit einer Salve Weinbrandbohnen. Intim-Rasur am Steuer! Sie mochte sich das jetzt nicht näher vorstellen, war sich aber gewiss, dass ihr das in diesem Leben nie passieren würde. So wenig wie ein Skiunfall. Diese Überlegung gab ihr schon wieder ein etwas besseres Gefühl von relativer Sicherheit. Vielleicht war ja genau das der tiefere Sinn solcher Schlagzeilen. Aber was zum Kuckuck mochte ein »menschlicher Stöpsel« sein? Das Leben war komisch.

Kapitel 7

Im Winter stand der Schreibtisch in Bastians Wohnung endlich an der richtigen Stelle. Mit den »Säulen der Erde« von Ken Follett – das Julia ihm stillschweigend darauf gelegt hatte – freundete Bastian sich nicht so wirklich an, aber er hatte schließlich als Polizist auch viel zu tun. Und Julia war es ganz recht, dass er seine Freizeit mit ihr und nicht mit Ken Follett verbrachte. Sie unternahmen viel zusammen. Jeder wollte dem anderen seine Welt zeigen. Julia hatte sich im September nach vielen Überredungsversuchen sogar probeweise bei Bastian auf den Sozius eines geliehenen Motorrads getraut. Das war allerdings zugegeben weniger ihr Ding. Sie waren sogar zusammen im HanseDom planschen. Wider Erwarten hatte ihr das sogar Spaß gemacht. Das mit der Chlorwasser-Allergie war ohnehin mehr so eine Ausrede gewesen. Nur, dass Bastian ihr weisgemacht hatte, an der gelben Röhrenrutsche würde niemand anstehen, weil es sich um die Kinderrutsche handele, das nahm sie im Nachhinein doch noch ein wenig übel. Sie hatte sich auf alle Fälle ziemlich erschrocken, wie rasant und steil es in der gelben Röhre abwärts ging und war dann unten förmlich rausgeschossen gekommen. Und sie hatte sich noch gewundert, warum ausgerechnet vor der Kinderrutsche noch mal extra zur Sicherheit ein Drehkreuz angebracht war … Dieser Schuft, das würde sie ihm heimzahlen. Das würde sie nie, nie wieder machen, da war sie sich sicher, absolut, auf gar keinen Fall. Die Wildwasserbahn hatte sie Bastian getrost alleine überlassen, da reichte ihr schon das Zuschauen. So herumgewirbelt zu werden, nein, das musste sie nicht haben. Da hatte sie sich lieber im Whirlpool aufgewärmt. Dort war ihr dann eine schöne Idee gekommen. Eine richtig schöne Idee.

Die Sache mit Bastian lief eigentlich ganz gut. Er war zwar nicht ihr Traumprinz, aber schon ziemlich nett. Inzwischen kam bald der März. Julias Studienpläne lagen unverändert auf Eis, sie wohnte weiter bei ihrer Mutter und arbeitete im Blumenladen bei dem exotischen Floristenpaar, dessen Verkaufsraum inzwischen ein paar Mal die Dekoration und Beschallung gewechselt hatte: von südamerikanisch über ägyptisch zu fernöstlich und retour. Selbst die Ostsee-Zeitung hatte einen großen Bericht über den Laden mit seinen »lifestyle-erfahrenen« Betreibern aus der Großstadt gebracht. Sie hatten mittlerweile tatsächlich sogar einige Stammkunden.

Erwartungsgemäß wurde Julia per E-mail das Frühjahrs-Programm des »Stralsunder Lyrik-Zirkels« zuteil. Sie war über einen Aushang am Schwarzen Brett in der Stadtbibliothek auf den Stralsunder Lyrik-Zirkel aufmerksam geworden. Der machte sonst nämlich keine Werbung oder etwas in der Art. Weil: Der Stralsunder Lyrik-Zirkel wollte gefunden werden! Wie sich herausstellte, handelte es sich um eine Art eingeschworene Gemeinschaft von Lyrik-Liebhabern, die sich alle vier Wochen zu gemeinsamen Lesungen traf. Mal bei der einen, mal bei der anderen in der Wohnung, so denn die jeweiligen Räumlichkeiten überhaupt für solche Abende geeignet waren. Männer blieben in diesem überschaubaren Kreis eher in der Minderzahl. Und dann meist als stumme Begleiter ihrer von der Lyrik enthuasmisierten Frauen. Die Herren harrten denn eher in Duldungsstarre aus. Da war bei ihnen ein gewisses Phlegma schon von Vorteil.

Organisiert wurde das Ganze von einer etwas durchgeistigten Oberstudienrätin im Ruhestand, die ihren ganzen ungebrochenen pädagogischen Elan nunmehr in der Verbreitung anspruchsvoller Lyrik bei der kulturell interessierten Bevölkerung der Hansestadt auslebte. »Kulturell interessiert« war so etwas wie Herma Kruses Lieblingsfloskel, mit der sie ihre Welt einteilte in schwarz und weiß, in interessiert und nicht interessiert. Begegnete man der Dame in der Stadt, so schien sie in ihren weiten, weißen Leinengewändern förmlich über dem Trottoir zu schweben. Ansonsten erinnerte sie mit ihrem schmutziggrauen streichholzlangen Haar und dem zumeist in unbestimmbare höhere Sphären gerichteten Blick an eine gealterte Handarbeits- und Religionslehrerin, was der Realität ziemlich nahekam. Tatsächlich waren es Englisch und Kunst gewesen. Wobei ihr das Deutsche in seiner Klarheit und Transparenz eigentlich schon immer näher gewesen war als das Englische, das sie im Grunde für reichlich unsystematisch hielt. Shakespeare, pah! Deutsch war die Sprache Goethes! Goethe! Herma Kruse bekam allein bei dem Namen ihres Hausgottes eine Gänsehaut. Sie liebte dieses Gefühl, wenn sich ihr vor Ehrfurcht die feinen Härchen auf den Unterarmen aufstellten. Dreimal war sie bereits in Weimar gewesen und hatte rote Rosen niedergelegt an allen Gräbern, die auch nur entfernt etwas mit dem großen Meister zu tun hatten. Darunter Gräber, die nur von den wahren Kennern aufgesucht wurden. Gräber waren so schön poetisch. – Gut, es musste ja nicht immer Goethe sein, das Besondere sollte schließlich besonders bleiben. Der Lyrik-Zirkel war ihr Forum, ein Leuchtturm in weiter kultureller Wüste. Und Herma Kruse die Hohepriesterin einer Schar aufrechter Gleichgesinnter.

Neben der jeweiligen Garderobe stand immer ein diskretes Körbchen, in das die Teilnehmer ihr »Entree« legten. Die fünf Euro waren gedacht für Rundschreiben, für Materialien und für alles, was so anfiel an Kosten. Es hatte ein wenig gedauert, bis Julia dieses Körbchen überhaupt aufgefallen war. Damit gehörte sie dann schon zu den Eingeweihten dieses Zirkels. Meistens stellte einer der Teilnehmer in einem kurzen Vortrag einen seiner Lieblingsdichter näher vor. Zum Lebenslauf kamen ausgewählte Gedichte, die eine oder andere Anekdote. Manche brachten sogar Dias mit, um ihren Vortrag zu illustrieren. Das erforderte allerdings umfangreiche Aufbauarbeiten und die Technik hatte öfter so ihre Tücken, was dann insgesamt eher zu Lasten der Atmosphäre ging. Manche waren jedoch nicht davon abzuhalten, zu Blumengedichten auch Blumen zu zeigen. Als ob man sich Blumen nicht vorstellen konnte! Was las einer Lyrik, wenn nicht einmal dafür die Vorstellungskraft ausreichte? Darüber konnte sich Julia wirklich aufregen. Aber sie war mit einigem Abstand die Jüngste in diesem kulturell interessierten Kreis. Was sollte sie machen?

Zur Lyrik wurden selbst gebackene Kekse und Kräutertees gereicht. In letzter Zeit häufiger auch das eine oder andere Glas Rotwein, was einem entspannten Rahmen durchaus förderlich sein konnte, aber zuweilen doch die Konzentration beeinträchtigte. Julia hatte sich einmal unter Einfluss eben diesen Rotweins bei einem endlos langen Gedicht vom Großmeister Goethe, das sie gebeten worden war vorzutragen, gnadenlos verhaspelt und sich dafür rundherum tadelnde Blicke eingefangen. Sie war fortan dann doch lieber beim Kräutertee geblieben. Julia verstand nicht, was an Goethe nun so toll sein sollte. Sie fand manchen der modernen Dichter einfach besser und die Klassik überhaupt schlicht überholt. Das durfte sie um Himmels willen nie in Gegenwart von Herma Kruse verlauten lassen. Dann würde sie deren glühender Bannstrahl treffen und auf der Stelle pulverisieren. Diesbezüglich war die Gute schon ein wenig fanatisch. Jedenfalls, wenn die Diskussionen zum späteren Abend hin dann mitunter lauter und unreflektierter wurden, ging Julia vorsichtshalber. Trotzdem war der Lyrik-Zirkel für sie eine schöne Abwechslung. Außerdem konnte man dort manchmal tatsächlich etwas lernen.

Ja, befand sie so bei sich, ein Abend im Stralsunder Lyrik-Zirkel, der könnte Bastian nicht schaden und grinste dabei wie ein Teufelchen, das gerade einen vielversprechenden Schabernack ausheckt. Sie hatte sich seine Welt angesehen, nun war er an der Reihe, die ihrige zu erkunden. Und allein wegen der gelben Röhre kannte sie da keine Skrupel. Schon als Bastian etwas läuten hörte von wegen »kultureller Veranstaltung«, schwante ihm nichts Gutes. Aber was hätte er machen sollen? Näheres konnte er Julia partout nicht entlocken. Da war sie schweigsam wie ein Grab. Und es machte ihr offensichtlich auch noch Spaß!

Julia hatte Bastian angewiesen, ihr an diesem Abend einfach alles nachzumachen. Das Weitere würde sich schon ergeben. Über den Tag war es mit einem Mal warm geworden. Bastian hatte Frühschicht gehabt, musste wegen des Krankenstandes seinen freien Tag opfern. Er hatte nicht gewusst, ob er sich auf den Abend mit Julia freuen sollte: was Kulturelles … Aber als Julia dann so chic zurechtgemacht vor ihm stand, war doch sofort wieder alles gut. Er hatte ihr zuliebe sogar sein bestes Hemd aus dem Schrank geholt. Bügelfrei. Aber immerhin. Hand in Hand schlenderten sie durch die dunklen Gassen der Altstadt in Richtung St. Marien. Eigenartig, dachte Bastian, dass diese Gegend nach seinem Empfinden auch genauso gut in einer ganz anderen Stadt liegen konnte, so selten kam er in diese Straßen und Gassen. Höchstens einmal dienstlich. Ansonsten war es ein weiter Weg vom Viertel um die Nikolai-Kirche, wo er wohnte, bis zu den Gassen hinter St. Marien. Die Neustadt eben. Mittelalterliche Strukturen, die bis heute prägten. In einem der versteckten Gärten schlug eine verspätete Amsel an. Unvermittelt stoppte Julia und zog Bastian zum Eingang eines neu gebauten Reihenhauses. Eine reichlich aufgerüschte Dame öffnete umgehend auf Julias Klingeln. Offenbar die Hausherrin. Sie begrüßte sie beide mit unverhohlener Neugier, bat sie übertrieben freundlich herein. Julia und Bastian hängten ihre Sachen an der bereits gut gefüllten Flurgarderobe auf. Julia zog ihre Schuhe aus. Bastian zog seine Schuhe aus. Die freundliche Dame in der violetten Rüschenbluse reichte ihnen aus einem großen Beutel dünne Filzpantoffeln. Julia zog ihre Filzpantoffeln über, Bastian seine. Julia legte ihren Fünf-Euro-Schein in ein kleines Körbchen, in dem bereits einige Scheine und Münzen lagen. Bastian tat es ihr nach. Mit einem Schein, den Julia ihm unauffällig zusteckte. Was war das denn jetzt? Was hatte das alles zu bedeuten? Wo war er hier hineingeraten? Julia und Bastian schlurften über Fliesen und Eichenparkett der Hausherrin hinterher. Über eine Wendeltreppe ging es in ein geräumiges Wohnzimmer, das ihnen als »Salon« angekündigt wurde. Mit sichtlichem Stolz führte die Rüschenbluse sie durch die Reihen der bereits anwesenden Besucher. Sie wurden aufgefordert, sich doch an einem kleinen Buffet zu bedienen. Julia goss Bastian ein Glas Rotwein ein. Der kämpfte derweil mit einem trockenen Käsewürfel vom Spießchen, der ihm Gaumen und Rachen verklebte. War das hier seine Henkersmahlzeit? Kam gleich der Hohepriester der Azteken, schnitt ihm die Kehle durch und riss ihm bei noch lebendigem Leibe das Herz heraus? Von den bodentiefen Fenstern hatten sie einen fantastischen Blick auf die abendlich angestrahlte Marienkirche. Sie erschien ihnen wie ein mächtiges orangenes Ufo. Bastian nahm einen großen Schluck Rotwein. Er trank sonst nie Rotwein, aber das war ihm in diesem Moment so ziemlich egal. Was starrte ihn die Frau in diesem eigenartigen weißen Gewand nur fortwährend so an? Mit ihren abgeknabberten grauen Haaren erinnerte sie ihn an seine alte Handarbeits- und Kunstlehrerin. Fräulein Harms, der Mundgeruch, Xaver und Wastl … Als ob es gestern gewesen wäre. Bastian leerte in zwei weiteren Zügen sein Glas. Es war auch wirklich kein großes Glas. Jemand rempelte ihn an. Eine mächtig große Frau mit einer wahren Vogelnestfrisur rückte ihre Brille zurecht und entschuldigte sich knapp bei ihm. »Prost, junger Mann, mir auch noch ein Glas bitte.« Sie hielt ihm ihr leeres Glas hin. An dessen Rand klebte reichlich dunkelroter Lippenstift. Bastian schenkte ihr nach. Das Vogelnest sagte erst »Stopp!«, als das Glas schon fast überlief. Mit dem Glas bereits am Mund verschwand die Erscheinung in der Tiefe des Wohnzimmers, pardon des »Salons«. Es trafen weitere Besucher ein, vorwiegend Damen mittleren Alters. Frauen konnte man zu denen kaum sagen, es handelte sich um ausgesprochene Damen. Sowie um einen einzelnen älteren Herrn, der einen sehr vornehmen Eindruck machte. Eine

Dame im senffarbenen Dirndl – Bastian glaubte nicht recht zu sehen – fixierte sie förmlich aus kalten Porzellanpuppenaugen. Sie nestelte dabei fortwährend in ihrem kleinen weißen Umhängetäschchen herum, starrte und starrte. War die Gute vielleicht sehbehindert und suchte ihre Brille? Bastian hatte den Eindruck, dass er die Attraktion des Abends war. Unverkennbar schienen ihn die Umstehenden mit großem Interesse zu beäugen. Die Azteken kamen ihm wieder in den Sinn. Julia reichte ihm ein Stück Gebäck und erklärte, das sei Mandelbrot. »Selbst gebacken!«, flötete ihm die Rüschenbluse im Vorbeiflattern zu. Bastian biss herzhaft hinein. Das Zeug war knüppelhart! Er fürchtete, sich buchstäblich die Zähne daran ausgebissen zu haben. Mit der Zunge fühlte er in jede Ecke. Alles noch drin und dran, Gott sei Dank. Inzwischen stand ein gutes Dutzend Leute im »Salon« herum. Bastian hatte keinen Schimmer, was ihn an diesem Abend erwartete.

Es ging los: ping, ping, ping. Die weiße Kurzhaar-Dame klopfte mit einem Löffel gegen ein Glas. Das Gemurmel im Raum verstummte in gespannter Erwartung.

»Vom Eise befreit sind Strom und Bäche
Durch des Frühlings holden, belebenden Blick;
Im Tale grünet Hoffnungsglück;
Der alte Winter, in seiner Schwäche,
zog sich in rauhe Berge zurück …«

Bastian fand den Vortrag eher komisch. Um ihn herum verbreitete sich indes erhabenes Ergriffensein. Der näselnde Singsang der Vortragenden zog einem jedenfalls die Schuhe aus. Julia hatte einen undurchdringlichen Gesichtsausdruck. Es ging um Frühling, das hatte Bastian mitbekommen. Er dachte an die bald beginnende Motorradsaison.

»Ich freue mich, Sie alle hier so zahlreich zur Zeit des Knospens im Stralsunder Lyrik-Zirkel begrüßen zu dürfen.« Lyrik-Was? In der Zeit des Was? Bastian starrte Julia an. Die grinste nur süffisant zurück. Die Azteken wären Bastian in diesem Moment lieber gewesen, da war er sich ganz und gar gewiss. »Unser ganz besonderer Dank gilt der heutigen

Gastgeberin, Frau Elfriede Eilers. Und ihrem Gatten natürlich.« Dünner Applaus regte sich vereinzelt unter den Gästen, die zumeist ein Weinglas in der Hand hielten oder gerade nach einer Möglichkeit suchten, ihr Stück Mandelbrot diskret zu entsorgen. Die Rüschenbluse strahlte über das ganze Gesicht, der vornehme Herr verbeugte sich andeutungsweise. »Ganz besonders freue ich mich, auch neue Gäste in unserer Mitte begrüßen zu dürfen …« Julia stieß ihm diskret in die Seite, alle schauten zu ihnen herüber. Bastian fiel nichts ein, er bemühte sich, freundlich zurückzulächeln. Was für ein Alptraum! »Wir beginnen den Abend mit einer kleinen Darbietung des Hausherrn am Klavier. Herr Eilers bringt uns nun eine neue Eigenkomposition zu Gehör. Sie trägt den Titel ›Stille‹.« Bastian bemerkte, wie sich die Frau mit dem Vogelnest auf dem Kopf am Buffet bereits zum zweiten Mal ordentlich nachschenkte und bei dem Wort »Eigenkomposition« vernehmlich mit den Augen rollte. »Bitte nehmen Sie doch schon einmal Platz.« Allgemeines Stühlerücken und -scharren. Bastian hielt sich an Julia, versuchte aber gleichzeitig, sich möglichst in einer Ecke unsichtbar zu machen. Vielleicht gelang es ihm ja, sich vor den Aztekenpriestern zu verstecken, wenn es doch noch zum Menschenopfer kommen sollte. Wie war er nur wieder in so etwas reingeraten? Womit hatte er das verdient? Was hatte er in einem früheren Leben verbrochen, dass er sich hier wiederfand? Der Hausherr machte sich umständlich am Klavier zu schaffen. Das stand eingekeilt unter der Wendeltreppe, die weiter nach oben zum Schlafzimmer und zum Bad im zweiten Stock führte. »Ruhe bitte, meine Damen und Herren!« Herr Eilers musste beim Spielen den Kopf schräg halten. Oder gehörte das zur Darstellung? Die Minuten vergingen in endloser Langsamkeit. Immer mal wieder spielte dieser Herr Eilers mit gewichtiger Miene und Geste einen Ton, den er dann lange, lange verstreichen ließ. Den Schlusspunkt der verhallenden Darbietung bildete ein vernehmlicher Hickser. Die Frau mit dem Vogelnest fing sich dafür die strafenden Blicke der übrigen Damen ein, zuckte aber nur entschuldigend mit den Schultern. Ja, natürlich, jetzt fiel es Bastian wieder ein, woher er diese Erscheinung kannte. Das war die Direktorin vom Kulturhistorischen Museum in der Mönchstraße, zu der sie damals zuerst hin waren mit Blauzahns Schatz. Frau Dr. Irgendwas, Doppelnam-Bindestrich, Bastian kam nicht drauf. War ja auch egal. Für Herrn Eilers und seine Komposition gab es einigen höflichen verspäteten Applaus. Bastian fand eine Flasche Rotwein in Reichweite. Er würde es der Museumsdirektorin gleichtun und sich den Abend erträglicher gestalten. Außerdem schmeckte der Wein mit jedem Glas besser. Julia schaute ihn missbilligend von der Seite an. Er grinste nur genüsslich zurück. Sie hatte ihn eingeladen, sollte sie doch sehen, was sie davon hatte. Allmählich begann ihm die Sache sogar Spaß zu machen.

Der Gastgeberin kam die Ehre zuteil, den Reigen der Lyrik-Darbietungen zu eröffnen. Ebenfalls mit einer Eigenkomposition, wie die weiße Hohepriesterin anerkennend vermerkte. Bastian blickte hinüber zum Vogelnest, unter dem es wieder heftig mit den Augen rollte. Die Frau hatte offenbar eigene Qualitätsvorstellungen, das gefiel Bastian. Julia blickte stoisch geradeaus. Das bedeutete nichts Gutes. Was ihm aber momentan nicht wirklich etwas ausmachte. Ihm gefiel es hier, hier war es lustig.

»ATEM
Mit den Augen atmen;
Schwingen im glücksflügelnden Dunst.
Wellenspiel, Wildwuchs.
Traumdichte Verlassenheit;
Unendliches Sonnengestirn, Sternenwogen.
Flutende Dämmerung.
Blinde Erinnerung, steingrau.«

Andächtiges Schweigen. Vom Vogelnest kam in die Stille hinein ein verächtliches Schnaufen, das wiederum mit strafenden Blicken und demonstrativem Applaus der übrigen Damen quittiert wurde. Julia blickte weiter stur geradeaus und klatschte mechanisch. Etwas war ihr ganz und gar nicht recht. Bastian war froh, er hatte gleich den Eindruck gehabt, dass das Gedicht eben reichlicher Quatsch gewesen war. Die anschließende Diskussion wollte denn auch nicht so wirklich in Gang kommen.

»Und nun liest uns Urte Koslowski ein Gedicht von Libuse Krčka. Es trägt den Titel ›Die Grätsche‹«. Bastian hätte sich beinahe verschluckt. Julia fauchte ihn an, Libuse Krčka sei DIE führende tschechische Exildichterin, ob er das denn nicht wisse … Nein, wusste er nicht, aber es klang komisch. Eine blond gelockte Frau mittleren Alters erhob sich. Sie trug über ihrer Hose noch einen Rock und mit der allergrößten Ernsthaftigkeit ihr Epos vor. Bastian musste an sich halten, um nicht loszukichern. Julia trat ihm auf den Fuß. Sein Blick traf sich mit dem vom Vogelnest, sie prosteten sich zu. Und zwar nicht zum letzten Mal an diesem Abend. Woraufhin Julia ihn aus ganz kleinen Schlitzäugelein böse anfunkelte. Auch nicht zum letzten Mal an diesem Abend.

Blütenschimmer, rauschende Wälder, sternklare Nächte, Frühlingsduft und durch die Lüfte fliegende Seelen, sprießende Blumen und anderes Gemüse. Zwischendrin fehlte Bastian ein gehöriges Stück Film. Er wurde erst wieder aufmerksam, als sich das Vogelnest zum Vortrag erhob. Diese Frau Dr. Irgendwas war aber auch riesig! Jetzt schienen alle anderen die Augen zu rollen. Bastian aber war gespannt. Irgendwelche »Gesänge« von einem gewissen Gottfried Benn, von dem er noch nie etwas gehört hatte. Die Gute brauchte ein bisschen Anlauf, kam dann aber schnell in Fahrt. Stimmgewaltig und mit Ausdruck rezitierte sie:

»O daß wir unsere Ururahnen wären.
Ein Klümpchen Schleim in einem warmen Moor.
Leben und Tod, Befruchten und Gebären
glitte aus unseren stummen Säften vor.
…

Die Sterne, schneeballblütengroß und schwer.
Die Panther springen lautlos durch die Bäume.
…«

Bastian verstand zwar nur die Hälfte, aber die beeindruckte ihn. Sein verhaltenes »Bravo!« fand im allgemeinen Schweigen nach dem Ende des sprachgewaltigen Vortrages von Frau Dr. Ursula-Maria Schmidt-Kurth keinen Widerhall. Julia starrte ihn fassungslos an. Das Vogelnest nickte ihm zu, nahm mit großer Geste wieder Platz und einen langen Zug aus dem Rotweinglas. Bastian bedauerte, dass keiner sich zu einer Interpretation des Dargebotenen aufraffen mochte. Das war doch einmal was gänzlich anderes gewesen, so richtig mit Saft und Kraft. Gerade wollte Bastian ansetzen, eine Bemerkung zu machen, da trafen ihn Julias vernichtende Blicke. Aus ihnen sprachen Tod, Feuer und Vernichtung. Bastian beließ es doch lieber beim stillen Genuss der Darbietung. In Südafrika machten sie ganz hervorragenden Rotwein.

Dann wurde Julia gebeten, etwas vorzutragen. Sie hatte ein Gedicht von einem Herrn Mörke vorbereitet. Bastian hatte sich schon in der Schule diese ganzen Namen nicht merken können. Wozu auch? Julia las über ein blaues Flatterband, über Frühling und über eine Harfe. Es folgte beflissener Applaus. Im Hintergrund wedelte Frau Dr. Schmidt-Kurth mit ihrem leeren Rotweinglas durch die Luft. Auch Julias braver Vortrag lockte niemanden mehr zur Diskussion.

Durch einen gewissen Rotweinschleier fokussierte Bastian die weiße Hohepriesterin des Stralsunder Lyrik-Zirkels. Herma Kruse nahm in seiner Vorstellung übermenschliche Größe an. Leuchteten ihre Augen gar rot? Gleich würde sie aus ihrem Umhang das Ritualmesser zücken und ihn nach allen Regeln der Kunst als Opfer den Göttern der Lyrik darbringen: »Und Sie, junger Mann, was haben Sie uns denn Feines mitgebracht?«

Julia rettete Bastian aus dieser heimtückischen Falle. Sie steckte ihm einen Zettel zu, auf dem ein kleines Gedicht stand. Noch was über Frühling, von einem gewissen Heinrich Heine. Bastian knüllte den Zettel zusammen. Das nahm Julia ihm nun wirklich übel. Da wollte sie ihm helfen, und was machte er? Bastian erhob sich langsam, mit dem Gleichgewicht war das so eine Sache. Er kenne nur ein einziges Gedicht, das habe ihn allerdings so tief berührt, dass er es seit frühester Jugend vollständig auswendig wisse. Er wartete, bis sich sein Publikum gesammelt hatte.

»Ich bin eine kleine Zitrone –
weißt du, wo ich wohne?
Ich wohne am blauen Meer,
dort ist meine Heimat,
dort komme ich her.
Ein Schiff brachte mich zu dir
Und jetzt bin ich hier.«

Stille. Gegenüber prustete Frau Dr. Schmidt-Kurth los. Vermutlich hatte sie sich am Rotwein verschluckt. Oder an einem Stückchen Mandelbrot. Herma Kruse, die weiße Hohepriesterin, blickte irritiert drein. Julia schnellte hoch, zog Bastian am Ärmel hinter sich her. Sie drängten sich zwischen den verdutzten Lyrik-Enthusiasten hindurch. »Aber-aber, meine jungen Freunde …« Auf der Wendeltreppe nach unten kamen sie wegen der rutschigen Filzlatschen beinahe noch ins Straucheln. Von oben ertönte ein sonores »PROST!«. Das war unverkennbar Frau Dr. Schmidt-Kurth. Offenbar hatte sie sich wieder gefangen. Bastian fühlte sich gut, er war den versammelten Azteken entronnen! Seine Fröhlichkeit hielt den ganzen Heimweg über an. Gut, Julia war etwas einsilbig, aber das würde sich schon wieder geben.

Am nächsten Morgen hatte Bastian mit gehörigen Kopfschmerzen zu kämpfen. Und Julia redete wochenlang nicht mit ihm.

Marlene lag betrunken auf der Couch. Sie hatte bereits mehrfach vergeblich versucht, sich aufzurichten. Das würde im Leben nichts mehr werden. Der Wäscheständer mit der Kochwäsche war umgefallen. Ach was, die Wäsche trocknete auch auf dem Boden. Es fühlte sich an wie gestern. Gestern …

Du meine Güte, gestern, ja. Gestern war gut, oder? Marlene überließ sich ihrer Erinnerung:

Die Kundschaft wollte geräucherten Bückling mit Rogen. Und zwar nur solchen mit Rogen. Hatte ihr neulich eine Kundin doch allen Ernstes vorgeschlagen, sie sollten solchen züchten, also Bückling nur mit Rogen jetzt. Hatten wir doch alles schon gehabt, Schweine mit ohne Fett und so. Und was war dabei herausgekommen? Genau. Am besten gleich Fisch ohne Gräten, ja? Bei Salzhering war das was anderes. Für gute Kunden griff Marlene gerne tief ins Salzheringsfass und fischte ein paar schöne Exemplare mit Rogen heraus. Aber wirklich nur für gute Kunden. Sie fragte sich mitunter, warum sie das Geschäft überhaupt noch aufrechterhielt. Wahrscheinlich nur aus Gewohnheit: Gewohnheiten halten das Leben zusammen. Es machte viel Arbeit und warf kaum etwas ab. »Ist das Geschäft auch noch so klein, es bringt doch mehr als Arbeit ein.« Hatte ihre Schwiegermutter stets verlautbart und sie dann alleine schuften lassen. Und sich dann das Geld aus der Kasse genommen. Zu DDR-Zeiten war das ja nicht weiter schlimm, da waren andere Dinge wichtiger gewesen. Beziehungen zum Beispiel. Gewusst wie, gewusst wer, gewusst wo. PGH, Produktionsgenossenschaften des Handwerks. Ein ständiges Lavieren um den letzten Rest Selbständigkeit war das gewesen. Da brauchte es schon einiges an zwischenmenschlichem Geschick. Heute zählte nur noch Geld. Geld, Geld, Geld.

Gut, sie hatte ihr Auskommen, konnte sich irgendwie über die Zeit retten. Große Sprünge lagen nicht mehr drin. Wozu auch? Hildegard und Weinbrandbohnen waren schließlich ein Trost. Die waren stets da, wenn Marlene sie brauchte, die ließen sie nicht im Stich, auf die war Verlass. Ihre Häuser verfielen vor sich hin, hatte schließlich auch seinen Charme. Für wen sollte sie noch auf Fassade halten? Irgendwann würde sie die Kästen verkaufen. Sie musste nur abwarten und den Rechten zur richtigen Zeit finden. Sie hatte ja geglaubt, mit dem Spielen ihr Budget aufbessern zu können. Das hatte zwischendurch auch ganz gut ausgesehen. Aber eben nur zwischendurch. Mittlerweile war ihre Bargeldreserve auf der Sparkasse doch merklich zusammengeschrumpft. Mitunter schlichen sich solche Sorgen in Marlenes Gedanken. Sie war gerade damit beschäftigt, Schollen auszunehmen und zu filetieren. Die Plattfische fühlten sich noch ganz steif an, ein gutes Zeichen. Sie schnitt den Fisch entlang dem Kiemendeckel unterhalb der Seitenlinie und am Bauch bis zum Flossenansatz auf, löste dann vorsichtig die Eingeweide heraus. Mit geschickten Schnitten, die jahrzehntelange Übung verrieten, löste sie Rücken- und Bauchfilet ab. Das Dumme an dieser Art von Routine war, dass sie dabei zum Denken kam. Und mit dem Denken kamen die Sorgen. Nun wurden die Filets pariert. Zum Entfernen der Haut fuhr Marlene mit einem scharfen, elastischen Messer zwischen Haut und Filet hindurch. Sie würde es heute Abend noch einmal versuchen. Zum Teufel mit aller Wahrscheinlichkeit, dass am Ende immer die Bank gewinnt. Heute würde sie endlich wieder einmal eine Serie haben, die sie so sehr brauchte. Sie spürte das förmlich in den Fingerspitzen. Mit ein paar letzten gezielten Schnitten entfernte sie Flossenfransen und Reste dunklen Gewebes. Übrig blieben makellose, glänzende Schollenfilets. Der Rest landete im Abfall. Und die Filets im Magen von irgendeinem Kunden. Von so einem, der sich zu schade war, ein paar Gräten aus der ganzen Flunder zu zupfen.

Marlene arbeitete sich durch den heutigen Fang. Sie hatte eiskalte Finger. Das lange Stehen bereitete ihr zusehends Mühe. Gelegentlich nahm sie für gröbere Arbeiten die Hilfe eines Faktotums in Anspruch: ein Langzeitarbeitsloser aus der Nachbarschaft, der ihr für ein paar Euro die Stunde zur Hand ging. Rudi redete und fragte nicht viel, war auch nicht der Hellste, aber was man ihm zeigte, das machte er. War sich auch für nichts zu fein. Wenn sie darüber nachdachte, wusste sie nicht einmal, wie er mit Nachnamen hieß. Alle kannten ihn nur als Rudi. Mit den Jahren wurde er ihr schon eine unentbehrliche Hilfe. Die Feinheiten des Fischgeschäfts, die Kennerschaft und Gefühl erforderten, waren allerdings Marlenes Sache. Das konnte ihr keiner abnehmen.

Das Gute war, dass richtig frischer Fisch nicht unangenehm nach Fisch roch. Mit Schaudern dachte sie an den üblen Geruch, der einem in manchen Fischhallen entgegenschlug, an verschleimte, gräuliche oder gelbliche Kiemen, an verblasste, stumpfe Fische mit trüben Augen. So was bot kein Fischhändler von Ehre und Gewissen seinen Kunden an. Ihr kam nur richtig frischer Fisch ins Haus. Feucht und silbrig glänzend lag er vor ihr, alles ausgesuchte Ware. Fischers Fritze fängt frische Fische, frische Fische fängt Fischers Fritze. Sie hatte immer noch einen Bonus bei den Fischern, die mochten sie einfach. Und ihre Kunden wussten, dass sie bei Marlene Qualität bekamen. Gut, dafür bezahlten sie auch ein bisschen mehr. War ja nur gerecht. Ganz besonders gute Kunden bekamen auch schon mal Fischbäckchen angeboten. Die waren meist sehr klein, aber die Suche lohnte sich. Bei fast allen Fischen war das Fleisch der kleinen Bäckchen eine wahre Delikatesse. Es ließ sich mit einem spitzen Messer leicht herauslösen und war ideal zum Braten. Aber für Fischbäckchen musste einer auch schon ein wirklich besonderer Kunde sein.

Aus runden, glänzenden und prall gewölbten Augen starrten die Fische Marlene an. Rot leuchteten die verbliebenen Blutreste, so musste es sein. Marlene beschloss, das als Zeichen zu nehmen und heute Abend auf rot zu setzen. Wichtig war, dass der Fisch permanent auf Eis gelagert wurde. Ganz frischer Fisch, der quasi vom Fang weg gleich in der Pfanne landete, schmeckte nicht ganz so gut wie Ware, die ein bis zwei Tage alt war. Direkt nach dem Fang wurde der Fisch nämlich steif, jedoch erst während der Totenstarre bildeten sich die nötigen Aromastoffe für den optimalen Geschmack. Es kam also darauf an, die Ware genau zum richtigen Zeitpunkt im Laden anzubieten. Dafür hatte Marlene schon immer ein Händchen gehabt. Das hatte man einfach. Oder eben nicht. Und sie hatte ein solches Händchen auch fürs Roulette, das wusste sie, das hatte sie oft genug unter Beweis gestellt. Es kam nur darauf an, einen Lauf zu erwischen. Man konnte das Glück nicht erzwingen. Sie stellte sich Surfer vor, die auf den Wellen ritten. So ähnlich war das mit dem Glück. Man musste eine gute Welle erwischen. Heute war so ein Tag für gute Wellen, Marlene spürte das.

Marlene hatte nach einer Weile ihren Casino-Tourismus aufgegeben. Das kam ihr auf Dauer alles zu teuer, die Zugfahrten, Hotel oder Pension … Alles schönes Geld, das ihr hinterher beim Spiel fehlte. Meistens dann, wenn sie gerade eine Glückswelle herannahen spürte. Die Sache mit Siegfried war ihr eine Lehre gewesen. Warum sollte sie für den schönen Schein zahlen, ihr ging es schließlich um das Spiel. Was hatte sie davon, am nächsten Morgen in einer trostlosen Pension aufzuwachen und zwischen allerlei Trockenblumengestecken ein dürftiges Frühstück mit abgepackter Butter und abgepackter Marmelade zu sich zu nehmen? Außerdem war sie dieses ganze Wessi-Getue leid, alles mehr Schein als Sein. Die Krönung, allerdings ganz anders als gedacht, war ihre Busreise nach Monte Carlo gewesen. Unsäglich. Die Mitreisenden: alles Rentner und/oder Frohnaturen vor dem Herrn. Das Schärfste war eine chronisch gut gelaunte Supermarkt-Verkäuferin gewesen, die sie alle ständig zum Mitsingen zu animieren trachtete. Als ob sie auf Kindergartenausflug wären. Marlene hatte tüchtig an sich halten müssen. Und Monte Carlo: Nepp in Reinkultur. Prinzessin Caroline und Ernst-August. Ja-ja. Manche Träume sollte man sich besser bewahren. Und Grace Kelly war auch schon lange tot. Sie war nur froh, dass sie sich auf der endlosen Fahrt keine Thrombose geholt hatte. Da waren die Stützstrümpfe davor gewesen. Die kluge Frau sorgte vor. Trotzdem: nie wieder! Nein, Marlene spielte lieber in Stralsund. Wozu hatte man schließlich nun eine frisch eröffnete Spielbank vor der Haustür? Sollten die Leute doch denken, was sie wollten. Das machten sie doch sowieso. Und was gingen sie die Leute an?

Marlene liebte diese heißen ausgiebigen Duschen. Sie schrubbte sich ihren Alltag gründlich aus allen Poren. Schäumchen, Schäumchen. Den Fischhandel hatte sie zusammen mit Rudi, ihrem Assistenten, gründlich gereinigt, verriegelt und verrammelt. Sie hatte Rudi nach Hause geschickt. Der würde seinen Tageslohn sicher postwendend in Bier und

Videos umsetzen. Sei es ihm gegönnt. Sie musste heute Abend in die Spielbank. Hinter dem Horizont kam eine mächtige Glückswelle auf sie zu, ein Glücks-Tsunami womöglich. Sie spürte es nicht nur in den Fingern, es hatte ihren ganzen mächtigen Körper erfasst. Sie musste sich bezähmen, nicht gleich loszurennen. Betont langsam und sorgfältig bereitete sie sich vor, kostete die kribbelnde Vorfreude bis zur Neige aus. Marlene wechselte nochmals ihr Outfit. Ja, so fühlte es sich gut an. Die Glücksahnung war noch da. Gut. Marlene nahm einen Umschlag aus ihrer Geldkassette im Kleiderschrank, warf einen kurzen Blick hinein: Sie würde noch mal runter in den Laden müssen und noch etwas aus dem Tresor holen. Dieser Trumm von einem Tresor stand im Hinterraum des Ladens. Erbstück von Großvater Düsterbehn. Keiner wusste mehr, wie der an das Ding gekommen war. Jedenfalls diente er seit Jahrzehnten dazu, die Tageseinnahmen des Fischhandels Düsterbehn zu verwahren. Jetzt hatte Marlene den Schlüssel. Nur war in dem Schrank inzwischen nicht mehr viel zu holen. Ihre Schwiegermutter hatte es da noch besser gehabt.

Marlene schüttelte diesen Gedanken ab und griff sich die paar Scheine, die sie an diesem Tag eingenommen hatte. Sie rief sich ein Taxi, wartete im Laden. Der Fahrer wusste Bescheid. Sonst hätte niemand zu sagen vermocht, wohin sie in ihrem beigen Mantel unterwegs war.

Manchmal, wenn sie es nicht besonders eilig hatte, machte Marlene sich auch die Mühe und fuhr mit ihrem eigenen Wagen. Aber heute war sie nicht in der Stimmung, die Rostlaube erst mühsam vom Hof zu bugsieren. Tor auf, Auto auf die Straße, Tor wieder zu. Nein, sie durfte den Glücksfluss nicht unterbrechen, keinesfalls. An anderen Tagen wiederum liebte sie es, bis ganz oben auf das oberste Parkdeck der Hochgarage vom Bahnhof zu fahren, immer im Kreis herum, die ganze Spirale hoch: »Hier kommt Marlene!« Dort oben war sie für gewöhnlich ganz alleine, konnte sich im Wagen noch ein wenig sammeln, den richtigen Moment abpassen. Die Aussicht war fantastisch, vor allem im Dunkeln. Dann leuchtete rundherum das orangene Licht der Hansestadt.

Volkswerft, die Rügenbrücke mit ihren Blinklichtern obenauf, die drei Kirchen. Auf der anderen Seite der Bahnhof mit seinen Zügen, die in die Ferne fuhren ... Schon schön, so aus der Distanz und von oben. Bei gutem Wetter ging sie manchmal noch von Geländer zu Geländer und genoss die Aussicht. Die schwere Eisentür vom Ausgang klemmte für gewöhnlich etwas. Mit Verzögerung sprang die Beleuchtung im Treppenhaus an. Vom Parkdeck nahm Marlene den Fahrstuhl runter zur Spielbank. Sie stieg die paar Stufen hinab, drückte die Knöpfe und wartete, welcher Fahrstuhl zuerst kam. Stimmte ihre Vermutung, nahm sie das als gutes Omen für den Abend. Tragfähigkeit: 13 Personen, 1000 kg. Diese Rechnung ging bei ihr nicht ganz auf. Frechheit, so was. Über dieses Schild konnte sie sich jedes Mal aufregen. Marlene ruckelte an ihrem Rock, überprüfte ihr Make-up und zog die Handschuhe glatt. Fertig. Es konnte losgehen.

Sie betrat die Spielbank durch die Bar. Dort ließ sie sich ein Glas Sekt geben. So viel Auftritt musste sein. Am Tresen erledigte sie die Formalitäten. Alles Routine. Meistens hatten sie hier eine Glasvase mit weißen Lilien drin zu stehen. Marlene konnte diese übel riechenden Friedhofsblumen nicht ausstehen. Standen rote Anthurien neben der Kasse, nahm sie es dagegen wieder als gutes Vorzeichen. Die Roulettetische ignorierte sie schon seit längerer Zeit. Hier wurde nicht jeden Abend gespielt. Sollte sie womöglich bis zum Wochenende warten, wenn ihr Glück gerade im Fließen war? Nein, unmöglich. Außerdem hatte sie gegen die Croupiers und gegen andere Spieler eine regelrechte Aversion entwickelt. Was ging ihr Spiel die anderen an? Das war doch ihr Ding, ihr Ding ganz alleine. Sie brauchte weder Mitleid noch Häme, wenn sie verlor. Sie brauchte weder Missgunst noch Neid, wenn sie gewann. Das war allein ihre Sache. Die ganze Angeberei rund um den Spieltisch, das obercoole Gehampel, die fiebernde Verbissenheit beim Spiel, die schlechten Verlierer, die angedeuteten Kommentare, die Blicke hin und her ... Auf all das konnte sie getrost verzichten. Wer Monte Carlo, Baden-Baden und Bad Zwischenahn kannte, der brauchte diesen Zirkus und diese Wichtigtuer nicht mehr.

Die funkelnden Roulettekessel, die Chips, der blaue Filz, die Rüsterholzblenden hatten ihren Reiz verloren, zumal sie ohnehin an bestimmten Tagen verwaist dastanden und damit nicht ständig zur Verfügung waren. Auf einem Schild stand zu lesen: »Wir bitten um gehobene Freizeitkleidung.« Schon erstaunlich, was sie manchen Besuchern hier als solche durchgehen ließen. Eine Gruppe junger Burschen in Sweat-Shirts und Jeans starrte sie an. Marlene war da anders. Dem Glück musste man mit dem nötigen Respekt begegnen. Und dazu gehörte nun mal auch ein gepflegtes Äußeres.

Sie schritt die Treppe hinab zum Automatenspiel. Auftritt, zweiter Teil. Hier unten sah es aus, als befände man sich im Maschinenraum eines Ozeandampfers. Ventilatoren, Attrappen von Schiffslaternen, auch hier an jeder Ecke die leicht angestaubte Rüster-Optik. Alles nicht mehr der letzte Schrei, aber was machte das? Die Raucher störten sie nicht, Rock, Bluse und Handschuhe konnte man auslüften. Oben links blinkte es unaufhörlich an der Decke: »Special Mystery Jackpot: 1240,99 €«. Oben rechts irrlichterte der »Ostsee-Jackpot«. In der Mitte auf einem Riesen-Bildschirm das virtuell-digitale Roulette-Spielfeld. Davor ihr Allerheiligstes, das elektronische »Multi-Roulette«. War ihr Stammplatz am Roulette-Automaten frei, so nahm sie dies als ein weiteres gutes Zeichen. Sie stellte ihr Glas Sekt ab, wuchtete sich auf den Hocker, präparierte sich. Marlene liebte die Privatsphäre, die ihr das Spiel am Automaten erlaubte, die Konzentration allein auf das Spielen, das Fehlen jeder Ablenkung. Das war fast wieder wie damals, als sie zu Hause in ihrem muffigen Wohnzimmer mit ihren selbst fabrizierten Listen vor dem Plaste-Roulette aus dem Supermarkt gehockt hatte. Marlene nippte stets genau dreimal an ihrem Sektglas – die Drei war ihre Glückszahl – und los ging es. Augenblicklich vergaß sie die Welt um sich herum, hatte nur noch Augen für den Bildschirm und die kleine weiße Kugel, die im Kessel unter einer Plastikkuppel rundum lief, um schließlich in genau dem Feld zu landen, das sie vorausbestimmt hatte.

Eine weibliche Computerstimme ertönte: »Alle Gewinne bezahlt, Ihre Einsätze bitte.« Der Mindesteinsatz lag bei einem

Euro. Der Automat fraß Geldscheine vom Fünfer bis zum Fünfhunderter. »Beenden Sie Ihr Spiel!« Die Kugel rollte. »Keine weiteren Einsätze mehr.« »7, rot, ungerade.« »Alle Gewinne bezahlt, Ihre Einsätze bitte.« Marlene fütterte den Automaten, der einen 10-Euro-Schein nach dem nächsten gierig einzog. So konnte es Stunde um Stunde gehen. Straight Up, Split, Street und Corner. Jede Chance ein Euro. Dozen, Even Chances, Six Line und Column. Das war Marlenes Welt, hier war sie in ihrem Element. Kontrolle war das Geheimnis, Kontrolle über diese kleine, übersichtliche Welt. So eine simple weiße Kugel musste doch zu kontrollieren sein. Verflixt noch mal. Es kam auch durchaus vor, dass Marlene sich von einem Angestellten der Spielbank einen Gewinn auszahlen lassen konnte. Verließ Marlene lange nach Mitternacht die Spielbank, fühlte sie sich zunächst wie betäubt. Als ob sie aus einem überlangen Kinofilm kam, der sie vollkommen gefesselt hatte. Das Gefühl des Fließens, wenn es gut lief, war mit nichts auf der Welt zu vergleichen. Man konnte es nicht erzwingen, allenfalls gute Voraussetzungen dafür schaffen. An guten Tagen war es eben einfach da. Marlene hatte allerdings den Eindruck, dass diese guten Tage früher zahlreicher gewesen waren. Ihre Barreserven schmolzen dahin. Das Finanzamt saß ihr im Nacken. Die Lieferanten weiter mit unpünktlichen Zahlungen zu verprellen, das konnte sie sich nicht leisten, dann war es bald vorbei mit dem Geschäft. Was man noch so Geschäft nannte. Marlene schnaubte bei dem Gedanken an ihren armseligen Fischladen. Früher waren sie jemand gewesen in Stralsund. Früher waren sie Moskwitsch gefahren. Moskwitsch! Gas, Strom, Versicherungen. Handwerkerrechnungen, Zahlungserinnerungen, Mahnungen. Sie stopfte ein Loch mit dem nächsten. Marlene mochte gar nicht an ihren Schreibtisch denken, der sah inzwischen aus wie aus Tausendundeiner Nacht. Sie würde sich das verlorene Geld schon zurückholen. Das wäre doch gelacht, das müsste doch mit dem Teufel zugehen, nur ein paar Abende lang ein guter Lauf, der Wahrscheinlichkeit ein kleines Schnippchen schlagen. Nur ein bisschen Glück, ein klitzekleines bisschen vom großen Glück, mehr wollte sie gar nicht. Ob ihr die Bank noch etwas Geld gab? Sie hatte probiert, mit dem Spielen aufzuhören. Nicht, dass sie es nicht versucht hätte. Aber wollte sie es denn überhaupt aufgeben? Sollte sie den Rest ihres Lebens im muffigen Gerümpel von Generationen von Düsterbehns verbringen und darauf warten, bis der Kasten über ihrem Kopf zusammenfiel? War nicht das Spielen ihre einzige reelle Chance? Marlenes Gedanken drehten sich im Kreis. Sie musste etwas tun. Aber was?

Kapitel 8

Dies war genau die Stimmung, in der Norbert Riedel in Marlenes Leben trat. Sie war mit ihrer alten Versicherung unzufrieden. Die forderte und forderte nur, schickte ihr Mahnung auf Mahnung ins Haus, hatte überhaupt kein Verständnis für ihre prekäre Situation als kleine Gewerbetreibende, die nun einmal auch finanzielle Durststrecken zu überbrücken hatte, wenn das Geschäft zwischendurch nicht so lief. Was wussten denn die Herren in ihren Anzügen und mit den weißen Kragen vom richtigen Leben? Schickten böse Briefe aus der Zentrale in Frankfurt und kamen gleich mit dem Rechtsanwalt, wenn man nicht sofort antwortete. Da war Marlene in einem der Wochenendblätter auf die diskrete, aber vielversprechende Anzeige von Norbert Riedel und seinem Versicherungs- und Finanzdienstleistungsbüro gestoßen.

Dieser Riedel war eine kleine miese Ratte. Sie hätte es wissen müssen. Von Anfang an. Die Art und Weise, wie er sich herumgedrückt hatte in ihrem Laden. Peinlich darauf bedacht, bloß nicht mit seinem hellgrauen Polyester-

Trenchcoat irgendwo gegen zu kommen, sich womöglich mit Fischresten oder Schuppen zu beschmutzen. Dabei war der inwendig so dreckig und gemein, so schmutzig konnte nicht einmal die hinterletzte Fischbude jemals sein. Aber für sie war er zunächst die Rettung gewesen. Was störten jemanden, dem das Wasser bis zum Hals stand, fettige Haare und ungepflegte Raucherzähne? Norbert Riedel hatte ihr den ersehnten Strohhalm gereicht, und sie hatte nicht gezögert zuzugreifen. Das war alles ziemlich schnell gegangen. Reden hatte er gekonnt, das schon. Versprach alles Mögliche, redete viel und schnell. So viel und so schnell, dass man gar nicht hinterherkam. Gebrauchte so Worte, die kein normaler Mensch verstand. Und wer traute sich schon nachzufragen, wenn er etwas nicht auf Anhieb begriff? Wer gab schon gerne zu, nicht auf dem Laufenden zu sein? Eben. Sie waren dann über die schmale Stiege nach oben ins Wohnzimmer. Der Riedel hatte keine Weinbrandbohnen gewollt, lieber einen Aschenbecher. Ihr anfänglich instinktiver Widerstand gegen diesen unsympathischen Kerl war längst erlahmt. Die kaum mehr für möglich gehaltene Aussicht auf eine schnelle Lösung ihrer Finanzprobleme hatte sie regelrecht benebelt. Marlene schleppte Ordner und Papiere heran, beantwortete alle Fragen nach bestem Wissen und Gewissen. Dieser Riedel war ihr Retter, Vertrauen die unabdingbare Vorleistung, die sie seinen Worten nach zu erbringen hatte. Ohne Wenn und Aber.

Norbert Riedel reichten bereits ein paar gezielte Fragen, um im Wesentlichen die finanzielle Situation seines Gegenübers abzuchecken. Das machte er ganz nebenbei, das merkte keiner. Die Technik dafür hatten sie ihm auf den Versicherungsseminaren beigebracht. Natürlich brauchte man für den Erfolg die nötige Skrupellosigkeit und Hartnäckigkeit sowie einen Blick für die Verhältnisse. Das konnte man oder man konnte es nicht. Norbert Riedel war gut in seinem Metier. Für den großen Erfolg brauchte es nur noch ein geeignetes Sprungbrett. Kleinvieh machte auch Mist, doch bescherte es Mühe und oftmals auch Verdruss. Er musste endlich an die größeren Sachen ran, brauchte Kapital, um auch einmal ein ordentliches Rad zu drehen. Diese Düsterbehn mit ihrer Fischbude hatte Potenzial, das hatte er nach fünf Minuten begriffen. Die hatte Grundbesitz an den Hacken, mitten in der Stralsunder Altstadt, da ließ sich auf alle Fälle was draus machen. Da musste man nur hartnäckig und frech genug für sein. Alle Welt wollte in die Altstadt, die Mieten stiegen, schicke Wohnungen fanden immer ihre Abnehmer. Norbert Riedel sah schon die Baustellen-Schilder vor sich. Oder man knallte die alten Kästen voll mit Wohnklos für Studenten und Arbeitslose. Das kostete weniger und die brauchten auch keine Parkplätze. Hhm. Denkmalschutz, er musste abklären, was mit dem Denkmalschutz war. Er kannte da diesen Architekten, der ihm noch ein paar Gefallen schuldig war. Es ratterte, während sich Marlene Düsterbehns Unterlagen und Papiere vor ihm auf dem Wohnzimmertisch türmten. Die Gute schien komplett den Überblick über ihre Finanzen verloren zu haben und froh zu sein, dass sich endlich jemand darum kümmerte. Norbert musste sich zügeln, durfte das scheue Wild nicht verschrecken. Er wollte umsichtig vorgehen. Die Düsterbehn hatte Probleme, das war offensichtlich. Wahrscheinlich auch Alkohol, wie so oft. Da musste er vorsichtig sein. Solche Klienten änderten mitunter von einer Minute zur nächsten ihre Stimmung. Je nach Tagesform und Pegelstand traf man auf Dr. Jekyll oder Mr. Hyde. Die Strategie war klar. Norbert würde sich einschmeicheln und unentbehrlich machen. Die Alte würde unterschreiben und unterschreiben. Die war froh, wenn sie wieder Bares in die Finger bekam und alles irgendwie geregelt kriegte. Die tüchtige Geschäftsfrau, die sie vielleicht mal gewesen war, die gab es längst nicht mehr. Ja, und wenn er sie erst einmal so weit hatte und der fette Brummer in der Falle saß, war alles weitere mehr oder weniger ein Kinderspiel. Dann konnte er sie wie eine Spinne ihre Beute langsam aussaugen. Schon am Abend ihrer ersten Begegnung klebte Marlene im Netz. Nur bemerkte sie es nicht einmal. Norbert Riedel hingegen war ganz aufgeregt, als er mit Marlenes Ordnern unter dem Arm durch den Laden auf die bereits dunkle Frankenstraße hinaustrat. Das würde noch ein langer

Abend, eine lange Nacht im Büro werden. Als Erstes würde er sich beim Italiener eine Pizza bestellen. Norbert war sich gewiss, endlich den dicken Fisch an der Angel zu haben, auf den er schon so lange wartete.

Riedel war überzeugt, er hatte dieses Auge, diesen Blick für Potentiale. Nur hatte ihm bislang die Gelegenheit gefehlt, sein wahres Können so richtig unter Beweis zu stellen, immer waren ihm andere zuvorgekommen. Diesen kapitalen Fang würde er nicht von der Angel lassen, o nein. Mit geübter Hand hatte er Marlenes Unterlagen in schon ein wenig übersichtlichere Stapel eingeteilt. Für ihn war es geradezu ein Vergnügen, so ein fremdes Leben zu sezieren, die Möglichkeiten auszuloten. Gut, es gab Leben, die waren so langweilig und belanglos wie nur was. Andere wiederum … Norbert stolperte über Marlenes stattliche Barverfügungen, die ihre Ersparnisse im Laufe der Jahre aufgezehrt hatten. Er konnte keine Regelmäßigkeit, kein eindeutiges Muster dahinter erkennen. Was machte sie mit dem Geld? Da musste er nachhaken. Stück für Stück fügte sich ein Bild. Die Ränder der Pizza vom Italiener verschrumpelten bereits im durchfetteten Karton, der Aschenbecher quoll über und Norbert war unversehens beim dritten Pott Kaffee angelangt. Die Kaffeemaschine in der Pantry seines Büros lief praktisch ohne Unterbrechung. Befriedigt lehnte er sich zurück. Hatte er doch wieder einmal den richtigen Instinkt gehabt. Diese Marlene Düsterbehn war ein Glückstreffer, die hatte das Schicksal für ihn vorgesehen, keine Frage. Da musste er eng am Ball bleiben, die durfte gar nicht erst dazu kommen, sich womöglich wieder zu besinnen.

Verquollen und unausgeschlafen trat er früh am nächsten Morgen durch die Schlupftür im großen Tor zur Frankenstraße in Marlenes Hof. Das Fischweib hatte sich eine olivgrüne Gummischürze umgebunden, war mit dem Hochdruckreiniger dabei, die große schwarze Wanne aus dem Laderaum ihres vergammelten Lieferwagens zu reinigen. Die Gischt stob in alle Himmelsrichtungen, Marlene bemerkte ihn zunächst nicht. Norbert spürte Verachtung für diese korpulente Frau in ihren Gummistiefeln, die auf dem verkommenen Hof ihre nach Fisch stinkende Rostlaube zu reinigen versuchte. Er wusste mittlerweile von Marlenes Schulden, sicher waren da noch mehr, das würde sich schon bald zeigen. Er kannte so ungefähr das Ausmaß ihrer finanziellen Misere. Norbert zuckte vor Schreck zusammen und hätte beinahe seinen schwarzen kunstledernen Aktenkoffer in den Fischschuppendreck fallen gelassen. Jemand hatte ihm von hinten auf die Schulter getippt. Er fuhr herum und blickte in das ausdruckslose Gesicht von Rudi. Marlenes Faktotum starrte den Besucher von oben herab an. Norbert hasste es, so klein zu sein. Besonders in Momenten wie diesem. Rudi starrte unverwandt wortlos weiter. Norbert sah sich hilfesuchend nach Marlene um. Dieser Mensch sah aus, als würde er ihn gleich am Schlafittchen packen und zum Tor hinauswerfen. Das Wummern, Brummen und Zischen des Hochdruckreinigers brach ab. Erleichtert stellte Norbert fest, dass Marlene Düsterbehn ihn bemerkt hatte und sicher aus seiner Not erlösen würde. Der stumme Riese schlurfte zu ihr hinüber, nahm Marlene die Hochdruckkartusche ab und richtete sie wieder auf den Ladebereich im Heck des Wagens. Durch das Getöse und den feinen Nebel hindurch bedeutete Marlene ihm, ihr zu folgen. Rudi starrte ihm voller Misstrauen hinterher.

Über eine glitschige Stiege und durch einen kühlen, dunklen Gang kamen sie in die Hinterräume des Fischhandels. Norbert sah sich hier schon mit seinem Architekten die künftige Raumaufteilung besprechen. Das kam hier alles weg, die Leute wollten Licht und nochmals Licht. Denkmalschutz war bestimmt nur auf der Fassade drauf, so oft wie sie hier hinten an- und umgebaut hatten. Da war nichts mehr original. Zur Not musste man noch ein wenig nachhelfen. Würde sich schon finden.

Die folgenden Tage verbrachte Norbert Riedel in Marlene Düsterbehns muffigem Wohnzimmer. Er hockte auf dem durchgesessenen Düsterbehnschen Familiensofa, rauchte eine HB nach der anderen, trank literweise Kaffee und machte sich nach und nach unentbehrlich, horchte sie aus, brachte Stück für Stück alles in Erfahrung. Nun gut, nicht alles. Marlene kam von Zeit zu Zeit von unten hoch und unterschrieb und unterschrieb, sie wusste bald schon nicht mehr was. War ihr eigentlich auch egal. Hauptsache, jemand kümmerte sich. Dieser Riedel war ihr unangenehm. Wie die meisten kleinen Männer. Die hatten doch alle Probleme mit großen Frauen. Oder sie waren schwul. Dafür war der Riedel allerdings im Ganzen zu ungepflegt und überhaupt zu niveaulos. Aber er machte seine Arbeit und sie brauchte ihn. Also ertrug Marlene sogar seine Witzchen: »Wie kommt eine Blondine zu Marmelade? Sie schält die Berliner.« »Was ist der Unterschied zwischen einer Mücke und einer Blondine? Die Mücke hört auf zu saugen, wenn man ihr auf den Kopp haut.« Unsäglich.

Norbert Riedel hatte ihr erklärt, dass es den Handwerkern selber überhaupt nicht schaden würde. Die hätten alle ihre Versicherung. Und wer bezahlte die Versicherungen? Richtig, wir alle. Und das nicht zu knapp. Deren Managergehälter gleich mit, die da oben seien schließlich die wahren Verbrecher. Hätten die Versicherungen etwa auf sie und ihre spezielle Lage Rücksicht genommen? Waren doch alles Schweine, oder? Dass solche Äußerungen aus dem Munde eines Versicherungsagenten zumindest bedenklich waren, dieser Gedanke war Marlene gar nicht gekommen. Dieser Mensch redete viel und schnell und eigentlich auch logisch. Flink legte er ihr immer neue Formulare vor. Die Sache mit dem fingierten Wasserschaden ging derart problemlos über die Bühne, dass sie gleich den nächsten Klempner bestellte. Marlene staunte, welche Beträge da auf die Schnelle zusammenkamen, wenn man es geschickt anstellte. Norbert zahlte ihr sogar Vorschuss. Der Trick mit dem Lieferwagen war da nur ein kleines Zubrot. So simpel eigentlich. Man musste nur dreist genug sein. Und die richtigen Leute kennen. Aber: Kleinvieh machte auch Mist. Und warum sollte aus Kfz-Versicherungen nicht auch was rauszuholen sein? Die warteten doch nur darauf, dass man sie betrog. Dieser Riedel behielt den Überblick, das war wichtig. Und sie konnte wieder in aller Seelenruhe ihrer Passion frönen. Nur ein wenig Glück und sie würde diesen Widerling bald zum Teufel jagen können. Das Leben bestand nun einmal auch aus Kompromissen. Marlene fragte nicht nach, was die einzelnen Bewegungen auf ihrem Konto zu bedeuten hatten, darum kümmerte sich schließlich der Riedel, alles keine außerordentlichen Summen. Kleinigkeiten. Was ging sie das an? Sie wollte das alles gar nicht so genau wissen. Solange sie ihr Taschengeld bekam … Saß sie vor dem Multi-Roulette in der Spielbank, war ihre Welt in Ordnung, und das war die Hauptsache.

Der Riedel kam mit immer neuen Papieren, die sie unterschreiben sollte. Allmählich wurde es Marlene doch etwas unheimlich, wofür sie alles ihre Unterschrift hergab. Fragte sie nach, antwortete er, das brauche sie gar nicht zu wissen, das müsse sie schon ihm überlassen. Dann kam er mit dem Argument, die kleinen Sachen würden nicht mehr genug einbringen und eh bald zu sehr auffallen, unbegrenzt könne man so was nicht machen, jetzt wäre da mal etwas Größeres an der Reihe. Die Feuerversicherung für das Gebäude in der Langenstraße habe er bereits vor geraumer Zeit angepasst, da schöpfe bestimmt keiner Verdacht. Norbert Riedel sah an dieser Stelle einen modernen Neubau. Ein Feuer würde auch das Problem mit dem Denkmalschutz lösen. Zwei oder drei Fliegen mit einer Klappe, was wollte man mehr? Auf ihn würde bei der Aktion nie einer kommen. Sollte die Alte ruhig versuchen, Zicken zu machen, zurück konnte sie nun nicht mehr. Die hatte nur noch nicht begriffen, wie tief sie mit drinsteckte.

Marlene hatte sich fest vorgenommen, dem Riedel nicht mehr alles ungefragt durchgehen zu lassen, wäre doch noch schöner, wo kämen wir denn da hin? Was bildete der sich ein, sie nach seiner Pfeife tanzen zu lassen? Wer war denn dieser Hämpfling? Aber Marlene biss bei Norbert Riedel auf Granit. Es kam zu einigen unschönen Auseinandersetzungen, in deren Verlauf sie ihren Versicherungs- und Finanzberater sogar angebrüllt und hinausgeworfen hatte. Der seinerseits war die Ruhe selbst geblieben, hatte ihr kommentarlos einen grünen Hunderter auf den Tisch gelegt und gesagt, er würde am nächsten Morgen zurückkommen, wenn wieder vernünftig mit ihr zu reden sei. Wütend hatte Marlene darauf Unmengen an Weinbrandbohnen in sich hineingestopft und mit Brandy nachgespült. Sie saß in der Falle. Dieser miese Wicht hatte sie ausgetrickst. Er zog die Fäden, sie war nur noch seine Marionette. Das würde sie sich nicht gefallen lassen, das nicht, o nein. Der hatte seine Rechnung ohne Marlene Düsterbehn gemacht.

Hildegard sang vom Haifisch, der Zähne hat und sie im Gesicht trägt, vom schönen blauen Sonntag und dem toten Mann am Strand. Marlene grummelte über ihrem Tresen. Bald kam die erste Kundschaft und sie war noch nicht einmal dazu gekommen, sich die dicke Arbeitsschürze auszuziehen. Sie war unverändert wütend auf Norbert Riedel, wütend auf sich, weil sie sich von so einem fiesen Gnom hatte übertölpeln lassen. Der sollte ihr nur wieder unter die Augen kommen, dem würde sie schon heimleuchten! Als ob sie ihn herbeigewünscht hätte, stand er plötzlich vor der Ladentür und klopfte an die Scheibe. Es war kaum neun, sie hatte den Laden eigentlich noch nicht auf. Mackie Messer, der von allem nichts gewusst. Marlene Düsterbehn würgte Hildegard mit einem energischen Knopfdruck ab, schob den Hocker vom Tresen weg und schlurfte in ihren dicken Gummistiefeln zur Ladentür. Widerwillig ließ sie Norbert Riedel ein. Er stank nach kaltem Zigarettenqualm und billigem Rasierwasser. Irish Moos. Marlene schloss die Tür hinter ihm wieder ab. »Geschlossen« stand unverändert von außen im Türfenster zu lesen. Sie bat Norbert in die Hinterräume des Ladens. Musste ja nicht jeder sehen, dass sie schon da war. Riedel war der Ekel anzumerken, mit dem er sich an Marlene vorbei und durch die Einrichtung schob, peinlich darauf bedacht, sich nicht womöglich mit irgendwelchen Fischresten zu beschmutzen. Marlene zog die Zwischentür zum Laden zu. So, nun wollten wir doch mal sehen.

Sie kontrollierte nebenbei die Bestände in der großen Gefriertruhe. Dieser Riedel kam ihr gleich wieder dumm mit dem Haus in der Langenstraße. Sie hatte das noch nicht ganz richtig verstanden, das mit der Feuerversicherung. Sollte sie das Haus etwa selber in Brand stecken? Ganz offenbar hatte dieser Mensch genau das geplant. Marlene war sprachlos. Sie sah sich schon verhaftet und für Jahre ins Gefängnis wandern. Das würde nie gut gehen, das war doch viel zu offensichtlich, oder? Und das ganze Risiko würde sie alleine tragen. Auf den Riedel käme niemand. »Oder wir schicken den Rudi, diesen grenzdebilen Riesen, mit ein wenig Zündelzeug in die Langenstraße. Der macht doch eh alle Drecksarbeit für Sie.« Marlene war über Norbert Riedels Vorschlag empört, dass es ihr ganz warm im Gesicht wurde.

Die Versicherungssumme würden sie sich dann teilen, natürlich für sie abzüglich der Vorauszahlungen, die sie bereits erhalten habe. Marlene verstand abermals nicht. »Was für Vorauszahlungen denn?«, kam es rau aus ihrem trockenen Mund. Norbert Riedel legte seinen Aktenkoffer auf der kleinen Kühleinheit gegenüber ab, ließ die Schlösser aufschnappen und entnahm ihm einen Plastikhefter. Den hielt er Marlene unter die Nase. »Na, die hier. Alles von Marlene Düsterbehn persönlich unterschrieben und prompt wieder verzockt. 1A-Schuldscheine. Und das nicht zu knapp. Im Prinzip gehören die Bruchbuden inzwischen sowieso mir und ICH bestimme, was wir am besten damit machen.« Marlene wurde abwechselnd heiß und kalt. Was bildete dieser Mensch sich ein? Was redete er da? Sie wusste tatsächlich nicht, was sie in den vergangenen Monaten alles unterschrieben hatte … Wahrscheinlich war der Mistkerl sogar im Recht, überfiel es Marlene siedend heiß. Sie wollte nach dem Hefter greifen, doch Norbert Riedel war flinker. »Was denn, was denn … Oh nein, nicht so hastig, du fette Planschkuh, gemach, gemach.« Norbert Riedel wandte sich süffisant lächelnd ab, um den verhängnisvollen Hefter in seinen Koffer zurückzulegen. Nun war es endlich vorbei mit der falschen Zurückhaltung: Von jetzt an musste die Alte spuren. Er hatte gewonnen. So oder so.

Fette Planschkuh. Das war zu viel. Damit hatte er den Bogen überspannt. Marlene spürte die Kälte, die aus der geöffneten Gefriertruhe aufstieg. Sie beugte sich darüber. Musste auch mal wieder abgetaut werden … Fette Planschkuh! Das Prachtexemplar von Lachsforelle sehen und greifen war eins. In Folie verschweißt und perfekt scharfkantig. Sie nahm den Fisch frisch aus dem Fach, griff um den eiskalten Schwanz. Lag gut in der Hand. Sie drehte sich um. Norbert Riedel sortierte arglos und betont lässig in seinem Koffer herum. Marlene drosch drauf. Hinterkopf. Blut spritzte. Der Kerl drehte sich zu ihr um, hob instinktiv zur Abwehr die Arme. Marlene drosch weiter. Scheitel. Schläfen. Immer drauf.

Norbert Riedel lag schließlich mit zertrümmertem Schädel auf dem gefliesten Fußboden im Hinterraum von Marlene Düsterbehns Fischladen in der Frankenstraße. Marlene stand keuchend über ihm, die Fischkeule noch in Händen. Das Brodeln aus seinen Lungen verebbte bald.

Sie hatte ein Problem gelöst, indem sie sich ein neues geschaffen hatte. Das neue Problem war allerdings das kleinere, keine Frage. Sie war erstaunlich ruhig, war ja nicht das erste Mal: Schritt für Schritt. Ihr Ordnungssinn erwachte. Norbert Riedel liefen Blut und anderes aus Nase und Mund. Marlene klaubte eine Packung Zellstoff aus der Schürzentasche. Damit ließ sich jedoch nicht viel ausrichten, die Papiertaschentücher lösten sich alsbald auf und sie hantierte nur noch mit Fetzen. Sie würde sich besser von nebenan ein paar Geschirrhandtücher holen. So gut es ging stakste sie vorsichtig um das Blut herum, um es nicht durch alle Räume zu treten. Das mit den Geschirrhandtüchern war eine gute Idee. Marlene wunderte sich, sein Gesicht hatte erstaunlich wenig abbekommen. Sie stülpte Norberts zerborstenem Schädel eine große Plastiktüte über und schnürte diese am Hals fest mit Bindfaden zu. Eine Grobreinigung drum zu musste fürs Erste reichen. Sie wusste nicht genau wann, aber bald würde die Totenstarre einsetzen. Das war nicht viel anders als bei Fisch. Nur war so ein Mensch doch etwas unhandlicher als das Meeresgetier, mit dem sie es sonst so zu tun hatte. Gut nur, dass dieser Riedel ein eher mickriges Männchen war. Gewesen war. Portemonnaie, Papiere, Schlüssel, Zigaretten. Sonst hatte er nichts bei sich.

Wohin mit der Leiche? Marlene fiel auf Anhieb die große Truhe im Keller ein. Kurts Geniestreich, für den er extra diese treppengängige Spezialkarre angeschafft hatte. Wer hätte gedacht, wozu die noch mal gut sein sollte. Wegschaffen konnte sie den Riedel immer noch. Wenn sie jemand nach ihm fragen würde, konnte sie einfach sagen, er sei dann wieder gegangen. Wer könnte dem widersprechen? Marlene zerrte die schwere, ungelenke Puppe, die eben noch ein siegesgewisser Versicherungsvertreter gewesen war, auf die Karre, band sie fest und bugsierte das Gefährt mit einiger Anstrengung in den Keller hinab.

Sie mochte die Gefriertruhe nicht wirklich öffnen. Da lag doch Trixi drin. Sie wollte die letzte Ruhe des kleinen Hundes nicht stören. Und sie hatte wegen ihr immer noch ein schlechtes Gewissen. Das arme Ding, ach Gott. Aber was sein musste, musste sein. Sie räumte die Truhe bis auf das kleine Bündel leer und hievte den leblosen Körper mit Kraft und Geschick hinein. Beinahe hätte sie sich verhoben, irgendwo in ihrem massigen Körper hatte es verdächtig geknackt bei der Aktion. Norbert Riedel lag auf der Seite kauernd in der Kälte, Marlene stukte ihn noch hier und da zurecht. Passte gerade so. Nun noch ein bisschen Folie drüber über das Ganze und schön in die Ecken gesteckt. Es wurde dunkel um Norbert Riedel. Dunkel und verdammt kalt. Marlene zog den Schlüssel vom Vorhängeschloss an der Truhe ab. Das war geschafft! Schweißgebadet machte sie sich an den Aufstieg. Das Adrenalin bewahrte sie vor Erschöpfung. Sie holte den Hochdruckreiniger, Eimer und Feudel. Was für ein Schweinkram! Sie strahlte, wischte und scheuerte. Räumte den Keller auf, feudelte auch dort nochmals alles sauber und rein. Das Klopfen der Kundschaft ignorierte sie. Heute war geschlossen. Fertig. Dass das immer mal wieder passierte, daran waren die Käufer gewöhnt, das war nichts Besonderes. Marlene schrubbte ihre Sachen, warf oben die Waschmaschine an, stellte sich lange unter eine heiße Dusche. Die schwarzen

Plastesäcke mit den blutigen Sachen würden in ihrem sonstigen Müll nicht auffallen. Hatte sie auch wirklich nichts vergessen? Marlene ging in Gedanken alles noch einmal durch. Nein, ihr fiel nichts ein. Sie war erschöpft, musste dringend etwas essen. Und wenn es Weinbrandbohnen waren. Nach zwei Schachteln davon und einer guten halben Flasche Sekt hielt Marlene den Mittagsschlaf ihres Lebens.

Am Nachmittag fuhr sie mit ihrem alten Lieferwagen zum Baumarkt und besorgte einen Eimer weiße Farbe, mit der sie am nächsten Morgen die letzten dann noch sichtbaren Flecken an der Decke im Hinterraum ihres Ladens übertünchen wollte. Sie überlegte, wo zum Teufel in ihren ganzen Gebäuden Kurt seinerzeit die Farbrollen und Pinsel aufbewahrt hatte. Vorsichtshalber kaufte sie eine neue Rolle samt einem geeigneten Stiel gleich mit. Marlene fuhr im Anschluss noch rüber zum Supermarkt, um ein paar Einkäufe zu machen. Was passte denn ganz besonders gut zu Lachsforelle? Mit Butter im Ganzen gedünstet am besten. Gemüse brauchte es gar nicht. Im Grunde nur Butter, ein paar Kräuter und Kartoffeln. Und wenn er nicht in den Ofen passte, würde sie den Fisch eben kurzerhand in der Mitte durchschneiden. Auf Schönheit kam es schließlich nicht an. Gut gelaunt machte sich Marlene mit ihren Einkäufen auf den Heimweg. Sich endlich einmal wieder etwas Schönes kochen, wann hatte sie das letzte Mal dazu Anlass und Gelegenheit gehabt? Wär doch schade gewesen um den prächtigen Fisch!

Die Mordwaffe dünstete im Ofen ihrer eigentlichen Bestimmung entgegen. Derweil zog Marlene Düsterbehn den schwarzen kunstledernen Aktenkoffer ihres dahingeschiedenen Versicherungs- und Finanzberaters mitsamt einer schmutziggrauen Staubflockenschleppe einigen Ausmaßes unter dem Düsterbehnschen Ehebett hervor. Aus Gewohn- und Trägheit nächtigte sie immer noch in ihrer Hälfte der Ehestatt. Die wuchtigen Möbel aus heller Eiche kamen ihr in diesem Moment wie ein Gefängnis vor. Warum tat sie sich das alles hier überhaupt an? Der Anblick des vergilbten süßlichen Elfenreigens über dem Kopfende verursachte ihr plötzliche

Übelkeit. Fluchtartig verließ sie mit dem Köfferchen das Schlafzimmer. Im Wohnzimmer stärkte Marlene sich mit einem Gläschen Sekt, bevor sie sich daranmachte, den Inhalt des Koffers zu untersuchen. Sorgfältig sichtete sie die tatsächlich allesamt von ihr unterzeichneten Schuldscheine. Was für ein Schwein dieser Riedel gewesen war! Der hatte seine Strafe fürwahr verdient. So viel Geld hatte sie nie und nimmer ... Oder etwa doch? Marlene kam ins Grübeln und zweifelte insgeheim an ihrem Verstand. Ein paar weitere Gläschen Sekt brachten ihre unguten Gefühle wieder ins Lot. War jetzt ja auch egal. In der großen Düsterbehnschen Suppenschüssel – der mit dem Goldrand – loderten ihre papiernen Gefängnisketten hell auf und verbrannten schließlich befreiend zu dunkelgrauer Asche. Hildegard sang dazu, dass eins und eins zwei machte. Recht hatte sie. Hildegard hatte überhaupt immer recht. Prost, Hildegard! Im Kühlschrank musste noch eine neue Flasche sein, im Kühlschrank war immer eine neue Flasche Rotkäppchen. Was hatten wir denn da? Rotkäppchen Rosé, lecker. Sie spülte die Suppenschüssel mit Fit-Wasser aus, die Ascheflocken verschwanden im Abfluss. Das wäre erledigt, Gott sei Dank. Sie glaubte nicht an Gott, aber sagte man das nicht so? Sie glaubte an das Glück. Prost! Auf das Glück! Marlene prostete ihrem Spiegelbild in den Scheiben des alten Küchenbuffets zu.

Den Plastehefter von dem Riedel, den konnte man noch gebrauchen. Marlene legte ihn auf einen der Stapel in ihrem Wohnzimmer. Was war denn noch im Koffer? Drei Herren-Magazine. War zu erwarten, ab damit ins Altpapier. Eine Mappe mit allerhand leeren Vordrucken von der Versicherung. Ebenfalls Altpapier. Solar-Taschenrechner, Zigaretten. In den Müll damit. Visitenkarten. Müll. Werbe-Kugelschreiber. Müll. In der Innentasche vom Kofferdeckel steckte ein Umschlag. Marlene öffnete ihn. Lauter große gelbe Euro-Scheine. Sie zählte nach: exakt fünfzehn Stück. Bis fünfzehn kam sie noch ohne weitere Schwierigkeiten. Sie konnte schlussendlich einiges vertragen. Was für ein unverhofftes Glück! Das Glück der Tüchtigen. Eins und eins machte eben zwei. Hildegard hatte es wieder einmal gewusst. Der Koffer war leer. Marlene schlitzte das Kunstleder rundherum auf. Nun war er nicht nur abgegriffen, sondern richtig kaputt. Niemand würde sich den wieder aus der Tonne fischen. Schon gar nicht aus einer von den ihren, um die machten alle in der Straße wohlweislich einen großen Bogen. Apropos, ehe sie es vergaß, morgen war Müllabfuhr. Bevor in der Küche der Wecker klingelte, musste sie unbedingt noch die Mülltonnen an die Straße stellen. Sicher war sicher. Ächzend stemmte sie sich aus ihrem Sessel. Sie hatte bereits ein gehöriges Schleifbein und einige Mühe, ohne zu straucheln nach unten zu gelangen. Die frische Luft draußen tat ihr wohl, machte Appetit und reinigte die Gedanken. War schließlich ein langer und anstrengender Tag gewesen. Marlene stopfte den kleinen Plastikbeutel mit Norbert Riedels leerem Portemonnaie, seinen Papieren und seinen Schlüsseln ebenfalls in eine der Mülltonnen. Was sollte sie noch damit? Bisschen Fischgekröse obendrauf. Fertig. Ihre anfängliche Überlegung, in seinem Büro oder gar in seiner Wohnung noch nach was auch immer zu suchen, hatte sie inzwischen verworfen. Zu riskant. Besser, wenn sie gar nicht erst in Versuchung kam. Weg mit dem Zeug! Marlene überlegte, ob sie nicht noch etwas vergessen hatte. Nein. Nun war ihr Tagwerk endgültig vollbracht. Als sie den Aufstieg in ihre Wohnung bewältigt hatte, klingelte ihr Küchenwecker. Mit wahrer Inbrunst vertilgte sie einen Gutteil der Mordwaffe, die sie hervorragend gelungen fand. Den Rest bekamen am nächsten Morgen die Katzen im Hof. Noch ein paar Weinbrandbohnen als Betthupferl, und Marlene Düsterbehns Welt war wieder in Ordnung. So konnte es weitergehen.

Kapitel 9

Die Schreibtischlampe blendete in der Dunkelheit der Nacht. Was für eine Frechheit, empörte sich Norbert Riedel. Hatte man denn in diesem verdammten Spukschloss niemals seine Ruhe? Was machte sich dieser Mann überhaupt um eine solche Uhrzeit an seinen Büchern zu schaffen? Schloss Rantzow lag längst in tiefer Ruhe. Nur der Herr kramte immer noch auf seinem Schreibtisch herum. Als wenn das irgendetwas helfen würde. Er konnte noch so viel hin- und herrechnen, die Papierstapel von einer Seite auf die andere umschichten. Das Ergebnis blieb stets das gleiche. Und war darum umso niederschmetternder.

Fast zwölf fette Jahre hatte das Gut nach dem Tod seines Bruders erlebt. Der unglückselige Mann, der alle drei Kinder durch einen tragischen Unfall verloren hatte. Seine Schwägerin hatte sich nie von dem Schicksalsschlag erholt. Sie hatte getrunken. Erst heimlich, dann unheimlich, wie man in Familienkreisen lästerte. Schließlich hatte ihr Gatte sie in eine Anstalt gesperrt und war allein weiter auf Reisen gegangen. Auf Betteltour, wie die pucklige Verwandtschaft höhnte. Das haben die Rantzower schon immer so gemacht. Nie haben sie jemanden auf ihr pommersches Schloss eingeladen, stets sind sie unterwegs gewesen bei Tanten und Onkels und Cousinen. Wollten unbedingt erben, das war so ein offenes Geheimnis in der Familie. Wo er und sein Bruder doch keine Eltern mehr hatten. Ihn widerte dieses Getue um die alten Herrschaften an. Ironie des Schicksals: Am Ende hatte er geerbt – von Tante Gerda in München, von diesem entfernten Vetter in Oldenburg und sogar noch Schloss Rantzow von seinem unglücklichen Bruder. Wer hätte das gedacht.

Die pommersche Klitsche war mächtig auf den Hund gekommen, als er hier Einzug hielt. Das war kurz nach dem Krieg, den er als Fourage-Offizier in der kaiserlichen Marine ohne größere Blessuren überlebt hatte. Im Gegenteil: Die Jahre in Wilhelmshaven hatten ihm allerhand Beziehungen eingetragen. Die konnte man jetzt nutzen. Schnelles Geld musste her. Die Banken in Stralsund und Rostock zeigten sich spendabel, es sollte bald wieder aufwärtsgehen nach den bitteren Jahren '14 bis '18. Das Schloss mit seinem bescheidenen Grundbesitz reichte als Sicherheit. Zunächst pachtete, später kaufte er Äcker dazu, scheuchte seine Dienstleute und Tagelöhner tüchtig. Sollten mal sehen, was er beim Militär alles gelernt hatte in Sachen Drill und Ordnung und Organisation! Dann ließ er die großen Rinderställe bauen. Beteiligungen an der Ölmühle und der Zuckerfabrik warfen auch nicht schlecht ab. Aber das ganz große Geld verdiente man wohl an der Börse, munkelte es allerorten. Also neue Kredite und damit Wertpapierkäufe. Schweinehälften, Rapsöl, Zucker, Getreide – Bauer, bleib bei deinen Leisten. Ließ sich gut an. Warum nicht etwas mehr riskieren? Aktien, Anleihen … Nur wer wagt, gewinnt. Mit den Gewinnen konnte man die Kredite mühelos bedienen. Neues Geld? Kein Problem, meinten die Herren von der Bank. Sie hielten ihm die Tür auf und lächelten devot. Und gleich noch ein wenig mehr Geld auf Pump, für ein paar persönliche Anschaffungen. Das Auto etwa, mit dem man in Nullkommanix dem Landleben entkommen konnte. Für die Umbauten am Schloss, wo in Kanalisation, Küche und Kesselhaus endlich Modernität einziehen konnte. Jawoll, meine Herrn, was kostet die Welt! Aus dem namenlosen Marineoffizier war ein Großagrarier geworden, der Hunderte von Landarbeitern beschäftigte und sich mit dicken Bankiers zu Jagdausflügen verabredete. Im eigenen Wald wohlgemerkt!

Und das soll mit einem Mal alles vorbei sein? Weil die Aktien nichts mehr wert sind? All die dicken Bündel bunt bedrucktes Papier, die ihm zehn Jahre lang Reichtum und Prestige eingetragen hatten. Den Hintern abwischen könne er sich jetzt damit, hatte diese Ratte von der Kreditbank grinsend gemeint, ob er das denn immer noch nicht kapiert habe. Und die Kredite seien jetzt fällig, sofort. Er könne ja das Schloss und sein Auto verkaufen.

Die Landarbeiter wanderten scharenweise ab Richtung Berlin und Stettin. Die hatten längst begriffen, dass praktisch der Kuckuck klebte am feinen Herrenhaus Rantzow. Man müsste sich vom Dach stürzen wie jene Dienstmagd anno '18, hatte er neulich im Vorbeigehen eine Bauersfrau zischeln hören. Er hatte sich erbost umgedreht und überlegt, ob er ihr eine Ohrfeige verpassen sollte für diese Insubordination. Das hatte Jahre gebraucht, ehe er rausbekam, was da über die Selbstmörderin gemunkelt wurde. Schwanger sei sie gewesen, aber nicht vom eigenen Mann, denn der war im Krieg geblieben. Vielmehr sollte sein Bruder da noch mal den Rock gehoben haben. Kaum zu glauben, so wenige Monate vor dessen Tod. Jedenfalls reichlich dreist von der Bäuerin, so offen darauf anzuspielen. Doch sie schaute ihm derart frech ins Gesicht, dass er keine passende Erwiderung fand und sich davonschlich wie ein geprügelter Hund. So weit war es gekommen mit dem Herrn von Rantzow ...

Ein Fluch lag über seiner Familie, da war er sich sicher. Erst die Tragödie mit seinen Neffen und seiner kleinen Nichte in der Kiesgrube. Dann das unrühmliche Ende der Schwägerin, schließlich der frühe Tod seines Bruders. Und ihm hatte Schloss Rantzow nun den Bankrott beschert. Tausende Morgen Acker und Wald, volle Ställe, Scheunen und Mieten, ein modernisiertes Herrenhaus – und das alles praktisch unverkäuflich. Immer nur Kosten, Kosten, Kosten. Er konnte es drehen und wenden, wie er wollte, er war am Ende.

Wie still und düster es im Schloss war. Nur die Schreibtischlampe schuf eine einsame Lichtinsel in all der Finsternis.

Er öffnete langsam die unterste Schublade und zog den alten Armeerevolver heraus. Die Flasche Schnaps, die daneben hin- und herrollte, ließ er diesmal liegen. Schwer lag das kalte Metall in seiner Hand. Was für eine gnadenlos antiquierte Waffe, dachte er noch. Dann legte er die Mündung mit einer knappen Bewegung an die Schläfe und drückte ab. Der Schuss hallte ohrenbetäubend durch das nächtliche Schloss.

Oh nein, was für eine Riesensauerei, dachte Riedel angeekelt. Und das wegen ein paar Schulden? Da hätte er sich mal einem Mann wie ihm anvertrauen sollen, das hätte man alles wieder hingekriegt. Findige Finanzberater muss es doch auch in der Weltwirtschaftskrise gegeben haben, sind doch nicht alle pleitegegangen. Ein Norbert Riedel hätte damals bestimmt noch das Beste draus gemacht. Aber dieser alte Sturkopf schießt sich lieber eine Kugel in den Kopf. Nicht auszuhalten war das hier. Während sich Riedel noch über den Spekulanten ärgerte, wechselte wieder einmal auf unerfindliche Weise die Szenerie. Und was er jetzt zu sehen – und auf wundersame Art auch zu spüren – bekam, bereitete ihm wirklich Kopfschmerzen.

Kriegsende, dachte Norbert Riedel noch. Und: Wie in einem dieser elenden Filme über Flucht und Niederlage. Dann verschlug ihm der Schmerz die Sprache. Er begriff erst allmählich, dass es nicht sein eigener Schmerz war. Vielmehr schien sich das Leiden des jungen Soldaten auf der Pritsche vor ihm auf seinen eigenen Körper zu übertragen. Das konnte kein Film, und war er noch so eindrucksvoll inszeniert.

Es hörte nie auf. Es wurde nicht schwächer und kam nicht in Wellen, es war immer gleich schlimm. Es war auch kein Brennen oder Hämmern, es war ein gleichmäßiger, übermächtiger Druck. Dieser Druck in seinem Kopf beherrschte alles. Der Junge verdrängte jede andere Wahrnehmung. Das Einzige, was er spürte, hörte, schmeckte und sah, war dieser unaufhörliche, mörderische Druck unter seiner Schädeldecke. Er wusste nichts von den Trommelfellen, die die Detonation zerfetzt hatte und nichts von seinem zerschlitzten rechten Auge.

Er fühlte das Fieber nicht, das seinen Körper auszehrte und nicht die kratzige Dürre in seinem Hals, die vom endlosen Schreien herrührte. Er war 20 Jahre alt und hatte nur einen Wunsch: Es soll endlich aufhören!

Warum war sein Schädel nicht gleich zerborsten, als die Granate neben ihm einschlug? Warum nur hatten sie ihn noch rausgezerrt und mitgeschleift auf der Flucht vor den russischen Panzern? Er könnte längst seine Ruhe haben. Einfach nur ausstrecken, den Druck nicht mehr ertragen müssen. Es sollte aufhören, ein für alle Mal. Bitte, oh lieber Gott, bitte lass es aufhören!

Er hatte nicht wirklich begriffen, dass sie ihn im Lazarettzug westwärts gefahren hatten. Und auch nicht, dass der Zug plötzlich auf freier Strecke stehen geblieben war, warum auch immer. Er kannte den Arzt nicht, der den Konvoi betreute und der kurzerhand das leer stehende Schloss Rantzow für seine Verletzten requirierte. Er konnte sich nur an die ungeheuren Schmerzen in seinem Schädel erinnern, als sie ihn auf der Trage durch den nächtlichen Wald geschleppt hatten. Und dass er den ganzen Weg geschrien hatte, sie mögen ihn doch absetzen und in Ruhe lassen. Doch das Schreien und das Schaukeln hatten alles nur noch schlimmer gemacht. Als er endlich auf dieser Pritsche lag, eingewickelt in graue Pferdedecken, schien der Druck tatsächlich einen Moment gnädig nachzulassen. Aber das war ein Trugschluss. Ein Traumbild, das seine zerstörten Sinne ihm vorgaukelten. Denn als er sich einen Moment zu entspannen drohte, kehrte der Schmerz in ungeminderter Stärke zurück. Die Qual in seinem Kopf kannte kein Erbarmen.

Jetzt wimmerte er nur noch leise vor sich hin. Gebt mir doch etwas gegen die Schmerzen, wollte er rufen, aber seine geschwollene Zunge ließ nur ein unverständliches Lallen zu. Seine Hände tasteten unruhig über die Decken. Es musste doch alles irgendwann ein Ende finden.

Dann bettelte er nur noch: Mama, Mutsch, bitte, mach, dass es aufhört! Mama, meine Mama ...

Da schien es ihm einen Augenblick, als legte sich die kühle Hand seiner Mutter auf die bandagierte Stirn. Wie früher, wenn er mit einer dicken Mandelentzündung fiebernd im Bett lag. Eine Träne rann ihm aus dem übrig gebliebenen Auge in den Verband. Es war die letzte Erinnerung, die sein geschwollenes Gehirn zuließ. Es war genau die Erinnerung, die er gebraucht hatte, um endlich sterben zu können.

Norbert Riedel sackte erschöpft in sich zusammen. Mann oh Mann, dachte er, schlimmer kann es nicht mehr kommen. Verwirrung ergriff ihn. Wie konnte das alles nur geschehen? Wie war er überhaupt hierhergekommen? Riedel bemerkte, dass er nicht der Einzige war, den solche Überlegungen plagten. Mit kleinen leisen Schritten schoben sich jetzt zwei alte Leutchen an ihm vorbei zum Fenster. Und sie fragten sich ganz ähnliche Dinge wie er, meinte Riedel zu wissen.

Wie waren sie nur hierhergekommen? Wie war das nur möglich? Was für ein ungeheurer Weg lag hinter ihnen ...

Wortlos standen die beiden ergrauten Gestalten am Fenster ihres Dachkämmerchens und blickten hinaus auf den Park. Das Laub fiel von den Bäumen, der Himmel grau in grau. Ihre wässrigen blauen Greisenaugen blickten über die Wipfel hinweg in die Ferne. Horst Telschow tat etwas, was er schon lange Jahre nicht mehr getan hatte. Er legte den Arm um die knochigen Schultern seiner Frau. Elsbeth zuckte leicht zusammen unter der schüchternen Berührung, dann lehnte sie sich vorsichtig gegen ihren Mann. Mehr als 50 Jahre waren sie verheiratet. Kein Wunder, dass sie sich nicht erinnern konnte, wann sie sich das letzte Mal so nah waren. Und Horst dachte: Wie winzig sie geworden ist! Wenn sie sich früher an mich lehnte, lag ihr Kopf viel höher.

Früher ... was für einen bitteren Geschmack dieses Wort hatte. Früher waren die Winter weißer und die Sommer heißer. Früher schmeckte das Brot kräftiger und die Milch fetter. Früher lebten sie in einer kleinen Stadt in Ostpreußen. Ihre beiden Mädels gingen brav zur Schule und der kleine Bub wuchs und gedieh. Horst Telschow war Mechaniker in einer Autowerkstatt und seine Elsbeth schneiderte für Kundschaft. Auch damals wohnten sie unterm Dach, aber da war es eine richtige Wohnung, die sie mit niemandem teilen mussten. Die Kinder spielten auf dem Hof mit Ball und Springseil und dem schwarzen Spitz vom Nachbarn. Sie konnten sich nicht alles kaufen, aber sie hatten immer genug zu essen und anständige Kleidung. Und am Wochenende quetschten sie sich in das selbst gebaute dreirädrige Autochen und fuhren hinaus in den Wald. Ein Koffer war hinten aufgeschnallt, der enthielt die Decke, Blechkannen für Beeren und ein Körbchen für Pilze. Elsbeth hatte die Tüte mit den geschmierten Stullen und hart gekochten Eiern auf dem Schoß. Die wollten die Kinder immer gleich essen, wenn sie angekommen waren im Wald. Selbst wenn es nur eine Stunde nach dem Frühstück war. Aber Elsbeth war unerbittlich: Erst wenn eine gefüllte Kanne Blaubeeren vor ihr auf der Decke stand, gab es als Zielprämie die Klappstullen. Die Kinder kreisten kichernd und plappernd um ihre Mutter herum, während er weit in den Wald hinausschweifte und Pilze sammelte. Das war eine schweigsame Beschäftigung, nach den stummen kleinen Gesellen zu suchen, die sich so meisterhaft in Moos und Laub verbergen konnten. Aber er kam ihnen immer auf die Schliche. Am meisten mochte er die ganz kleinen, gnubbeligen. Sie erinnerten ihn an die niedlichen Zehen seiner Kinder, als die noch Babys waren. Wenn er gegen Mittag zu den anderen zurückkehrte, war sein Korb voll. Und er ganz angefüllt von wohltuender Stille.

Eine Träne lief über Horst Telschows faltige Wange. Nie wieder im Leben war die Stille so gut gewesen wie damals in ihrem ostpreußischen Wald. Viele stumme Jahre hatten sich angeschlossen. Aber sie waren stumm vor Angst, vor Wut, vor Erschöpfung, vor Enttäuschung. Nie wird er Elsbeths stumme Tränen vergessen, als er 1939 trotz seines Alters noch eingezogen wurde zur Wehrmacht. Ein Jahr hatte er Drill und Kasernenhof überstehen müssen, dann kam der Marschbefehl zur Front. In Frankreich erwischte ihn eine gnädige Kugel, ein echter Heimatschuss. Die Kameraden schlugen ihm grinsend auf die Schulter, als er in den Lazarettzug verfrachtet wurde. Überstanden, dachte er damals. Wir haben es überstanden!

Aber so war es nicht. Kaum genesen, holten sie den Mechaniker Horst Telschow in die Lastwagenfabrik. Laster fürs Militär, Tausende und Abertausende. Das Band stand nie still. Selbst nicht, wenn er nach elf Stunden Arbeit abends endlich im Bett lag und die Augen schloss. Auch seine Älteste hatten sie schon zwangsverpflichtet in der Fabrik. Sie war ganz dünn und ausgemergelt vor Erschöpfung. Elsbeth tat, was sie konnte, um die Familie zu versorgen. Das Rattern ihrer Nähmaschine klang oft noch nachts durch die Stille der Wohnung. Blusen gegen Zucker und Kaffee. Und ein Abendkleid brachte sogar mal eine halbe Speckseite ein. Nur der Bub, der fand es klasse, der rannte eifrig zu den Pimpfen. Die schwenkten Fähnchen und machten Lagerfeuer am Stadtwald und kletterten und rannten um die Wette. Sollte er haben, der kleine Mann, konnte ihn nur groß und stark machen. Oft waren seine aufgeregten Erzählungen von all den Abenteuern beim Jungvolk das Einzige, was man bei ihren stillen Abendmahlzeiten hörte.

Dann kam der letzte Winter zu Hause. Die Front rückte näher. Schon sah man die ersten Trecks durch die Straßen rattern. Landleute von den großen Gütern im Osten. Stumm vor Schreck stand Elsbeth am Fenster und sah ihnen hinterher. Wenig später erhielten auch die Städter den Evakuierungsbefehl. Während seine Frau mit den drei Kindern per Bahn nach Westen gebracht wurde, musste er bleiben und beim Abbau der Maschinen helfen. Die ganze Fabrik sollte umziehen und irgendwo im Reich wieder aufgebaut werden. Als alles verpackt war, drückte sich Horst vor dem gemeinsamen Abmarsch. Erschien einfach nicht am Sammelpunkt. Schnappte sich stattdessen sein Fahrrad und machte sich allein auf den Weg zu Frau und Kindern. Querfeldein durch Wald und Feld. Der braune Koffer, den sie früher auf ihr Autochen geschnallt hatten, war jetzt auf dem Gepäckträger festgebunden und enthielt seine ganze Habe. Zehn Tage radelte er seiner Familie hinterher, dann hatte er sie gefunden. Ganz still wurden sie, als sie ihren verdreckten, erschöpften Vater auf der Schwelle stehen sahen.

Nie vergessen würden sie jedoch die unheimliche Stille jener Nacht, die dem ersten Kanonendonner in der Ferne vorausging. Elsbeth und er saßen kerzengerade auf ihrem Lager, starr vor Schreck. Der Bub blinzelte verschlafen durch die Tür. Mama, geht es jetzt richtig los?, fragte er. Am nächsten Morgen packten sie ein, was sie tragen konnten. Das Fahrrad wurde beladen mit Bündeln und Betten. Jeder schleppte, was er konnte. Die Mädels weinten, der Junge zog vorneweg mit Abenteuerlust in den Augen. Doch kaum waren sie zur Stadt heraus, drückte ihn bereits der Rucksack. Am Abend ihres ersten Tages sagte auch er kein Wort mehr.

Viele solcher Tage folgten. Einmal hatten sie die Chance, ein Stückchen mit der Bahn weiterzukommen. Aber sie mussten dafür das Fahrrad opfern. Horst Telschow tauschte es kurz vor der Abfahrt für Brot und Konserven ein. Ohne den Drahtesel mussten sie ihr Gepäck halbieren. Aber da war schon vieles so unwichtig geworden, was sie mitgeschleppt hatten. Nur von der Tasche mit den Schnittmustern und den letzten Kundenstoffen konnte sich Elsbeth nicht trennen. Wenn nun die Kunden nach dem Krieg zurückkehrten, was sollte sie dann sagen? Nein, nie und nimmer würde sie fremdes Eigentum zurücklassen, meinte sie halsstarrig und schlief nachts mit der Tasche unterm Kopf. Erst ganz zum Schluss, als sie schon über die Oder waren und nichts, aber auch gar nichts mehr zu essen hatten, rückte Elsbeth die Stoffe heraus. Ein Beutelchen angefaulter Kartoffeln konnte er dafür bei einem Bauern einhandeln.

Ach hätten sie nur das Fahrrad behalten. Dann hätte er seine jüngere Tochter auf dem Sattel schieben können. Ihre Mittlere erkrankte unterwegs schwer an Keuchhusten. Das Mädchen bellte und bellte und rang nach Luft. Sie waren gezwungen, einige Wochen Pause zu machen in einer Ortschaft, deren Namen sie nicht einmal kannten. Lasst mich nicht zurück, flüsterte seine entkräftete Tochter, wenn sie den Atem dafür fand. Sie klammerte sich an seinen Ärmel und schaute mit riesengroßen ängstlichen Augen auf ihn. Horst Telschow fand keine Worte, um sie zu trösten. Er sammelte Weidenrinden und kochte ihr Tee daraus, den sie oft während der Hustenanfälle wieder hochwürgte. Endlich schien der Husten nachzulassen, doch das Fieber kehrte zurück, höher denn je. Das Mädchen lag still auf seinem Strohlager, in alle Lumpen eingehüllt, die sie noch besaßen, und röchelte nur. Eines Morgens hörte auch das Röcheln auf. Sie begruben ihre Tochter in dem namenlosen Ort und zogen weiter mit dem Treck, der sich gen Westen wälzte.

Ihre Älteste verliebte sich unterwegs in einen hinkenden Mann, der ein Gespann lenkte. Sie durfte bei ihm auf dem Kutschbock sitzen und er brachte sie mit seinen Reden zum Lachen. Plötzlich beschwerte sie sich bei den Eltern: Ihr seid zu langsam! Die Russen werden uns einholen. Und was sie mit den

Mädchen machen, weiß doch jeder. Mich kriegen die Russen nicht! Lieber gehe ich eigene Wege.

Eines Morgens war ihre Älteste verschwunden. Das Gespann des hinkenden Mannes war weit und breit nicht zu sehen. Sie war ohne Abschied mit ihm davongefahren. Elsbeth brach in die Knie und weinte stumm vor sich hin. Er konnte sie kaum wieder auf die Straße zurückbringen. Sie sollten ihre große Tochter nie wiedersehen.

Nur der Junge war ihnen geblieben, als sie endlich in Vorpommern ankamen. Der lange Marsch hatte ihn reifen lassen. Sein schlaksiger Körper wirkte sehnig und gut trainiert. Die Augen blickten lauernd, immer auf der Suche nach Nahrung, die man stehlen oder einhandeln konnte. Er war böse auf die Schwestern, die sie verlassen hatten. Und böse auf seine alten Eltern, mit denen er seine Beute teilen musste. Er war böse auf den Krieg, der verloren war, und auf Hitler, der ihn nicht hatte gewinnen können. Und auf die Russen, die ihn bis hierher getrieben hatten. Weit weg von seinen Kumpels, von seinen Wettspielen bei den Pimpfen, seinem ostpreußischen Blaubeerwald.

In einer völlig verstopften Kleinstadt beschlossen sie, dem Treck nicht mehr weiter nach Westen zu folgen. In der zweiten Nacht holten sie die Russen ein. Elsbeth zogen sie den goldenen Ehering vom Finger und brachen ihr dabei ein Fingergelenk. Ansonsten kamen sie ungeschoren davon. Sie hatten ja auch nichts mehr. Der braune Koffer, den Horst Telschow an zwei Riemen auf dem Rücken trug, enthielt nur noch etwas Kleidung und einige Fotos. Eins mit den Kinder, als sie noch klein waren und Nachbars Spitz neckten. Dann die Aufnahme von der Familie, bereit zur Abfahrt am Autochen aufgestellt. Der aufrechte Mann, dessen goldene Hände die Teile selbst zusammengeschraubt hatten und der stolz an der offenen Fahrertür lehnte, kam Horst Telschow fremd vor.

Einige Tage kampierten sie am Straßenrand, dann stellten sie sich an der Kommandantur an. Nach vielen Stunden erhielten sie Flüchtlingspapiere und die Einweisung für ein etwas abgelegenes Dorf. Ein großes Schloss stehe dort seit Jahren leer, hieß es. Der Eigentümer habe sich in der Weltwirtschaftskrise verspekuliert und erschossen. Soll nicht der erste Todesfall in dem ollen Gemäuer gewesen sein. Habe keiner mehr haben wollen, war wohl allen zu spukig. Und sie sollten sich beeilen, es seien schon etliche unterwegs dorthin. Der Platz dürfte langsam knapp werden. Also schleppten sie sich noch einmal mit einem kleinen Treck durch die Felder. Als sie die Allee erreichten, die zu dem hochherrschaftlichen Haus führte, rannen Elsbeth wieder Tränen über die holen Wangen. Ob vor Erschöpfung oder vor Erleichterung, dass ihre Reise endlich einen Endpunkt haben sollte, wusste sie selbst nicht.

Das Rantzower Schloss wimmelte vor Menschen. Jeder suchte eine Kammer, eine Ecke für sich, wo er seine Habseligkeiten verstauen konnte. Wer einen Kochtopf und noch einige Vorräte hatte, drängte sich in der Küche an den Herd, um für die Seinen etwas Warmes zum Beißen zu bereiten. Wer eine Matratze hatte, stand am besten gar nicht mehr auf, denn sie fand sofort einen neuen Besitzer. Wir bleiben hier nicht lange, versprach Horst Telschow den Seinen, wir ruhen uns nur ein bisschen aus. Du machst mir Angst, entgegnete seine Elsbeth und drehte sich weinend weg.

Irgendwann normalisierte sich das Leben im Schloss. Die Flüchtlinge arrangierten sich miteinander. Es wurde gemeinschaftlich gekocht und gewaschen. Die Jungen, allen voran ihr Bub, fanden schnell Arbeit bei den Bauern. Die Kühe mussten gemolken, das Korn geschnitten werden. Die Bauern bezahlten mit Eiern, Brot und schließlich sogar mit Weizen. Damit ließ sich in der Stadt, wo der Hunger noch viel größer war, allerhand einhandeln. Im Winter zogen sie in den Park und fällten einige Bäume. Die Kamine und Öfen in den großen Räumen gingen nie aus. Aber die Abseiten und Dachverschläge waren eisig kalt. Sie rückten nachts eng zusammen, um sich gegenseitig zu wärmen.

So überstanden sie das erste Nachkriegsjahr und auch das zweite. Der Junge ging noch einmal zur Schule, sollte im Schnellverfahren wenigstens seinen Volksschulabschluss machen. Er hatte keine Lust zum Lernen, aber die Lehrer schleiften ihn durch. Schloss Rantzow leerte sich allmählich wieder. Etliche Familien fanden Kontakt zu Angehörigen, zogen weiter und machten Platz. Vor allem die Älteren blieben, so auch die Telschows. Sie hatten keinen anderen Ort auf der Welt mehr. Der Bürgermeister des Dorfes besorgte unter vielen Mühen Mörtel und Steine, Rohre und Kabel. Aus den großen Sälen wurden kleine Wohnungen mit Gemeinschaftsklo und -küche. Horst und Elsbeth blieben unterm Dach in ihrem Kämmerchen. Er half bei den Arbeiten, wo er konnte. Und sie flickte und änderte für andere Leute Kleidung. Der Bub ging in die Lehre, wollte Mechaniker werden wie sein Vater. Und ein eigenes Auto, das war sein ganzer Traum.

So hätte es weitergehen können bis an ihr Ende. Ein stilles Leben war es, aber sie waren müde. Diese Müdigkeit ging nie mehr weg. Ihr Jüngster wurde erwachsen und blieb in der Stadt. Wenn er manchmal an den Wochenenden hinauskam nach Rantzow, führte er aufsässige Reden. Schimpfte über die Versorgungslage und über die Norm, über die Oberen von der Partei und über das ganze Sozialismus-Gequatsche. Damit würden sie die Arbeiter nur knechten, schlimmer als bei Hitler wäre das. Sei still, Bub, sagte der Vater dann, du weißt nicht mehr, wie das damals war bei Hitler. Noch immer steckte so viel Wut in seinem Jungen. Ich bleibe nicht hier, rief er zornig. Ich warte nur, bis ihr tot seid, dann gehe ich rüber.

Sie fühlten sich zwar unendlich alt, aber sie waren auch noch nicht so alt an Jahren, dass ein baldiges Ende abzusehen war. So fürchteten sie Tag für Tag, dass ihr Bub irgendeine Dummheit anstellen würde und sie ganz allein zurückließe in dieser fremden neuen Heimat. Die Furcht lastete als undurchdringliche Stille in ihrer stickigen Kammer unterm Schlossdach. Und eines Tages geschah, was sie insgeheim befürchtet hatten. Ein Auto hielt vor Schloss Rantzow und zwei Herren fragten sich durch zu ihnen. Wir werden abgeholt, sagte Horst Telschow, als er begriff, dass die Aktion ihnen galt. Dann schnürte die Angst seine Kehle zu.

Die Herren waren von der Staatssicherheit. Man nahm sie mit in die Stadt, zu einem Gespräch, wie es hieß. Viele Stunden saßen sie in einem Büro und mussten immer wieder ihre Geschichte erzählen. Und immer wieder wurden sie nach ihren Kindern ausgefragt. Ob sie denn eine Sterbeurkunde für die

Tochter hätten, die angeblich an Keuchhusten verschieden sei? Und ob sie denn wirklich keine Ahnung hätten, wo ihre Älteste abgeblieben ist? Und ob ihr Sohn aufrührerische Reden wider die antifaschistisch-demokratische Neuordnung gehalten habe? Immer deutlicher kreisten die Fragen um ihren Bub, bis Horst Telschow sich traute, direkt zu fragen, ob denn was passiert sei mit ihrem Jüngsten. Da ging der Herr von der Staatssicherheit aus dem Zimmer und kam nach einigem Warten wieder herein und beschied ihnen, dass Telschow junior Republikflucht begangen habe und sie ihn nie wiedersehen könnten. Da blieben die Telschows still, was immer sie auch gefragt wurden. Die Herren von der Staatssicherheit hatten bald ein Einsehen, dass bei den beiden Alten nichts mehr zu erfahren war. Stattdessen taten sie nun freundlich und redeten mit Engelszungen auf sie ein: Ihr Sohn werde wahrscheinlich früher oder später Kontakt zu ihnen aufnehmen und dann wüsste der Arbeiter- und Bauernstaat gern darüber Bescheid. Und dann müssten sie alles wahrheitsgetreu berichten, am besten schriftlich. Und was man in Schloss Rantzow so spreche, sei auch von staatsdienstlichem Interesse. Schließlich sei da so undurchsichtiges Volk aus allen Ecken angespült worden nach dem Krieg. Vielleicht auch ein paar verkappte Nazis, die jetzt für den Klassenfeind arbeiteten. Die Telschows sollten nur alles recht fleißig aufschreiben und melden. Wenn sie eifrig ablieferten, drohe ihrem Sohn auch keine allzu heftige Strafe für die Republikflucht, sollte man seiner habhaft werden. Und das alles machen wir jetzt hier amtlich, damit es seine Ordnung habe. Hier, bitteschön, unterschreiben. Und dann guten Nachhauseweg. Da fahre doch heute sicher noch ein Bus nach Rantzow …

Sie sprachen kein Wort über die Erklärung, die sie in der Stadt unterschrieben hatten. Aber Elsbeth hörte an diesem Tag auf, die Herztabletten zu nehmen, die ihr der Arzt verordnet hatte. Horst bemerkte es bald. Und eines Morgens, als sie sich mühsam aus ihrem Bett aufgerappelt hatten, stellten sie sich wie verabredet nebeneinander ans Fenster und blickten auf den herbstlichen Park hinaus. Ein kräftiger Sturm, und kein Blatt würde mehr an den Zweigen hängen. Wie lang doch der Weg bis hierher gewesen war, wie unvorstellbar weit. Horst Telschow legte still den Arm um seine kleine Frau. So standen sie eine Weile. Dann ging Elsbeth ins Bad und holte alle Medikamente, die sie besaßen. Die Herztabletten vor allem, die Schmerzmittel gegen seinen schlimmen Rücken, ein paar Fiebersenker. Sorgsam puhlte Elsbeth alles aus den Verpackungen und machte zwei Häufchen. Ganz gerecht teilte sie und stellte für jeden ein großes Glas Wasser dazu. Horst lächelte über ihre Sorgfalt. Dann schob er noch zwei kleine Gläschen dazu und holte aus einem Schränkchen eine kleine Flasche klaren Kornbrand. Jetzt lächelte auch Elsbeth. Es war nicht schwer, alle Pillen damit herunterzuspülen. Sie legten sich beide zurück ins Bett und hielten sich an den Händen. So hat man sie gefunden, einige Tage später, als es anfing zu riechen aus der Bodenkammer. Horst Telschow hatte ein vergilbtes Foto unter dem Kopfkissen: eine fünfköpfige Familie vor einem ulkigen kleinen Autochen mit drei Rädern, auf dem hinten ein Koffer festgeschnallt war.

Kapitel 10

Die beiden jungen Leute hatten sich im rußgeschwärzten rückwärtigen Anbau von Schloss Rantzow untergestellt. Draußen nieselte es wieder. Janine hatte sich eine karierte Wolldecke umgehängt, die von Svens Mutter stammte. Die feuchten Haare klebten ihr auf der Stirn. Sie fror, trotz Decke. Sven hielt sie im Arm. Janine plapperte von Schokoladeneis mit Chili, das sie im Eissalon vom Strela-Park hätten, das sei richtig lecker, eigentlich hätten sie ja heute auch in den Strela-Park gehen können, wenn nicht gerade Sonntag gewesen wäre und dort im Eissalon Schokoladeneis mit Chili drin essen können … Svens Vater hatte die beiden aufgeregten jungen Leute zurück zum Schloss begleitet, war dann selber mit der großen Taschenlampe nach oben. Dann hatten sie übers Handy die Polizei gerufen. Im großen Saal saß tatsächlich eine menschliche Leiche an der Wand. Auf ihr wimmelte es stellenweise weißlich. Sah aus, als bewegte sich der tote Körper. Widerlich. Und erst der Gestank! Draußen wurde es allmählich immer dunkler. Wann kamen die endlich?

Konnte doch unmöglich so lange dauern von Stralsund her. Garantiert hatten die sich verfahren und kurvten jetzt irgendwo in der Gegend herum. Svens Vater beschloss, der Polizei entgegenzugehen. Hier hinterm Schloss würden sie sie bestimmt nicht auf Anhieb finden. Er ging um das finster dräuende Gemäuer herum und durch den Vorderteil des Parks an die neue Straße, die seit einigen Jahren anstelle der alten Allee durch den Ort führte.

Nach einer guten Viertelstunde näherte sich langsam ein Polizeiwagen mit aufgeblendetem Fernlicht der Rückseite von Schloss Rantzow. Svens Vater hatte den Beamten vom Rücksitz aus den Plattenweg gewiesen, der direkt bis an das Gebäude führte. Sven und Janine hielten sich schützend die Hände vor die Augen, als der Lichtkegel über sie hinwegstrich. Janine hatte die ganze Zeit von Schokoladeneis mit Chili und von ihren weißen Stiefeletten erzählt, die ja nun wohl endgültig hinüber seien. Die beiden jungen Beamten waren froh gewesen, als Svens Vater ihnen mit seiner Taschenlampe entgegenleuchtete. Die Bundesstraße raus in Richtung Greifswald, dann nach ein paar Kilometern rechts ab, dann nach nochmals zwei Kilometern links Richtung Rantzow, das war alles kein Problem gewesen. Aber in Rantzow selber hatten sie sich dann hoffnungslos verfranst. In der fortgeschrittenen Dämmerung war von einem Schloss oder was in der Art weit und breit nichts zu sehen, der Ort hatte keinen richtigen Anfang und kein richtiges Ende. Und eine Mitte schon gar nicht. Sie hatten vor einem Kindergarten gewendet und vor dem mächtigen Tor einer Rindermastanlage mit einer gigantischen Mistgrube daneben. Sie wollten gerade am nächstbesten Haus klingeln, da sahen sie jemanden eine Taschenlampe schwenken.

Die Beamten stiegen aus ihrem Streifenwagen, setzten ihre Uniformmützen auf und griffen sich ihrerseits leuchtstarke Taschenlampen aus dem Kofferraum des Wagens. Sie stapften durch den Matsch auf den Anbau zu. Drei schmale Lichtstreifen illuminierten die unheimliche Szenerie. Janine weinte und jammerte, sie wolle endlich nach Hause. Nach einer kurzen Befragung der beiden jungen Leute machten sich die Beamten auf in das Innere des Schlosses. Zum ersten Angriff, wie es in der Polizeisprache hieß. Sven führte derweil mit der Taschenlampe von seinem Vater Janine zu seinem Elternhaus, um ihr ein Taxi zu rufen, das sie nach Hause bringen sollte. Er blickte sich um zum Schloss und sah, wie zwei Lichtstrahlen gespenstisch durch die dunklen Gänge tanzten.

Sie waren von Svens Vater vorgewarnt worden. Trotzdem mussten die beiden jungen Beamten schlucken, als sie Norbert Riedel in seinem ganzen Elend im großen Saal von Schloss Rantzow sitzen sahen. Der Gestank, der von ihm ausging, raubte ihnen den Atem. Fenster und Türen standen zwar offen, doch ging draußen kaum ein Lüftchen. Der Kontakt mit Leichen kam im täglichen Dienst sehr selten vor. Eigenartig war, dass es manche Kollegen öfter erwischte als andere. Jedenfalls hatte dies wenig zu tun mit der klinisch reinen Obduktion, der sie im Rahmen ihrer Ausbildung in der Rechtsmedizin in Rostock beigewohnt hatten. Das war damals ein älterer Herr gewesen, der im Solarium verstorben war. Man hatte es allerdings gleich nach dem Klingeln der Zeituhr bemerkt. Todesursache war ein schlichter Herzinfarkt. In der Rechtsmedizin hatten sie gelernt, einen Toten vorrangig als Objekt wissenschaftlichen Interesses zu behandeln. Allein dafür hatte die Teilnahme an der Obduktion gelohnt. Distanz gehörte dazu, wenn man anhand eines Leichnams die Ursache für den Tod einer Person ermitteln wollte. Im Fall des unbekannten Toten im großen Saal dieses abgelegenen Schlosses war Distanz das geringste Problem. Die beiden Beamten fragten sich, was dieser stark fäulnisveränderte und bereits flächig von Fliegenlarven besiedelte Leichnam wohl noch an taterheblichen Hinweisen hergeben konnte. Sie beneideten die Rechtsmediziner keineswegs um ihre Pflicht. Und das am Sonntagabend! Ihre Aufgabe war lediglich der erste Angriff, das Feststellen und Sichern der Situation am Tatort. Kriminalkommissar Warns und Kriminalkommissar Hilgen hatten bereits zusammen ihre Ausbildung absolviert und waren dann beide auf dem Revier in Stralsund gelandet, wo sie seit ein paar Jahren als Streifenbeamte im Einsatz waren. Von einem Schloss Rantzow hatten sie aber noch nie etwas gehört. Und nun das hier. Die Strahlen ihrer beiden Taschenlampen trafen sich auf Norbert Riedels eingeschlagenem Schädel: Der hier war mit Sicherheit keines natürlichen Todes gestorben. Das war ein Fall für die KPI. Das sah ganz nach massiver Kopfverletzung aus. Klarer Fall von fremder Gewalteinwirkung. Kriminalkommissar Hilgen reichte seinem Kollegen die Taschenlampe und fingerte nach dem Handy. Man gewöhnte sich an den Geruch. Man durfte nur nicht den Fehler machen und zwischendurch an die frische Luft gehen.

In Bastian Schmidts Wohnung duftete es nach Lammkeule mit Möhren. Die Küche sah aus wie ein Schlachtfeld. Das brauchte Julia ja nicht unbedingt zu sehen, da dachte er erst einmal nicht dran. Knoblauch, Zwiebeln und Nelken, das Fleisch in Butterschmalz angebraten und dann mit Brühe drüber vier Stunden im Ofen garen. Dabei ab und an weiter mit etwas Weißwein übergießen. Die Auflaufform dafür hatte er sich extra angeschafft, nur für dieses Rezept. Dazu Möhrengemüse und Bouillonkartoffeln. Nicht ganz so einfach, wie in der Kochzeitschrift dargestellt, aber Bastian war trotzdem mit sich zufrieden. Beim Anbraten hatte es mehr als tüchtig gequalmt, so dass er alle Fenster aufreißen musste. Er fühlte sich gut vorbereitet auf das Versöhnungsessen. In der Zwischenzeit hatte er ausreichend Muße gefunden, das Erdbeer-Mascarpone-Schicht-Dessert zuzubereiten. Er hätte auch noch wahrlich genug Zeit zum Aufräumen gehabt, sich aber mal wieder in der aktuellen Ausgabe seiner Motorrad-Zeitschrift festgelesen. Schließlich war dies eigentlich sein freies Wochenende. Nur, dass er dummerweise für einen erkrankten Kollegen den Bereitschaftsdienst übernehmen musste. Er hatte weder Familie noch Kinder und war somit immer am dransten, wenn es um solche Dinge ging. Vor ein paar Monaten war er vom Kriminalkommissariat in der Böttcherstraße zur

Kriminalpolizei-Inspektion in der Barther Straße gewechselt. War die KK in der Altstadt mehr so mit den kleineren, alltäglicheren Delikten befasst, so gab es für die KPI einen größeren Rahmen. Wollte sagen, hier ging es um die höheren Deliktsformen, um Rohheitsdelikte etwa und solche richtig spannenden Sachen. Das war das, was Bastian sich unter Polizeiarbeit vorstellte. Hier hatte er schon immer hinwollen und seine Ausbildung auch gezielt darauf ausgerichtet. Schön, dass das derart bald geklappt hatte. Nur konnte er jetzt nicht mehr einfach so zu Fuß zum Dienst, sondern musste das Rad nehmen. Alles Gute war eben nie beisammen. Die Kollegen waren so weit in Ordnung, nur war er auch hier wieder erst einmal der Neue mit ohne Anhang, an dem solche Sonderschichten meist hängenblieben. Wenigstens waren seine bisherigen Bereitschaftsdienste eher ruhig verlaufen. Stralsund mochte zwar die Metropole Vorpommerns sein, aber gewiss kein Zentrum des Kapitalverbrechens. Jedenfalls hoffte Bastian inständig, dass sein Handy gerade heute ruhig bleiben mochte. Schließlich hatte er Julia doch irgendwie vermisst. Auch wenn es schwerfiel, das zuzugeben. Nach dem Lyrik-Desaster war erst mal lange Funkstille gewesen. Doch jetzt hatte sie seine Einladung zum Essen wieder angenommen.

Julia sah wirklich bezaubernd aus an diesem Abend. Sie hatte sich richtig chic gemacht. Extra für ihn! Also bedeutete auch er ihr etwas! Die anfängliche Verlegenheit hatte sich schnell verloren. Julia war beeindruckt von Bastians neuem Geschirr, das farblich perfekt in die Wohnung passte. Bastian holte den Weißwein aus dem Kühlschrank, Julia inspizierte mit ironischem Blick den nagelneuen hochglanzverchromten Kaffeeautomaten im Wohnzimmer. Auf dem Tisch standen sogar Blumen. Ganz konventionelle, aber immerhin. Dieser Bastian war eigentlich gar nicht so verkehrt, ganz niedlich sogar. Aber sie hätte den Teufel getan und ihn noch mal angerufen nach der Sache mit dem Stralsunder Lyrik-Zirkel. Dort würde sie sich nie wieder blicken lassen können, ohne vor Scham im Boden zu versinken. Kleine Zitrone, soso.

Das Lammfleisch war geradezu köstlich und wirklich butterzart. So was hatte sie ihm gar nicht zugetraut, diesem Banausen. Bastian prostete Julia zu und grinste zufrieden in sich hinein. Alles lief perfekt! In diesem Augenblick klingelte sein Handy.

Er fiel augenblicklich in seine Polizeisprache. So kannte Julia Bastian noch nicht. Offenbar eine dringliche Angelegenheit. Bastian stellte gezielte Fragen, beendete das Gespräch, rief seinerseits eine Nummer an und führte ein weiteres knappes Telefonat. Es täte ihm schrecklich leid, er müsse sofort los, vermutlich ein Mord und er habe Bereitschaft. Sie könne ruhig noch zu Ende essen, sei ja sonst schade drum. Sie brauche dann einfach nur die Tür hinter sich zuziehen. Falls sie wirklich gehen wolle. Aber sie könne selbstverständlich auch bleiben, ehrlich. Bastian griff sich seine Sachen und schon fiel die Wohnungstür hinter ihm ins Schloss. Julia seufzte. Ein Mord. Sie hatte keinen rechten Appetit mehr. Ziellos sah sie sich ein bisschen in Bastians Wohnung um. Auf seinem Glasschreibtisch lag ein Bildband über spektakuläre Kriminalfälle. Julia wurde schon beim bloßen Durchblättern blümerant. Sie beschloss, das Geschirr abzutragen und ein wenig aufzuräumen bevor sie ging. Die Küche sah aus, als ob eine Bombe eingeschlagen hätte. Männer! Im Kühlschrank standen zwei vorbereitete Erdbeer-Desserts. Wie süß! Niedlich geradezu.

Bastian schnappte sich sein Fahrrad und radelte zum Dienstgebäude in der Barther Straße. Der sanfte, aber stetige Frühjahrsregen hatte seine Sachen bereits auf Bahnhofshöhe durchnässt. Er fluchte über seine Entscheidung, ein Rad ohne Schutzbleche zu fahren. Sah zwar sportlich aus, war aber bei Nässe verdammt unpraktisch. Im Spind musste irgendwo ganz unten noch ein Beutel mit Ersatzklamotten liegen. Bastian stellte sein Sportrad ab, fixierte das gute Stück mit einem groß dimensionierten Schloss. Im Polizeigebäude holte er als Erstes seine Dienstwaffe aus dem Waffenschrank, erledigte den Formularkram und hielt nochmals telefonische Rücksprache mit den beiden Kollegen vor Ort. Wie es aussah, würden sie einen Lichtmastkraftwagen benötigen, da es auf Schloss Rantzow weder Beleuchtung noch einen Stromanschluss gab. Bastian forderte die Kollegen mit dem Lichtwagen an. Na, die würden sich bedanken, am Sonntagabend. Gleichfalls informierte Bastian den hauseigenen Kriminaltechniker der Stralsunder Kriminalpolizei-Inspektion. Der wohnte nur ein paar Straßen weiter. Bastian wühlte in seinem Spind nach halbwegs brauchbaren trockenen Sachen, zog sich um, kontrollierte nochmals seine Waffe. Er suchte die benötigte Ausrüstung zusammen, belud damit den Dienstwagen und holte den mürrischen Kriminaltechniker vor dessen Haustür ab. Der war bereits am Fernseher kurz weggenickt und entsprechend brummig. Er grummelte was von seinem Nachwuchs im Kindergartenalter, der regelmäßig sonntagsmorgens um fünf der Meinung sei, ausgeschlafen zu haben und ihn überhaupt das ganze Wochenende auf Trab halte. Und nun noch so was! Nach der Tagesschau! Rantzow, wo zum Teufel sollte das denn sein? Hatte er noch nie von gehört. Sie fuhren die Greifswalder Chaussee hinaus. Der Kriminaltechniker gähnte vor sich hin. Bastian achtete mit zusammengekniffenen Augen auf die Straße. Mit der Ortsumgehung von Stralsund kannte er sich nicht so gut aus und es kam schon mal vor, dass er sich darauf verhedderte und auf einmal über die Rügenbrücke fuhr, obwohl er das gar nicht beabsichtigt hatte. Das sah irgendwie alles gleich aus. Noch schlimmer war es mit dem dauernden Provisorium in umgekehrter Richtung von Rügen nach Stralsund. Die Straßenführung dort war seiner Meinung nach regelrecht verkehrsgefährdend. Da kamen bestimmt mitunter auch stocknüchterne Fahrzeugführer vom rechten Weg ab. Eine solche Blöße wollte er sich auf keinen Fall geben. Mit dem Kollegen war heute Abend sowieso nicht gut Kirschen essen. Bastian hatte Glück und fand gleich hinter Brandshagen die unscheinbare Abfahrt in Richtung Rantzow. Das Küchenstudio auf der Hügelkuppe, das konnte er sich merken, daran konnte man sich auch im Dunklen orientieren. Rantzow war sogar ausgeschildert. Die Straße wurde schmaler und schlechter. Zwei Kilometer und dann links. Und wie dann weiter?

Sie durchfuhren abermals ein finsteres Waldstück, durch die Lüftung verbreitete sich schlagartig intensiver Geruch nach Vieh. Am rechten Straßenrand leuchtete im Licht ihrer aufgeblendeten Scheinwerfer beim langsamen Vorbeifahren ein großes Firmenschild auf. Irgendetwas mit Rinderzucht, Rindermast, Rantzow und GmbH & Co. KG in grün und weiß. Ansonsten gab es hier keine weiteren Schilder mehr. Oder sie hatten sie verpasst. Das musste dann wohl schon Rantzow sein. Bastian schaltete das Blaulicht auf dem Wagendach ein. Und wo war jetzt das Schloss? Er fuhr langsam weiter. Auf beiden Seiten säumten uralte Alleebäume die Straße. Der Wagen rumpelte von Schlagloch zu Schlagloch. In einiger Entfernung gab jemand am Straßenrand mit einer Taschenlampe Lichtzeichen. Bastian hielt langsam darauf zu. Es handelte sich um einen Vertreter der Freiwilligen Feuerwehr, der in voller Montur und mit wichtiger Miene seiner Wegweiseraufgabe nachkam. Nun bemerkten Bastian und sein Kollege im Hintergrund weitere Blaulichter, die zwischen hohen Bäumen und dichtem Gestrüpp im steten Wechsel aufblitzten. Was hatte dieses Blaulicht-Stakkato zu bedeuten?

Der Weg zum rückwärtigen Teil von Schloss Rantzow war mit rot-weißem Flatterband markiert, das an regennasse Büsche und Zweige geknotet war. Auf dem Plattenweg bewachte eine kleine Gruppe von Feuerwehrleuten die Zufahrt zum Gebäude. Neugierig versuchten die Kameraden, in das Innere des Polizeiwagens zu lugen, ließen Bastian aber anstandslos passieren. Sie näherten sich dem Schloss, das im Blaulicht-Gewitter immer wieder für Sekundenbruchteile als surreale Kulisse aufschien. Bastian schaltete die Scheibenwischer auf Dauerbetrieb. »Was ist denn das für ein Volksauflauf?«, knurrte der Kriminaltechniker. In diesem Moment tauchten zwei riesige Scheinwerfer die regenfeuchte bröckelnde Rückseite des Schlosses in gnadenlos gleißende Helligkeit. Säulen, Balustraden, irgendwelche Figuren in Wandnischen und überall große Löcher im Putz, wo die Ziegelsteine zum Vorschein kamen. Der schäbige Anbau hob sich rußschwarz und finster davon ab. In einer pechschwarzen Türöffnung dieses Anbaus standen die beiden Streifenbeamten Hilgen und Warns, die Bastian aus dem Polizeirevier in der Böttcherstraße kannte. Die beiden hielten sich ob der plötzlichen Lichtflut schützend die Hände vor die Augen. Neben ihnen stand ein junger Bursche, der die Augen zusammenkniff. Bastian stellte den Dienstwagen hinter dem der Streifenbeamten ab. Auf zwei Feuerwehrfahrzeugen davor bemühten sich auffallend zahlreiche Feuerwehrleute darum, die Scheinwerfer optimal auszurichten. Den Lichtmastkraftwagen würde er wohl wieder abbestellen können. Das tat ihm zwar leid, aber von dieser Illumination hatte er nichts ahnen können. Mit seiner Taschenlampe leuchtete er die Umgebung ab. Hier war eh alles gründlich aufgeweicht, verwertbare Spuren hatte es wohl ohnehin keine mehr gegeben. Trotzdem schüttelte Bastian ob der Menschenansammlung mit dem Kopf. Sein Kollege und er griffen sich die Ausrüstung, schlugen die Heckklappe des Wagens zu und bückten sich unter das nasse Absperrband unterdurch.

Norbert Riedel kam die plötzliche Hektik spanisch vor. So also fühlte es sich an, im Mittelpunkt des Interesses zu stehen, von allen beachtet zu werden. Nur, was wollten die von ihm? Und warum reagierten sie so eigenartig? Was hatte er an sich, das offenbar so abstoßend war, dass das Mädchen geschrien hatte und weggelaufen war, die Männer ihn derart angewidert anstarrten? Eine Frechheit war das, ihm so direkt ins Gesicht zu leuchten. Merkten die nicht, dass sie ihn damit blendeten? Waren das auch nur wieder solche Erscheinungen? Wie die Traumbilder von vorhin waren sie jedenfalls schnell wieder verschwunden. Ihm musste jemand heimlich Drogen verabreicht haben. Ja, das war eine Erklärung. Das Letzte, woran Norbert Riedel sich erinnern konnte, war dieses Fischweib in der Frankenstraße. Endlich hatte er sie dort gehabt, wo er sie hinhaben wollte. Endlich hatte die Alte begriffen, in welche Lage sie sich manövriert hatte. Gut, er hatte seinen Teil dazu beigetragen, aber was konnte er dafür, wenn die Leute so dumm waren? Dummheit gehörte bestraft.

Das dauernde Blaulicht von draußen irritierte Norbert. War etwas passiert? Er konnte sich den Kopf zermartern, wie er wollte, er kam nicht drauf, wer ihm was in den Tee getan haben könnte. Bei der ollen Düsterbehn hatte er nichts zu sich genommen, dafür war ihm die ganze Fischbude überhaupt zu eklig. Und vorher? Nein, er kam nicht drauf. Norbert Riedel war müde. Das war ein anstrengender Tag gewesen. Ob diese Drogen auch müde machten? WUSCH! Plötzlich brach gleißende Helle durch die Fensterhöhlen des großen Saales von Schloss Rantzow. Hörte das denn nie auf? Machten diese elenden Quälgeister niemals Feierabend? Eine nachhaltige Wut stieg in ihm auf. Wann hörte dieser vermaledeite Traum endlich auf? Er wollte sich an die Oberfläche des Schlafes kämpfen, doch nichts rührte sich, er bekam nicht einmal den kleinen Finger bewegt.

Svens Vater hatte die Freiwillige Feuerwehr verständigt. Damit hatten die beiden Beamten Warns und Hilgen natürlich nicht gerechnet, als sie ihn gebeten hatten, für etwas Beleuchtung zu sorgen. Sie hatten da eher an eine Rolle mit ordentlich Verlängerungskabel gedacht. Die Freiwillige Feuerwehr Alt-Rantzow/Neu-Rantzow/Rantzow-Ausbau war jedoch begierig auf jede Gelegenheit, ihre Ausrüstung und ihr Können unter Beweis zu stellen. Das war doch mal etwas anderes, als mit dem Spritzenwagen neben dem Osterfeuer zu stehen oder in Ausgehuniform bei der halbjährlichen Blutspende im Gasthof vom Nachbarort zu assistieren. Gerade noch rechtzeitig war es den beiden Polizisten gelungen, den Tatort und sein näheres Umfeld abzusperren. Sie waren heilfroh, als Kriminalkommissar Schmidt aus Stralsund mit seinem Techniker eintraf und lediglich ein paar sachliche Anmerkungen zur Situation vor Ort hatte.

Sie waren verblüfft gewesen, wie sich sogar hier förmlich aus einem finsteren Nichts ein Haufen Schaulustiger zusammenfand. Das hatte vor dieser Kulisse etwas ausgesprochen Unheimliches an sich. Da harrten sie nun stumm hinter dem Absperrband auf ein wenig Sensation in ihrem Leben. Etwas abseits hatte sich eine Alte mit Kopftuch und Kittelschürze halb hinter einem Buchenstamm versteckt. Immer wieder kam sie hervorgesprungen und erhob mit irrem Blick einen zerfledderten Reisigbesen drohend gegen das Schloss. Galt das ihnen? Die beiden Polizisten Warns und Hilgen waren erleichtert, als die Gestalt von anderen Dorfbewohnern mit sanftem Druck weggeleitet wurde und schließlich Verstärkung eintraf.

Zwei junge Feuerwehrleute gaben am Absperrband Signal mit der Taschenlampe. Bastian winkte sie zum Anbau heran. Sie schleppten tatsächlich eine riesige Kabeltrommel an und erklärten, der Strom käme aus einem der benachbarten Rinderställe. Das Kabel reichte zunächst knapp bis in den Anbau hinein. Die beiden Feuerwehrleute stapften auf dem schmalen Trittpfad durch den Matsch retour und erschienen ein paar Minuten später zu dritt mit einer geringfügig kleineren Kabelrolle sowie zwei üppig dimensionierten Scheinwerfern zum Aufstellen. Bastian beriet sich mit seinen Kollegen. Die hatten den Weg durch das Innere des Schlosses bis zum Tatort bereits untersucht und dokumentiert, so dass eigentlich keine Gefahr bestand, tatrelevante Spuren zu zerstören. Es hatte so ausgesehen, als sei der ganze Weg vor Kurzem mit einiger Sorgfalt gefegt worden. Polizeikommissar Warns führte Bastian und den Kriminaltechniker vorneweg nach oben. Dabei besahen sie im Schein ihrer Taschenlampen abermals den gesamten Weg durch das Haus bis in den großen Saal. Nichts außer Staub, Glassplitter und Verfall. Offensichtlich keine verwertbaren Spuren. Hier im Inneren des Schlosses kam man selbst bei Tage kaum ohne Beleuchtung aus.

Im großen Saal schlug ihnen Verwesungsgeruch entgegen. Bastian warf von der Tür aus einen kurzen Blick auf den als solchen kaum noch kenntlichen Norbert Riedel, der in einiger Entfernung am Fenster zum Garten hin auf dem Fußboden saß. Ein absoluter Hauptgewinn. Hinter ihm pfiff der Kriminaltechniker leise durch die Zähne. Sie beschlossen, die Illumination des näheren Tatortes lieber selber zu besorgen. Stück für Stück arbeiteten sie sich mit den beiden Scheinwerfern näher an den auf einem Stück Teppichboden sitzenden Leichnam heran. Auch hier im Saal war eine ganze Bahn bis zum Ablageort der Leiche gefegt worden. Wo war der Besen dazu?

Norbert Riedel war empört über die impertinente Beleuchtung. Was bildeten diese Leute sich ein, ihn gleich mit zwei grellen Flutlichtern anzustrahlen? Was war an ihm nur so rasend interessant, dass sie so einen Aufstand darum veranstalteten?

Die Polizisten beschlossen, nach der Herrichtung des mutmaßlichen sekundären Tatortes für die weiteren Ermittlungen auf den Rechtsmediziner von der Universität Greifswald zu warten. Der war sicher inzwischen über die Staatsanwaltschaft informiert worden. Noch so ein armer Mensch, der Bereitschaftsdienst hatte. Und auf den hier draußen im Nirgendwo eine ganz besondere Überraschung wartete. Bastian und seine Kollegen nutzten die Zwischenzeit, um sich in den Räumen des Schlosses umzusehen. Zu dritt machten sie sich wieder auf ins Innere, während Polizeikommissar Warns im Anbau Wache hielt. Die Kegel ihrer Taschenlampen erkundeten zunächst den Weg, den der oder die Täter genommen haben mussten. Wahrscheinlich waren sie mindestens zu zweit gewesen. Einen Leichnam den ganzen Weg von draußen, über die Treppe in den ersten Stock und dann in den großen Saal zu schleppen, war alleine kaum möglich. Es sei denn, der Täter war ein Riese, der auf dem Schlachthof Schweinehälften hin- und herschleppte. Die gefegte Chaussee durch das Hauptgebäude und den Anbau war aller Wahrscheinlichkeit nach der Weg, auf dem die Leiche an ihren Ablageort verbracht worden war. Dass es sich hier nicht um den primären Tatort, den Platz, wo diese Person zu Tode gekommen war, handeln konnte, war offensichtlich.

Es gab nirgendwo Blutflecken oder Blutspritzer. Zumindest die Spuren einer versuchten Beseitigung hätte man erkennen müssen, so trocken und staubig, wie das hier war. Bastian und seine Kollegen fanden keinerlei verwertbare Spuren. Lediglich auf der schon ziemlich morschen Treppe waren die Kanten von zwei ausgetretenen Stufen offenbar frisch beschädigt worden. Das mochte aber auch andere Ursachen haben. Der Vater von dem Jungen, der die Leiche gefunden hatte, erzählte etwas von kürzlichen Sicherungsarbeiten an den Schornsteinen. So vor zwei oder drei Wochen hätte er Arbeiter auf dem Dach gesehen. Dieser Mensch war auskunftsfreudig und hilfsbereit, es war kaum zum Aushalten. Eine ganze Freiwillige Feuerwehr hatte Bastian auch noch nicht zur Unterstützung an einem Ermittlungsort gehabt. Na, danke schön. Er arbeitete jedenfalls lieber ein wenig mehr in Ruhe. Zum Glück hatten sie die Situation unter Kontrolle und zum Glück hatte es draußen wohl eh kaum mehr Spuren gegeben. Sicherheitshalber ließ er Fotos von den beschädigten Treppenstufen machen. Sie durchkämmten das ganze Gebäude. Es gab nur diesen einen Zugang über den ausgebrannten Anbau. Die beiden anderen Außentüren im Erdgeschoss waren fest verschlossen, der Hauptzugang durch eine stählerne Bautür gesichert. Die Fenster hier unten waren allesamt entweder vernagelt oder gar zugemauert, hier musste es auch tagsüber weitgehend finster sein. Ein wahres Spukschloss. Überall lagen Glassplitter, von den Wänden gerissene Kabel, verbogene Rohre. Der Keller stand unter Wasser. Dort roch es süßlich nach Heizöl, das in schillernden Schlieren auf dem Wasser trieb. Sie tasteten sich durch die vormaligen Küchen- und Wirtschaftsräume.

»Chasuble – attraktives, unkompliziertes und schlichtes Universaltalent. Unser Hingucker in aktuellem erdbeerrot präsentiert sich leicht und sommerlich ohne Ärmel – der perfekte Überzieher über Shirts, Tops, Kleider … Mit weichem

Schalkragen. Die Kanten sind mit einer Schlauchblende eingefasst. Reine Baumwolle. Waschbar. Größenangepasste Rückenlänge.« Überzieher, Schalkragen und Schlauchblende. Du meine Güte. Wer verfasste bloß diese albernen Katalogtexte? War das ein eigener Beruf heutzutage? »Bis Größe 52/54.« Hatte sich soeben erledigt. Nix mit perfektem Überzieher in erdbeerrot. Nix mit Schalkragen und nix mit Schlauchblende. Marlene hatte es schon immer geliebt, Mode-Kataloge zu wälzen. Gleich nach der Wende war sie damit angefangen. Inzwischen gab es auch für »feminine Frauen mit weiblichen Rundungen« richtig schicke Sachen zu bestellen. Gut, ihre Größe war selbst in diesen Katalogen exotisch. Aber ab und an fand sich ein tolles Teil, das dann unbedingt sein musste. Allerdings hatte Marlenes Elan auch in dieser Beziehung nachgelassen. Allein die ewige Rennerei mit den Retouren zur Post am Neuen Markt. Diese Treppe, das Anstehen in der dauernden Schlange. Von vier Schaltern einer besetzt. So was konnte sich auch nur die Deutsche Post erlauben. Und dann fragten sie die Kunden jedes Mal, ob sie nicht ein Konto bei ihnen eröffnen oder den Stromanbieter wechseln wollten. Demnächst verkauften die dort bestimmt auch noch Zeitschriften-Abos an die arglose Kundschaft. Früher war Post noch Post. Gut, anstehen hatte man da auch gemusst. Aber wenigstens hatte man gewusst, woran man war.

In einer Ecke des Düsterbehnschen Wohnzimmers stapelten sich die Kataloge. Wo Staub ist, ist Frieden. Schönes Motto. Mit dieser Einstellung konnte sie leben. Staubwischen war noch nie ihr Ding gewesen. Wenn die alte Düsterbehn sehen könnt, wie friedvoll ihr Wohnzimmer inzwischen war, würd die sich im Grabe umdrehen. Marlene musste grinsen, ziemlich böse grinsen. Was für eine hübsche kleine Rache. Und so bequem! Rechnungen und Mahnschreiben der Versandhäuser warf Marlene seit einiger Zeit ebenfalls auf den großen Stapel in der Ecke. Sie mochte nicht mehr immer extra zur Bank zum Automaten. Ohnehin alles kapitalistische Ausbeuter, allesamt. Verdammt, der Sekt war alle. Marlene erhob sich stöhnend und humpelte Richtung Kühlschrank.

Wenn sie sich recht erinnerte, musste da noch eine Flasche in Reserve stehen. Reserve war wichtig.

Marlene ließ sich wieder in den Sessel fallen. Ihr war es mittlerweile egal, ob sie mit dem Sekt Glasränder auf den Düsterbehnschen Prunkmöbeln machte. Untersetzer verkomplizierten das Leben ohnehin unnötig. »Rosenblazer: tragbarer Luxus im Romantik-Look mit üppigen Rosen am Revers. Der Top-Trend der Saison wird hier in seiner zauberhaftesten Form umgesetzt. Vier handgearbeitete Seidenrosen in unterschiedlichen Größen zieren das rechte Revers. Für den richtigen Sitz sorgen ... streckende Naht-Taschen ... Schlitz zum Umschlagen ...« Die Sätze verschwammen vor Marlenes Augen. Auch nur bis zur 54. Frechheit! Nix mit reiner Seide. Weder im Obermaterial noch im Futter. Und nix mit Rosen! Apropos Rosen! Was war mit Hildegard? Warum war Hildegard so still? Warum hatte Hildegard sie verlassen? Marlene reckte sich Hilfe suchend nach dem Plattenspieler in der Anbauwand, rutschte nach vorne weg und suchte rudernd nach Halt. Dabei bekam sie den Plattenspieler zu fassen und riss diesen mit herunter. Verdammt! Nun war auch noch Hildegard hinüber. Marlene wurde von einer Welle warmen Selbstmitleids überflutet. Aufräumen konnte sie später.

Sie wusste im Augenblick nicht, wo sie war. War das noch der kruse Traum von gerade eben? Sie hatte geträumt, dass alles aus war. Polizei hatte an ihrer Ladentür Sturm geklingelt. Sie hatte gewusst, nun war alles vorbei. Sie war panisch hochgeschreckt, aber im Haus blieb es vollkommen ruhig. Keine Klingel, kein Klopfen von unten. Ihr armes Herz raste. So würde es einmal mit ihr zu Ende gehen. Tief durchatmen. Beruhig dich, altes Mädel, alles in Ordnung. Doch, dies war ihr Wohnzimmer. Nur, dass sie auf dem Teppichboden saß, eingekeilt zwischen Ohrensessel und Schrankwand. Es war dunkel. Wie spät mochte es sein? Die rotierenden Blaulichter an der Zimmerdecke blieben, da konnte sie zwinkern noch und noch. Wo kam das her? Marlene fröstelte. Sie schob den Ohrensessel beiseite und wuchtete sich auf die Knie. Das war schon mal Stufe eins. Die Schulter tat ihr weh, das zog runter bis in den kleinen Finger. Unverändert geisterte Blaulicht durch ihr Wohnzimmer. Verdammter Alkohol! Sie hatte Durst, die Zunge klebte Marlene am Gaumen. Stufe zwei: Sie richtete sich mühsam auf, trat dabei auf etwas, das ziemlich übel unter ihrem Gewicht knackte. Hildegard! Wahrscheinlich zertrampelte sie gerade unwiederbringlich Hildegard und deren rote Rosen. Vorsichtig schob sie mit dem Fuß die Trümmer des Plattenspielers aus dem Weg. Unsicher tastete Marlene sich zum Wohnzimmerfenster und spähte zaghaft durch die Gardinen. Staubig und voller Grauschleier, Marlene hasste die ollen Fetzen vor ihren Fenstern, aber Gardinen kosteten heutzutage ein Vermögen. Da konnte man nicht mehr schlicht um schlicht Aal gegen eintauschen. Nei-hein, so was ging heute nicht mehr, nein-nein. Heute wurde Profit gemacht. Und Mehrwertsteuer obendrauf. War doch früher auch ohne gegangen. Oder etwa nicht? Der Gardinenstaub kribbelte ihr in der Nase. Langsam, ganz langsam hatte sie sich herangeschoben ans Fenster und den Hals gereckt. Tatsächlich: Blaulicht! Etwas weiter rauf Richtung Neuer Markt standen zwei Notarztwagen vor einem der Hauseingänge. Sie beobachtete, wie eine Trage in die Ambulanz geschoben wurde. Ein paar Minuten später war der Spuk vorbei und die Frankenstraße lag wieder in nächtlicher Einsamkeit unter ihr. Eine Katze huschte den Gehweg entlang und verschwand zwischen den geparkten Autos. Ein Motorroller vom Pizza-Service jaulte zum Neuen Markt rauf.

Marlene fror, ihre Knie schlotterten. Sie warf sich den Bademantel über. Wie spät mochte es sein? Erst jetzt bemerkte Marlene ihre bohrenden Kopfschmerzen. Zwei Aspirin aufgelöst in einem Zahnputzbecher mit kaltem Wasser würden da gewiss Linderung bringen. Sie schüttelte sich nach dem widerlichen Trunk. Sie brauchte unbedingt noch ein wenig Erholung und schlurfte ins Schlafzimmer. Ihr war kalt. Sie legte sich mitsamt Bademantel unter die Decke, fasste sich noch einmal kurz an ihre eiskalte Nase und sackte sofort weg. Sie schlief unruhig, wachte ein paar Mal von ihrem eigenen Schnarchen und einem trockenen Hals auf. Zwischendurch träumte Marlene in Fortsetzungen, dass sie von der Polizei festgenommen und aus ihrem Haus abgeführt wurde. Man hatte sie – wie auch immer – des Mordes an Trixi überführt. Heiße Scham überkam Marlene. Trixi war so unschuldig gewesen, das arme Hundchen. Sie kämpfte sich aus diesem schlimmen Traum und war froh, als sie ihm entkommen war. Ihr Po war noch immer nicht richtig warm. Unten klingelte es, dann hupte es dreimal. Verdammt, der Paketbote! Marlene wuchtete sich aus ihrer Bettstatt. Ihr Schädel brummte. Hatte sie das alles heute Nacht nur geträumt? Im Wohnzimmer stolperte sie fast über die Trümmer des Plattenspielers. Sie ruckte das eine Fenster zur Straße auf, das noch gängig war. Die anderen beiden hatte sie mit Topfpflanzen zugestellt, deren halb vertrocknetes Überleben sie stets von Neuem in Erstaunen versetzte. Der völlig eingestaubte Weihnachtskaktus stammte noch von Mutter Düsterbehn. Räudig und zäh. »Jaja, komme gleich«, rief Marlene runter auf die Frankenstraße. Beinahe hätte sie den Paketboten verpasst. Musste schon früher Nachmittag sein. Und? Wenn schon. Sie musste unbedingt die vergangene Nacht rekonstruieren, so konnte das nicht weitergehen.

Kapitel 11

Die Polizei hatte inzwischen den Rechtsmedizinischen Bereitschaftsdienst verständigt. Der Direktor des Instituts für Rechtsmedizin am Universitätsklinikum der Ernst-Moritz-Arndt-Universität Greifswald, Herr Prof. Dr. med. Dr. h.c. Burkhard Bischoff, war in seiner verdienten Feierabendruhe gestört worden. Er meinte schon am Klingeln des Telefons hören zu können, um was es nun wieder ging. Genervt hatte er zur Fernbedienung gegriffen und Beethovens Sinfonie Nr. 5 in c-moll abgewürgt. Prof. Dr. med. Dr. h.c. Burkhard Bischoff hatte immer noch Sodbrennen vom obligatorischen Sonntagskaffee bei den Schwiegereltern. Eierlikörsahne-Torte, dreistöckig. Unter zwei Stücken kam man nicht davon. Schwiegermutter kannte da kein Erbarmen. Da halfen auch zwei Talcid sofort hinterher nicht wirklich. Das kam von ganz tief unten und würde ihm noch die ganze Nacht Freude bereiten. Das kannte er, das war jeden Sonntag so. Er mochte nicht auch noch obendrauf was zu Abend essen, Doris war sauer auf ihn, weil er nicht mit ihr speisen wollte und sie ihren

Wein alleine trinken musste. Ihr war schon klar, dass Burkhard es lieber gesehen hätte, wenn ihre Eltern in Kassel geblieben und ihnen nicht hinterher nach Lubmin gezogen wären. Aber wenn es an der Ostsee nun einmal so schön war? Da tat selbst das atomare Zwischenlager direkt nebenan keinen Abbruch. Doris hockte im Wohnzimmer und maulte. Was nicht zu überhören war, denn in diesem Fall stellte sie den Fernseher stets genau einen Tick zu laut ein, damit er im Arbeitszimmer ihre maulende Gegenwart auch tatsächlich bemerkte. Wahrscheinlich sollte ihm dies ein schlechtes Gewissen machen. Tat es aber nicht. Die Frau in den Wechseljahren, die Tochter in der Pubertät. Beides gleichzeitig, womit hatte er das nur verdient? Manchmal half nicht einmal mehr Beethoven. Auf alle Fälle war er heute genau in der richtigen Stimmung, sich mit der Korrektur studentischer Elaborate zu befassen. Unter den Studenten der medizinischen Fakultät galt er als scharfer Hund. Ein Ruf, der ihm schon ein wenig schmeichelte und das Gefühl von Autorität gab. Komisch, Sodbrennen hatte er eigentlich nur zu Hause. Und auf mancher Universitätssitzung.

»Als Made bezeichnet man die Larven der Fliegen, die zu den Zweiflüglern gehören. Diese zeichnen sich gegenüber allen anderen Insektenlarven durch das völlige Fehlen einer Kopfkapsel sowie von Gliedmaßen aus.« Prof. Dr. med. Dr. h.c. Bischoff fragte sich gerade, wie oft er während seiner bisherigen Lehrtätigkeit diesen Satz bereits gelesen hatte. Wissenschaft bestand eben zu einem Gutteil aus Abschreiben und Wiederholung. »Andere Maden besitzen starke Kiefer und leben wie die Käsefliegenmaden und die Fleischfliegenmaden als Nekrophagen in verwesenden Leichen oder als Parasiten in lebenden Tieren (etwa Dasselfliegenmaden).« Der Text kam dem Institutsleiter ziemlich bekannt vor. Er fischte mit zielsicherem Griff eine andere Studentenarbeit aus dem Stapel im Regal neben seinem gewaltigen Gründerzeitschreibtisch. »Die Maden können in großen Mengen, insbesondere als sog. Madenteppich auftreten. In diesen Madenteppichen reiben die Tiere ständig aneinander, so dass zum einen spürbar

Wärme und zum anderen ein hörbares Rauschen entsteht.« Übereinstimmung bis aufs Wort. Die wollten ihn wohl für dumm verkaufen. Voneinander abschreiben und dann auch noch großzügig auf jede Quellenangabe verzichten. Das würde er den Herrschaften gehörig um die Ohren hauen. Prof. Bischoff schwang den Rotstift. Wie kam es nur, dass die jungen Leute heutzutage offenbar davon ausgingen, mit so was überhaupt durchzukommen? Na, die würden ihn schon noch kennenlernen ... Das Telefonklingeln unterbrach den Institutsleiter in seinen Überlegungen, die ihn für ein paar Augenblicke sogar das peinigende Sodbrennen hatten vergessen lassen. »Schloss was? Wo soll das sein?« Prof. Bischoff hatte noch nie von diesem Schloss gehört, wo die Stralsunder Polizei am Abend eine Leiche gefunden hatte. Er ließ sich von den Beamten eine Wegbeschreibung geben, die allerdings recht vage ausfiel. Auf alle Fälle nicht sehr weit zu fahren an diesem regnerischen Frühlingsabend. Aber wohl auch reichlich abseitig: ärgerlich bei einem gerade frisch gewaschenen Wagen. Burkhard Bischoff war froh, für den neuen Mercedes-Kombi Gummi-Fußmatten geordert zu haben. Die Straßenverhältnisse im Osten hielten mitunter doch so manche Herausforderung bereit. Diese Erfahrung hatte er in den vergangenen Jahren immer wieder gemacht. Er überließ Doris ihrem unsäglichen Sonntagabend-Quiz, schnappte sich seine dienstlichen Sachen, angelte den Anorak von der Garderobe und zog die Wohnungstür vorsichtig hinter sich zu. Der Fernseher lief derart laut, dass Doris nicht einmal das Knarren des Parketts bemerkte. Tja, Pech gehabt, meine Liebe. Im Auto atmete Burkhard Bischoff auf. Sicherheitshalber gab er den Zielort in das Navigationssystem ein. Eine sympathische weibliche Stimme dirigierte ihn zielsicher von der heimischen Garage auf die B96 Richtung Stralsund. So ein Navi war klasse. Versuchte es seine Frau mit der Karte, hieß es immer nur: »Da hättest du eben nach rechts abbiegen müssen ...« Wobei sie mit dem ganzen Arm quer übers Lenkrad nach links fuchtelte, anschließend lautstark die Irrfahrt ihm zum Vorwurf machte und zunehmend panisch wurde. Das Fräulein Tochter hockte derweil auf dem Rücksitz und drehte unablässig mit den Augen.

»Nächste Ausfahrt links …« Burkhard Bischoff setzte gehorsam den Blinker. »In hundertundfünfzig Metern links abbiegen.« Burkhard Bischoff folgte auch dieser Anweisung. Seit der Baustelle gleich hinter der Bundesstraße gab das Navi eigenartige Kommandos. Burkhard Bischoff fragte sich, ob er nicht doch lieber den Ausschilderungen der Umleitung hätte folgen sollen. In der feuchten Dunkelheit des Niemandslandes um ihn herum sah alles gleich aus. Er hatte das Gefühl, schon eine ganze Weile im Kreis herum zu fahren. Nur schienen die Schlaglöcher immer halsbrecherischer zu werden. Diesen Plattenweg war er doch schon einmal entlanggekommen, oder nicht? »Nach zweihundert Metern rechts.« Burkhard Bischoff bekam langsam Angst um die Achsen seines neuen Mercedes. Er hatte bereits mehrere Male beinahe aufgesetzt. Durfte man sich einem Navigationssystem widersetzen? Er bog nach Befehl rechts ab. Das Fernlicht erfasste ringsherum Betonmauern. Endstation. »Weiter geradeaus.« Ging aber nicht. »Weiter geradeaus.« Wie denn? Burkhard war in einem aufgelassenen Silage-Bunker einer aufgelassenen LPG zum Stehen gekommen. Also retour. Genervt schaltete er das Navi aus. Er hasste es, wenn man sich auf teure Technik nicht verlassen konnte. Was für Wege er seinem neuen Wagen zumuten musste! Es tat ihm in der Seele weh. Irgendwie musste er auf die Bundesstraße zurück. Und dann noch mal von vorne. Vielleicht konnte man ja auch jemanden nach dem Weg fragen. Burkhard schnaubte: Wo sollte man denn überhaupt eine Menschenseele finden in dieser Ödnis? Er rumpelte über einen vernachlässigten Plattenweg, der scheinbar ins Nirgendwo führte. Gleich würde die Erde ihn verschluckt haben und keiner würde es je bemerken. Er wäre dann einfach verschwunden. Würde er jemandem wirklich fehlen? Kaum. Burkhard wunderte sich über seine Gedanken. Diese Finsternis machte einen noch ganz verrückt. In einiger Entfernung sah er plötzlich Licht, das durch die Bäume eines Wäldchens fiel und die tief hängenden

Wolken beschien. Er beschloss, darauf zuzuhalten. Schlimmer konnte es ja wohl kaum werden.

Der Leiter des Instituts für Rechtsmedizin mochte den Bereitschaftsdienst eigentlich. Nicht, dass er sich danach drängelte. Doris war ihm immer noch lieber als eine wildfremde Leiche, so war das nun auch wieder nicht. Aber er wollte sich als Chef einfach nicht die Blöße geben und sich selbst bevorzugen. Da war schlichtweg sein Charakter davor. Er war schließlich Vorbild. Seine Tochter sah das allerdings ganz anders. Pubertierende waren eine Pest.

Burkhard Bischoff hatte den Eindruck, er nähere sich einem ländlichen Volksfest, einem verspäteten Osterfeuer vielleicht. Einerseits war er froh, nach seiner Odyssee durch die finstere Einöde auf menschliche Seelen zu treffen. Aber gleich auf so viele? Der blutjunge Feuerwehrmann, auf den er am Plattenweg gestoßen war, hatte ihn nach erfolgter Kontrolle durchgelassen und die Ankunft der Gerichtsmedizin ganz aufgeregt per Walkie-Talkie gemeldet. Die beflissen umherstehenden Feuerwehrleute, die den weiteren Weg auf Schloss Rantzow zu wie eine Schildwache säumten, ließen ihn passieren.

Unmittelbar vor dem Schloss hatte sich ein Lichtmastkraftwagen der Polizei im schlammigen Untergrund festgefahren. Ein Wunder, dass der überhaupt so weit gekommen war. Ein kleiner Trupp Feuerwehrleute bemühte sich mit Schaufeln und anderem Zeug bewaffnet, das Fahrzeug wieder frei zu bekommen. Zwei weitere Feuerwehrleute bedeuteten Burkhard Bischoff mit Taschenlampen und großer Geste, dem Havaristen über den Feldrand auszuweichen. Burkhard zögerte, beschleunigte dann doch. Es rummste und schrammte. Beim Überqueren der Böschung setzte er böse mit dem Vorderwagen auf. Verdammt! Verdammte Feuerwehr. Er schlitterte weiter auf das taghell illuminierte Schlossgebäude zu. Wo kamen nur all diese Feuerwehrleute her? Scheinwerfer, Blaulicht, noch mehr Scheinwerfer. Im Halbschatten machte er zwei Polizei-PKW aus. Früher waren die grün-weiß gewesen, heute meist blau mit silber. Er konnte sich einfach nicht an die neuen Farben und Uniformen gewöhnen. Das sah alles irgendwie nicht mehr nach Polizei aus. Die Vorderfront seines Wagens würde er sich daheim in der Garage genauer ansehen müssen. Vorerst verdrängte er jeden Gedanken daran und regte sich lieber über Polizei-Farben und -Uniformen auf. Das Rummsen und Schrammen klang ihm noch übel in den Ohren. Er konnte doch unmöglich hier und gleich auf der Stelle mit der Taschenlampe unter seinen Wagen kriechen, oder? Burkhard Bischoff zog sich im Heck seines Wagens sitzend die Gummistiefel über. Verdammt, der roch sogar noch neu. Neu und wahrscheinlich schon verbeult. Missmutig wuchtete er den Aluminiumkoffer aus dem Kofferraum und machte sich mit der Taschenlampe in der Hand auf den Weg.

Das Schloss wirkte von hier aus wie eine Theaterkulisse. Dramatisch ausgeleuchtet mit schaurigen Blaulichteffekten. Hier standen die Fahrzeuge, die zu den ganzen Feuerwehrleuten gehörten. Dazwischen ein wahrer Menschenauflauf an Publikum. Als Burkhard Bischoff unter dem rot-weißen Flatterband der Absperrung hindurchschlüpfte, konnte er sich der ungeteilten Aufmerksamkeit aller gewiss sein. Er war froh, als ihn ein Beamter in Zivil am Hintereingang des Gebäudes in Empfang nahm. Ein junger Mann, der neu bei der KPI sein musste und sich ihm als Irgendwer Schmidt oder etwas in der Art vorstellte. Jedenfalls kannte er das Gesicht nicht. Er sah an der Universität so viele Gesichter von jungen Leuten in dem Alter. Gesichter, die kamen und bald wieder gingen. Gesichter, in die das Leben bislang noch wenig Charakter einprägen konnte.

Der junge Polizist führte ihn in das Innere des verrußten Anbaus an der Rückfront des Schlosses und informierte ihn präzise über alles Wesentliche. Er machte das wirklich gut, so wünschte er sich das von manchem seiner Studenten. Wie aus dem Lehrbuch. Über abenteuerliche Stiegen ging es in das Obergeschoss. Spätestens hier drinnen wurde offensichtlich, dass es sich bei dem Schloss eigentlich um eine Ruine handelte, an der der Zahn der Zeit bereits gehörig genagt hatte. Von den Einbauten war kaum noch etwas intakt, überall lagen

Scherben auf den dick verstaubten Fußböden. Auf dem Flur begrüßte Burkhard Bischoff die weiteren Polizeibeamten und machte sich an die Vorbereitungen für seine Arbeit. Er hatte bereits einen kurzen Blick in den großen Saal geworfen, aus dem es ihn unzweifelhaft anwehte. Hier hätte in der Tat kein Notarzt mehr helfen können. Die Beleuchtung musste noch etwas korrigiert werden, dann konnte es losgehen. Die arme Doris. Sie konnte diesen Verwesungsgeruch nicht ertragen und er brachte den regelmäßig von der Arbeit mit heim. Manchmal half da auch alles waschen und duschen nicht. Heute sah es wieder ganz danach aus. Die Arme. Schlief er eben einmal mehr im Gästezimmer auf der Couch. Und der Neuwagenduft im Mercedes würde auch sicher leiden.

Burkhard Bischoff war froh, dass das neugierige Publikum außen vor bleiben musste. Die wollten das nämlich gar nicht sehen, was im großen Saal von Schloss Rantzow zu sehen war. Prof. Dr. med. Dr. h.c. Bischoff wünschte sich, einige seiner superschlauen smarten Studenten wären jetzt hier, um ihm zu assistieren. So manchem von denen würde hier gewiss die Arroganz vergehen, mit der sie als angehende Mediziner durchs Studium gingen. Der heutige Kandidat sah wirklich übelst aus. Ja, erste Feststellung: Hier handelte es sich um eine Leiche. Man konnte ihr beim Verfaulen förmlich zugucken. So was gabs tatsächlich nicht alle Tage. Die arme Doris. Sie hatte es wirklich nicht leicht mit ihm. Und es bestand der Anfangsverdacht einer Fremdeinwirkung. Wie kam die Person sonst hierher? Es gab im näheren Umfeld der Leiche keinerlei Spuren von Blut. Der Fundort war also aller Wahrscheinlichkeit nach nicht der Tatort. Der Kopf des Opfers zeigte zahlreiche Spuren stumpfer Gewalteinwirkung. So viel war bereits auf den ersten Blick zu erkennen.

Der Pathologe machte sich daran, die Leiche, die im großen Saal von Schloss Rantzow auf dem zugestaubten Parkett an der Wand lehnte, zu untersuchen. Sie hatte mit ihren Wulstlippen etwas von einem übergroßen, stinkigen Frosch im Anzug. Fast wie ein verkleidetes Alien. Roswell, New Mexico, 1947. Pamela Anderson. Gremlins, 2. Teil. Burkhard Bischoff schüttelte den Kopf, so dass der Kriminaltechniker, der mit dem Abkleben des Sakkos der offensichtlich männlichen Leiche beschäftigt war, irritiert zu ihm aufsah. Betont professionell sprach der Leiter des Instituts für Rechtsmedizin in sein Diktiergerät. Nach der üblichen Einleitung beschrieb er zunächst den Ort der Leichenschau. Eine Identifikation des Verstorbenen sei derzeit nicht möglich, da es keinerlei diesbezügliche Hinweise gebe. Die Zusammenarbeit mit der Spurensicherung ging Hand in Hand. Fotos dokumentierten jedes Detail. Burkhard Bischoff war derart in seine Arbeit vertieft, dass er nur beiläufig den Staatsanwalt registrierte, der sich etwas abseits und ein Taschentuch vor den Mund hielt und versuchte, sich ein Bild von der reichlich ungewöhnlichen Situation zu machen. Burkhard Bischoff fragte sich, wie der wohl hier raus nach Rantzow gefunden hatte. Fein säuberlich nahm er Proben aus der recht ansehnlichen Schar von Maden, die inzwischen Norbert Riedels Körper besiedelten und diesen einer weiteren Transformation im ewigen Wandel der Dinge zuführten. Der Entwicklungsstand der Fliegenmaden würde ihm wichtige Hinweise auf den Todeszeitpunkt des Verstorbenen geben. Wozu Natur nicht alles gut war. Im Hintergrund vernahm er plötzlich schnelle Schritte und darauf ein heftiges Würgen aus der Kulisse. Der Staatsanwalt war nicht mehr zu sehen. Der Rechtsmediziner und der Kriminaltechniker grinsten sich an. Routine und Mundatmung erleichterten ihre Arbeit.

Es hatte allen Anschein, als hätte jemand den Leichnam bei der Ablage im großen Saal hübsch zurechtgemacht. Hübsch war vielleicht in diesem Zusammenhang nicht unbedingt das passende Wort. Burkhard Bischoff unterbrach sein Diktat und suchte nach einer geeigneten Umschreibung. Am Revers des billigen dunkelblauen Sakkos steckte eine verwelkte rosa Nelke im Knopfloch. Dazu obendrein ein rotes Einstecktuch. Um die Schultern hing ein seidenmatt schimmernder dunkler Schal mit Paisley-Muster und langen Fransen, an dessen einem Ende ein kleines weißes Schildchen blinkte: 100% Polyester. An irgendwen erinnerte Bastian Schmidt dieses Outfit, irgendwoher kannte er so eine Gestalt. Wenn er nur drauf käme. Er brauchte ein Gesicht, das würde ihm weiterhelfen, vielleicht käme er dann drauf. In diesem Fall reichte auch die beste Vorstellungskraft nicht hin, keine Chance. Dies war der Frosch mit ohne Maske. Wenigstens war ihm sein Humor noch nicht vollständig abhandengekommen, versuchte sich Bastian zu trösten. Zur Ablenkung bückte er sich und hob ein Stück vergilbter hellbrauner Samttapete auf. Darauf waren üppige Farnblätter geprägt. Die Rückseite bestand aus Zeitungspapier. Bastian las: »Kurszettel der Berliner Börsen-Zeitung, Nr. 275. Dienstag, 30. November 1926.« Wow. »Amtliche Devisenkurse: Buenos Aires, Canada, Japan, Kairo, Konstantinopel, London, New York, Rio de Janeiro, Uruguay.« Aktien der Aachener Kleinbahn, der Rostocker und Stettiner Straßenbahn … Eine wahre Zeitreise, die er da auf einem Tapetenrest entdeckt hatte. Staub zu Staub. Bastian legte das Papier auf eine Fensterbank und wandte sich wieder der Gegenwart zu.

Jemand hatte dem Toten offensichtlich nachträglich eine teure rosa Krawatte umgebunden, die eigentlich nicht zu den sonstigen Sachen passte: viel zu teuer und geschmackvoll. Die Haare des Toten waren so drapiert, dass sie die massiven Kopfverletzungen ein wenig kaschierten. Die Brille, ein Kassengestell aus silberfarbenem Metall war dem Ärmsten wohl nachträglich durch die Fäulnisveränderungen bedingt von der Nase gerutscht. Warum nur hatte sich jemand ausgerechnet diesen Ort für die Ablage des Toten ausgesucht und ihn dann auch noch fein hübsch hergerichtet? Das musste doch einen Grund haben. Aber jetzt war nicht die Zeit für Spekulationen, jetzt ging es darum, Fakten zu dokumentieren, Beweise zu sichern.

Der Kriminaltechniker war mit dem Abkleben der Oberflächen fertig und gab dem Rechtsmediziner sein O.K., die Kleidung des Opfers zu entfernen. Mit geübten Handgriffen machte sich Burkhard Bischoff an die Arbeit. So eine fäulnisveränderte Leiche erforderte schon ganz besondere Vorsicht. Sorgfältig beschrieb er fürs spätere Protokoll den Zustand der Bekleidung. Bis auf die Krawatte, die im Nackenbereich gar nicht und sonst auch nicht korrekt unter dem Hemdkragen steckte, gab es keine weiteren Auffälligkeiten. Anscheinend war das Opfer vollständig bekleidet getötet worden. Beim Abrücken von der Wand kam hinter dem Toten ein zusammengeknüllter blutiger Trenchcoat zum Vorschein, den ihm jemand hinter den Rücken gestukt haben musste. Bis auf fäulnisbedingte Durchfeuchtungen und ältere Blutflecken war die Bekleidung des Opfers in einem ordentlichen Zustand. Keine Schleifspuren an den Schuhen. Ältere Digital-Armbanduhr mit Metallband, kein weiterer Schmuck. Tascheninhalt? Fehlanzeige. Burkhard Bischoff kam nicht umhin, die Kleider des Toten für die weitere Leichenschau aufzuschneiden. Er untersuchte Norbert Riedel sorgsam auf Brüche, drehte und wendete ihn. Abwehrverletzungen waren keine zu erkennen. War auch kaum möglich bei der fortgeschrittenen Fäulnis. Die erschwerte überhaupt jede nähere Aussage über Todeszeitpunkt und Tathergang. Aber das war nun mal nicht zu ändern, da mussten sie hier alle durch. Burkhard Bischoff dokumentierte sorgfältig: Grünfäulnis der Bauchhaut, beginnende Ablösung der Oberhaut, Fäulnisblasen, Gasdunsung von Gesicht und Unterbauch, Durchschlagen des Venennetzes, Fäulnisflüssigkeit in Mund- und Nasenöffnungen, Leichenfauna.

Norbert Riedel fand das alles unerhört, was da mit ihm passierte. Das grelle Licht blendete ihn. Er hasste es, von allen Seiten befingert und betatscht zu werden. Das Drehen und Wenden verursachte ihm zusätzliche Übelkeit. Und dazu die abfälligen Kommentare dieses unsäglichen Menschen, der sich da so unverschämt an ihm zu schaffen machte. Was hatte der über sein Alter, seine Größe, sein Gewicht, seinen Ernährungszustand und gar über irgendwelche Körperanhaftungen zu befinden? Was ging den das an? Gar nichts ging den das an! Aufhören, auf der Stelle aufhören, sag ich! Aber niemand hörte

Norbert Riedel. Der sah nur entsetzt, wie sich dieser Mensch, der sich als Arzt ausgegeben hatte – ein eigenartiger Arzt war das – nun daranmachte, seine guten Sachen zu zerschneiden. Warum machte der so was? Er brauchte Hilfe, er musste endlich raus aus diesem Alptraum. Norbert Riedel brachte jedoch keinen Hilferuf zustande. Mit Grauen bemerkte er, dass sich zu allem Überfluss auch noch diese grässlichen Kinder wieder eingefunden hatten und sich an seinem demütigenden Anblick weideten. Ganz unverhohlen zeigten die mit dem Finger auf ihn, schnitten Grimassen und kicherten, als er nackt vor ihnen lag. Dieser Alptraum wurde für Norbert Riedel immer unerträglicher. Wie waren denn bloß diese Maden auf ihm gelandet? Das waren bestimmt die widerlichen Gören gewesen, die ihm da so übel mitgespielt hatten. Unverschämtes Pack. Na wartet, wenn ich euch erwische, dann könnt ihr was erleben, macht euch drauf gefasst! Eine weitere unerwartete Drehung lenkte Norbert Riedel von den kleinen Plagegeistern ab und seinen Unmut wieder auf Burkhard Bischoff, der seine anmaßenden Befunde in das Diktiergerät sprach. Jetzt machten sie auch noch Fotos von seiner Blöße! Wenn doch das alles hier ein Ende hätte! Bei aller Empörung beschlich Norbert Riedel mehr und mehr ein durchdringendes Ruhebedürfnis.

Schließlich hatte Prof. Bischoff die Leichenschau an dem unbekannten Toten im großen Saal von Schloss Rantzow beendet. Norbert Riedel war erleichtert, dass man ihn zumindest für den Moment nicht beachtete. Und auch die Kinder hatten sich verdrückt, als es hier nichts Neues mehr zu sehen gab.

Bastian Schmidt beauftragte vorsichtshalber den Wehrführer damit, den Bestatter an der Abfahrt von der Bundesstraße abzupassen. Es musste ja nicht sein, dass der auch noch auf Irrfahrt durch die Walachei geriet. Außerdem wollten sie allesamt die Angelegenheit hier schnellstmöglich zu einem vorläufigen Ende bringen und ausgiebig heiß duschen. Der

Staatsanwalt hatte eine gerichtliche Sektion angeordnet und sich bereits verabschiedet.

Die Ankunft der Bestatter hatte die restlichen Schaulustigen, die draußen vor dem Schlossgebäude ausharrten, noch einmal mit schönem Grauen verwöhnt. Das Beerdigungsinstitut war von der Polizei gerufen worden. 24-Stunden-Bereitschaft gehörte zum Dienst am Kunden. In solchen Fällen wie diesem hier kamen die Bestatter reihum, immer einer nach dem anderen, zum Zuge. Die heutige Leiche war ganz klar ein Fall für die Hygienehülle. Mit stoischer Ruhe entluden der Fahrer und sein Begleiter die Nylon-Trage aus dem anthrazitfarbenen Leichenwagen mit den geschmackvoll verbrämten Seitenscheiben im hinteren Aufbau. Sie waren es gewöhnt, mit verinnerlichter Würde ihre Arbeit zu verrichten. Gemessenen Schrittes betraten sie die auch jetzt noch von zahlreichen Feuerwehr-Scheinwerfern illuminierte Schlosshof-Bühne und folgten den Polizeibeamten Hilgen und Warns in das Innere von Schloss Rantzow. Es ging immer dem Licht und dem Geruch nach in die Beletage in den großen Saal. Professionell wurden die Formalien abgehandelt, die gepuderten Einmal-Latex-Handschuhe übergestreift.

Norbert Riedel starrte an die Decke und wollte sich unentwegt bemerkbar machen. Jedoch, es gelang ihm nicht. Wieder und wieder nahm er Anlauf, wenigstens ein Blinzeln zuwege zu bringen. Vergeblich. Er wollte sich gerade wieder empören über das erneute Gedrehe und Gewende, registrierte aber sofort, wie geschickt und umsichtig die beiden Herren im Anzug und mit den Gummihandschuhen ihn zu fassen bekamen. Das war etwas ganz anderes als die groben Zudringlichkeiten dieses Möchtegern-Arztes, der ihm in keiner Weise hatte helfen können und sich stattdessen in seinem Diktat in den ungeheuerlichsten Behauptungen ergangen war. Nun fühlte sich Norbert Riedel zumindest mit Respekt behandelt. So wie es sich unter zivilisierten Menschen gehörte. Dass man schon für solche Selbstverständlichkeiten dankbar sein musste! Beinahe war er trotz seiner kaum er-träglichen Kopfschmerzen, dem Völlegefühl und seinem allgemeinen Elend versöhnlich gestimmt. Da erblickte er starren Auges diesen schrecklichen Jungen im Matrosenanzug, wie der ihm aus dem Türrahmen heraus frech die Zunge rausstreckte. Na warte! Dich krieg ich, du Lausebengel!

In diesem Moment wurde der Reißverschluss der Trage über Norbert Riedels Gesicht zugezogen. Er war endlich von diesem gleißend hellen Scheinwerferlicht erlöst. Keine neugierigen Blicke mehr. Gedämpft drangen Stimmen zu ihm vor. Sogar der verfluchte Kopfschmerz ließ ein wenig nach. Er spürte, wie die Trage angehoben wurde. Leise keimte noch einmal ein wenig Hoffnung in ihm auf, endlich aus diesem gruseligen Traum zu erwachen. Ihm war jetzt nach einer Zigarette. Er meinte, in der Waagerechten vorwärts zu gleiten. Wie die Schwebende Jungfrau im Zirkus. Dann bekam er plötzlich leicht das Rutschen und stieß mit den Füßen unten irgendwo an. Von draußen kamen ein paar hektische Rufe. Dann ging es geordnet weiter. Er schwebte wieder. Dann ein Ruckeln. Klacken, als ob Hebel einrasteten. Rascheln, Murmeln, Hantieren um ihn herum. Eine Metallklappe schlug zu. Für eine Weile Stille. Schließlich wurde ein Motor angelassen. Er musste sich in einem Fahrzeug befinden. Gott sei Dank! Nur fort von diesem alptraumhaften Ort. Rumpelnd ging es los. Ein paar üble Stöße trafen Norbert Riedel im Kreuz. Hatte es Sinn, sich zu beschweren? Wohl kaum. Die Fahrt wurde nach und nach ruhiger. Bald hatte er das Gefühl, zügig auf asphaltglatter Fahrbahn dahinzugleiten. Ich muss viel ruhiger werden, dachte Norbert Riedel.

Bastian Schmidt war heilfroh, als der Leichnam endlich abtransportiert war. Alles ging nun den Gang der Dinge und die Normalität war ein Stück weit wiederhergestellt. Der schreckliche Anblick des Froschmannes und dessen widerlicher Gestank würden ihn sicher noch lange verfolgen. Er durfte gar nicht an Julia und das schöne Abendessen, das er verlassen hatte, denken: Lammkeule mit Möhren. Bei dieser Vorstellung flog ihn kurz Übelkeit an und er verdrängte rasch das Lammfleisch und auch Julia. Was er jetzt brauchte, war eine lange, heiße Dusche. Und alles, was er auf dem Leib trug, kam sofort in die Waschmaschine. Etappenweise begann der Rückzug aus dem Schloss. Der Kriminaltechniker war noch damit beschäftigt, letzte Beweisstücke für den Transport zu verstauen. Die Feuerwehrleute bauten einen Scheinwerfer nach dem anderen ab, draußen wurden die letzten Schaulustigen vom erneut einsetzenden Nieselregen vertrieben. Den Gerichtsmediziner fanden sie, wie er mit einer Taschenlampe unter dem Vorderwagen seines Mercedes steckte. Offenbar hatte das Auto sich etwas getan auf den üblen Wegen hier draußen. Im Schloss kehrte Ruhe ein. Es dräute bereits wieder vollständig im Dunkeln, als Bastian und seine Kollegen sich auf den Rückweg nach Stralsund machten. Niemand bemerkte, wie eine gebückte graue Gestalt mit einem Eimer in den großen Saal schlurfte und dort zu scheuern begann. So wie jeden Tag. Seit langen, langen Jahren.

Kapitel 12

Norbert Riedel hatte sich tatsächlich eine Weile entspannen können. Das gleichmäßige Dahingleiten in wohltuender Finsternis schläferte geradezu ein. Dann kam die Fahrt ins Stocken, schließlich hörte sie ganz auf. Wieder ging die Klappe. Gasdruckdämpfer zischten. Was kam nun? Konnten sie ihn nicht endlich in Ruhe lassen? Norbert Riedel wurde in die Kühlung des Stralsunder Zentralfriedhofes verbracht. Er roch doch sehr stark und war den Anwohnern des Bestattungshauses nicht unbedingt mehr zuzumuten. Moderne Kühlung hin oder her. Da galt es Rücksicht zu nehmen. Geschiebe und Geschurre. Dann wieder einmal Ruhe, nachdem die letzte Klappe geschlossen war. Norbert Riedel lauschte. Nur das gleichmäßige Summen der Kühlung, dem er sich schließlich fröstelnd ergab.

Aufgeschreckt wurde er am nächsten Morgen, als jemand die Klappe zu seinem Gelass öffnete und erneut mit ihm hantiert wurde. Inzwischen hatte er jede Orientierung verloren. Um ihn herum Finsternis. Er kam sich vor wie eine

Mumie, eingewickelt in verschiedene Schichten. Es mutete klaustrophobisch an, so eng war die Verpackung. Nur war er zu müde, als dass er sich einer aufsteigenden Panik ergeben oder sich mit Erklärungsversuchen abmühen mochte. Er war einfach nur elend erschöpft und wollte seine Ruhe. Sollten sie ihn doch einfach nur gewähren lassen! Nein, diesen Gefallen tat man ihm nicht. Sie schoben ihn wieder durch die Gegend. Da waren abermals die Gasdruckdämpfer einer Kofferraumklappe. Ein kurzes Stück Weg glitt er wie auf Schienen. Das Einrasten der Hebel kannte er schon. Dann wieder die Gasdruckdämpfer. Stille, der Motor, ein langes Dahingleiten. Offenbar ging die Fahrt über Land. Norbert Riedel dämmerte für eine Weile weg. Er kam erst zu sich, als der Bestattungswagen auf dem Hof des Instituts für Rechtsmedizin der Universität Greifswald hielt und er zu seiner gerichtlich angeordneten Sektion gekarrt wurde. Hätte er darum gewusst, hätte er sicherlich protestiert. Allerdings waren seine Widerstandskräfte inzwischen beträchtlich erlahmt. Der Protest wäre ohnehin nur schwach ausgefallen. Eigentlich war er nun reichlich schicksalsergeben, was ihm eigenartigerweise ein gutes Gefühl vermittelte. Wenn man sich mit allem abgefunden hatte, was sollte einem dann noch passieren? Was ihm blieb, war ein schwaches Wundern darüber, was wohl als Nächstes geschehen mochte. Ein merkwürdiger Traum, in dem er da seit wer weiß wie lange gefangen war. Wie war er nur da hineingeraten?

Prof. Dr. med. Dr. h.c. Burkhard Bischoff verbrachte die Nacht auf der Couch im Gästezimmer. Seine Frau hatte schon geschlafen und demonstrativ die Schlafzimmertür zugezogen. Außerdem beschlich ihn das Gefühl, dass die kochend heiße Dusche nicht wirklich geholfen hatte. Und nicht einmal das teure Duschbad seiner Frau. Dieser Versuch hatte der Geruchsmelange lediglich eine süßliche Note Mango-Papaya-Melone hinzugefügt, was es nicht eben besser machte. Der Geruch setzte sich vor allem im Haupthaar fest. Auch wenn Burkhard Bischoff damit nicht mehr allzu üppig gesegnet war, reichte es doch hinlänglich in solchen Fällen. Vielleicht war diese ganze Geruchsgeschichte aber auch ein Gutteil

Einbildung. Doris schaute beim gemeinsamen Frühstück missbilligend, aber das konnte viele Ursachen haben. Meistens galten diese Blicke seiner Kleidung. Mal passten die Socken nicht zur Hose, mal das Hemd nicht zur Hose. Grün und blau ging gar nicht zusammen, blau und braun war unmöglich und wusste der Kuckuck, was noch. Doris fragte nicht nach seinem gestrigen Bereitschaftsdienst und er hatte keine Lust, ungefragt davon anzufangen. Das interessierte sie eh nicht wirklich. Wozu also die Mühe? Es wurde wieder einmal ein ziemlich einsilbiges Frühstück. Burkhard Bischoff war froh, schließlich das Haus verlassen zu können. Und Doris Bischoff war froh, ihr Reich wieder für sich zu haben. Dann und wann hatte sie den bösen Verdacht, ihrem Mann waren seine Leichen ohnehin lieber. Die gaben zumindest keine Widerworte. Sie zog sich an und machte sich auf den Weg zu Kosmetik, Fußpflege und Friseur. Nachmittags würde sie dann noch mit ihrer Tochter ins Nagelstudio. Es war doch schön, zuweilen etwas mit seinen Kindern zusammen zu unternehmen.

Burkhard Bischoff ärgerte sich. Spätestens nach dem Besuch der Waschanlage war gewiss, dass er um eine üppige Werkstattreparatur am Vorderwagen seines neuen Mercedes nicht herumkommen würde. Verdammte Pampa, in der er hier gelandet war. Heute hatte er kein Auge für die Schönheit der Stadt, keinen Sinn für die historische Umgebung, in der er in Greifswald lebte und arbeitete. Das Kopfsteinpflaster in der Altstadt war heute nicht anheimelnd und pittoresk, sondern nur rutschig und schlichtweg lästig. Die Gebäude des Instituts für Rechtsmedizin in der Kuhstraße Nummer 30 erschienen ihm reichlich klein und schäbig. Zumindest von außen. Aber das mochte auch an seiner schlechten Laune und am Wetter liegen. Drinnen wartete der Froschmann von Schloss Rantzow auf ihn, dem er die ruinierte Front seines Mercedes zu verdanken hatte. Aber der konnte eigentlich nichts dafür, hatte sich wohl nicht freiwillig mit eingeschlagenem Schädel dort an die Wand vom großen Saal gesetzt.

Es fühlte sich kalt an von unten. Von oben strahlten Leuchtstoffröhren ein grelles Licht auf ihn herab, das ihn nach der wohligen Dunkelheit quälte. Es gelang ihm nicht einmal, die Augen zu schließen. Die Kälte machte ihm inzwischen nicht mehr wirklich etwas aus. Alles eine Frage der Gewöhnung. Aber dieses Licht war unerträglich. Norbert Riedel blickte auf die Spitzen seiner nackten Füße. Dahinter sah er auf ein Fenster mit einer Milchglasscheibe, das auf kipp stand. Kalter Frühlingsregen schlug gegen die Scheibe. Es zog. Jemand lüftete offenbar, was das Zeug hielt. Entfernte Stimmen drangen an sein Ohr. Aus dem Augenwinkel konnte er zu seiner Linken durch einen Schleier hindurch an der Wand eine medizinische Lehrtafel erkennen: Niere und Harnleiter. Was hatte das jetzt wieder zu bedeuten? War er endlich bei einem Arzt gelandet, der ihm helfen konnte? Norbert Riedel verspürte wenig Lust, Hoffnung zuzulassen. Auf einem Regal stand eine Waage, daneben reihten sich Messzylinder verschiedener Größe aneinander. Ein Waschbecken zur Rechten. Darauf eine Tube: Anti-Aging-Creme nach norwegischer Formel. Was eine norwegische Formel auch sein mochte. Das Leben hatte doch zum Großteil aus Nebensächlichkeiten bestanden, oder? Norwegische Formel, du meine Güte. Darüber ein Schild mit großen, maschinengeschriebenen Buchstaben: »Bitte von ALLEN unbekannten Leichen mit Verdacht auf Mord und Totschlag gleich Blut ins DNA-Labor bringen.« Vor dem Spiegel standen Desinfektionsmittel, Handschuhe … Moment mal: Stand da was von »Leichen«, von »Mord und Totschlag«!? Das hier war kein richtiger Arzt. Er war kein Notfall, der auf welchen Wegen auch immer in einer Notaufnahme gelandet war. Hier war keiner, der sich um ihn kümmerte, Blutdruck maß, eine Infusion legte, Untersuchungen anordnete oder was nicht alles in solchen Fällen zu geschehen hatte. Nein, sie ließen ihn hier in seiner Blöße einfach liegen an diesem kalten, zugigen Ort mit dem angekippten Milchglasfenster! Das bedeutete, das hieß … Oh mein Gott. Norbert Riedel mochte diesen Gedanken nicht zu Ende denken. Ein schwaches Gefühl der Empörung, des Entsetzens, der Hilflosigkeit breitete sich in seinem Oberbauch aus. Er versuchte es mit Logik, doch fehlten ihm zwischendurch ganze Stücke Film. Kälte und Dunkelheit.

Dann wieder haarsträubende Visionen in diesem staubigen leeren Saal: diese grässlichen Kinder, die graue Frau, die alten Leute, der Soldat ... Dann diese unverschämten Menschen, die mit ihm hin- und herhantiert hatten. Deren freche Kommentare. Logisch war das alles nicht. Wenn man es recht überlegte, ergab es zumindest eine Richtung, mit der man sich erst einmal anfreunden musste.

Burkhard Bischoff ärgerte sich noch immer. Oder schon wieder? Das war heute wahrlich nicht sein Tag. Erst das deprimierende Resultat des Waschanlagen-Besuchs. Und nun dauernd Regen. Es war abgekühlt und er hatte eindeutig zu leichte Sachen an. Das würde bestimmt eine Erkältung abgeben. Er kannte sich. Weil er in Gedanken nur bei seinem Mercedes gewesen war, hatte er beim Anziehen gar nicht auf die Witterung geachtet. Im Sektionsraum des Instituts für Gerichtsmedizin war es kalt. Bei allem Verständnis, jemand sollte hier schleunigst den Durchzug beenden. Burkhard Bischoff trug die übliche grüne Hygienekluft. Er wechselte die Schuhe. Drinnen wartete der Froschmann auf ihn. Und der war daran schuld, dass sein nagelneuer Mercedes schlimme Blessuren davongetragen hatte. Schutzbrille, Kopfschutz, Mundschutz: alles parat. Der Institutsleiter begrüßte seinen Kollegen sowie drei angehende Mediziner, die sich diesen außergewöhnlichen Fall einer fäulnisveränderten Leiche nicht entgehen lassen wollten. Löblich, löblich, solches Engagement. Burkhard Bischoff betrat den Sektionsraum und stellte verärgert fest, dass einer der Latex-Handschuhe einen Riss hatte. Er warf das alte Paar in den rosa Mülleimer in der einen Ecke des Raumes und streifte sich am Waschbecken ein neues über. Sechs bis sieben Stunden harter Arbeit lagen vor ihm. Das Schlimmste daran war das Stehen. Und Doris ließ sich derweil von der Kosmetikerin verwöhnen, hielt anschließend einen ausgiebigen Mittagsschlaf, um sich von dieser Anstrengung zu erholen ... Mit Ingrimm betrachtete Burkhard Bischoff die Rippenschere, die Darmschere mit dem Knopf obenan, um da besser reinzukommen, die Kopfsäge, die gleich den Knochenstaub mit aufsaugt. Sonden und Pinzetten.

Alles parat. Vorbereitung war das A und O im Leben. Er brauchte Vorbereitung. Auf ein Schloss Rantzow irgendwo in der vorpommerschen Pampa war er nicht vorbereitet gewesen. Und sein Navigationssystem auch nicht. Burkhard Bischoff verunsicherte es, wenn Technik versagte. Schritt für Schritt. Ursache und Wirkung. Darauf kam es an. Er begann mit den Formalitäten. Eines nach dem anderen. Zunächst die äußere Besichtigung des Leichnams, ergänzend zu dem, was er bereits am Vorabend vor Ort festgestellt hatte. Gefühle waren nun nicht mehr erlaubt. Der Froschmann fühlte sich kalt an. Die Kühlung war auf vier Grad eingestellt. Er ließ alles widerspruchslos über sich ergehen. Was blieb ihm auch anderes übrig?

»Die innere Leichenbeschau gliedert sich in eine Obduktion der Schädelhöhle, der Brust- und Halsorgane sowie der Bauchorgane. Es werden alle drei Körperhöhlen – Schädelhöhle, Brusthöhle und Bauchhöhle – eröffnet und die Organe freigelegt. Diese werden nach Größe, Form, Farbe, Konsistenz und Zusammenhang beurteilt.« Hier war Burkhard Bischoff in seinem Element. Zugegeben, er hörte sich selber gerne dozieren. Befriedigt nahm er das Nicken um den Tisch zur Kenntnis. Warum nur war er zu Hause nicht so souverän? Beinahe hätte er sich bei den morphologisch sichtbaren Organveränderungen verhaspelt. Achtung jetzt, sonst machte er sich noch zum Gespött des Instituts. »Von wichtigen Organen werden kleine Proben für weitergehende lichtmikroskopische und eventuell auch mikrobiologische Untersuchungen gesichert. Für rechtsmedizinische Gutachten wird auch noch Blut und Urin des Verstorbenen zum Zweck toxikologischer Untersuchungen gewonnen. Aber genug der Theorie, schreiten wir nun zur Tat.«

Norbert Riedel wurde unheimlich zumute. Er mochte gar nicht hinhören: »Der Y- oder T-Schnitt. Dieser Schnitt hat entweder die Y-Form, hierbei wird von beiden Schlüsselbeinen schräg zum Brustbein geschnitten und von dort gerade bis zum Schambein. Alternativ wird leicht bogenförmig von Schulter zu Schulter quer und dann in einem zweiten Schnitt zentral abwärts bis zum Schambein geschnitten, der T-Schnitt.« Burkhard Bischoff deutete mit scharfem Gerät die beiden unterschiedlichen Schnittformen auf Norbert Riedels Vorderseite an. Er berührte dabei leicht die Haut, was ziemlich kitzelte. Norbert Riedel hatte sich inzwischen damit abgefunden, als Leiche auf dem Seziertisch zu liegen. Entweder gehörte das noch zum abgefahrensten Traum seines Lebens oder es war eh egal, weil zu spät und nicht mehr zu ändern. Routinemäßig fuhr Burkhard Bischoff fort: »Durch diese Schnittführungen können wir an alle Organe des Brust- und Bauchraumes gelangen. Vorher müssen wir allerdings das Brustbein und die angrenzenden Rippen entfernen. Bei unserem heutigen Kandidaten ein eher unschönes Unterfangen, aber da müssen wir nun durch.«

Wieso war er ein »Kandidat«? Waren wir hier denn bei einer Quiz-Show? Eigentlich geschahen ungeheuerliche Dinge mit ihm. Jedoch, was sollte er tun? Seine Haare wurden ihm geschoren! »Das Haupthaar absetzen« nannte dieser unverschämte Mensch das. Und dabei hatte er doch immer versucht, seine Haare so zu kämmen und zu legen, dass man die größer werdende kahle Stelle nicht so sehen konnte. Birkenhaarwasser, literweise! Hatte auch nicht geholfen. Das machte Norbert Riedel nun wirklich erbost. Also das mit dem Birkenhaarwasser. Was erlaubten sich diese Leute, einen derart kritischen Blick auf sein Inneres zu werfen? Und dazu erst diese Kommentare! War doch wohl einiges im Argen bei ihm. Im Argen gewesen, musste es wohl besser heißen jetzt. War ja schon schade irgendwie, dass es vorbei sein sollte. Andererseits, was hätte denn noch kommen sollen? Mal ehrlich. Der große Coup mit der Düsterbehn? Das war alles ziemlich weit weg inzwischen und auch reichlich egal. Kam es darauf noch an, wenn man hier so lag? Norbert Riedel bemühte sich, an etwas von früher zu denken, aber so recht fiel ihm da nichts ein. Schon irgendwie traurig. Beiläufig registrierte er, wie sie jede Menge Proben entnahmen. Raucherlunge. War zu erwarten gewesen. Aber doch schon so übel? Vielleicht war ihm da doch was erspart geblieben. Wusste man's? Offenbar hatten sie ein gesteigertes Interesse an ihm. Aber wie lange hielt das noch vor? Was kam dann? Würde ihn überhaupt jemand vermissen? Ein unbestimmtes Gefühl der Traurigkeit stieg in ihm auf. Wie durch Watte hindurch hörte er etwas von »massiver stumpfer Gewalteinwirkung« als möglicher Todesursache. Er grübelte. Das wutverzerrte Gesicht von Marlene Düsterbehn und harte Schläge, die auf ihn niedergingen, waren das Letzte, woran er sich erinnern konnte. Mal abgesehen von der kalten Finsternis und all den wirren Träumen, die danach kamen. Er hatte noch versucht, die Arme zu heben … Also doch. Das verfluchte alte Fischweib! Nach dieser anstrengenden Überlegung ergab Norbert Riedel sich wieder seiner allumfassenden Müdigkeit und dachte für eine Weile an gar nichts mehr.

Der Sektionsassistent war mit dem Froschmann alleine im Obduktionsraum. Ihm oblag es, im Anschluss an die innere Besichtigung die Organe und Gewebe dem Toten wieder beizugeben, den Leichnam zu schließen und zu waschen. Zuletzt legte er Norbert Riedels Gehirn in dessen Brusthöhle, vernähte dann alles. So sorgfältig, wie dies eben bei einer derart angegriffenen Leiche möglich war. Eine Abschiednahme am offenen Sarg war in diesem Fall wohl eh nicht vorgesehen. Was man so aus dem Bauch heraus denkt … Der Sektionsassistent grinste sarkastisch, riss das Milchglasfenster zum Lüften auf und schob den Froschmann in die Kühlung. Um den sollten sich die Bestatter kümmern, wenn der Staatsanwalt die Leiche freigegeben hatte. Norbert Riedel war froh, dass er nun tatsächlich etwas Ruhe fand. Stand ihm schließlich zu als Leiche. Es war kühl und dunkel, und das war gut so. Auch wenn er ein bisschen durcheinander war. Würde sich schon wieder geben. Einfach nur abwarten und an gar nichts denken. Das tat wohl.

Kapitel 13

Burkhard Bischoff brütete noch am Abend über dem Obduktionsbericht. Er hatte darüber glatt den Schaden am Vorderwagen seines Mercedes vergessen. Von Doris ganz zu schweigen. Die hatte sich wieder einmal aufgeregt, dass er ihre spannenden Berichte aus der Welt der Kosmetik nicht wirklich mit Interesse verfolgte. Es ging wohl darum, dass sie doch tatsächlich eingeschlafen sei, so entspannend sei die Behandlung wieder gewesen. Tessa sei doch eine wahre Meisterin ihres Fachs. Und Doris' Rucola-Salat hatte er auch nicht gebührend gewürdigt. Da war sie unwirsch geworden. Burkhard Bischoff war für einen Moment aus seinen Gedanken an den Froschmann aufgetaucht und hatte sich gefragt, mit was seine Frau da hantierte. Es handelte sich um einen sündhaft teuren Essig-Sprayer aus Edelstahl mit dem Doris sündhaft teures und schrecklich besonderes Balsamico-Essig auf dieses bittere Kuhfutter stäubte und sich dabei Wunder was wie kulturvoll wähnte. Und dafür stand er stundenlang im Institut am Tisch und sezierte? Vom Verwaltungskram mal abgesehen.

Kosmetik und Essig-Sprayer! Und wer war jetzt Tessa? Burkhard Bischoff hatte im Aufstehen etwas Unverständliches gemurmelt und war in sein Arbeitszimmer verschwunden. Er griff sich einen Wälzer nach dem anderen aus den Regalen. Der Froschmann ging ihm nicht aus dem Sinn. Die Befunde passten hinten und vorne nicht zusammen. Draußen rumorte und schepperte Doris. Wenn sie sich schon mal mit Hausarbeit befasste, dann sollte man es auch wenigstens hören. Spätestens mit Beginn der Abendserien im Fernsehen hätte er dann seine Ruhe.

Jemand hatte den armen Teufel erschlagen. Die Kopfverletzungen waren tödlich gewesen und von einem Gegenstand verursacht worden, der zwar nicht eben scharfkantig war, aber doch ausgereicht hatte, solch massive Verletzungen hervorzurufen. Da hatte jemand ordentlich auf den Ärmsten eingedroschen. Abwehrverletzungen an den Armen waren nicht mehr zu erkennen gewesen. Blaue Flecken, Totenflecken … Aufgrund der starken Fäulnisveränderung des Leichnams alles perdu. Da konnte man nur spekulieren. Überhaupt faulte der Kandidat, was das Zeug hielt. Soweit er es in diesem Moment beurteilen konnte, hätte der Fäulnisprozess angesichts der vorliegenden Fliegenlarven-Besiedlung nicht derart fortgeschritten sein dürfen. Die Larven waren zwar beeindruckend zahlreich gewesen, aber eben nicht hinlänglich genug entwickelt, um mit der Zersetzung des Leichnams übereinzustimmen. Prof. Bischoff suchte nach einem bestimmten Aufsatz, konnte die Kopie aber nicht finden. Wahrscheinlich steckte ausgerechnet der im Handapparat in der Institutsbibliothek. Wie dem auch sei. Ein solcher Fall war ihm in seiner Zeit in der Rechtsmedizin noch nicht untergekommen. Burkhard Bischoff hasste Widersprüche. Widersprüche gehörten ausgeräumt und geklärt. Widersprüche waren für ihn unerträglich. Er würde die genauen Befunde abwarten müssen. Burkhard Bischoff konnte es nicht leiden zu warten. Er grübelte, überlegte, sortierte die Wälzer wieder in die Regale, griff nach einem Band über Forensische Entomologie und las sich fest. Das hatte jetzt zwar nichts mit dem aktuellen Fall zu tun, war aber immer wieder spannend. Vielleicht hätte er Doris beim Essen an seinen Überlegungen teilhaben lassen sollen? Der Pathologe konnte ein leicht boshaftes Lächeln nicht unterdrücken. Und schämte sich nicht einmal mehr für solche Gedanken. Doris, die stets peinlich berührt war, wenn herauskam, was für ein Arzt ihr Gatte war und wie er das Geld für Essig-Sprayer aus Edelstahl und Kosmetik-Besuche und immer neue Klamotten für das Fräulein Tochter verdiente. Doris, die vor Ekel blass wurde, wenn sie entdeckte, dass sie vergessen hatte, den aufgetauten Sonntagsbraten rechtzeitig in den Kühlschrank zu stellen. Moment mal … Burkhard Bischoff kam da ein Gedanke, dem er unbedingt nachgehen musste.

Bastian Schmidt versuchte, Klarheit in seine Überlegungen zu bringen. Auf der großen Wandtafel hatte er die bekannten Fakten des Froschmann-Falles, wie er ihn für sich nannte, geordnet. Fotos dazu, jeweils ein paar Stichworte. Er wartete auf den vorläufigen Obduktionsbericht aus Greifswald und auf den Kriminaltechniker, der gleich persönlich vorbeikommen wollte, um seine Ergebnisse mitzuteilen. Bastian dachte an Julia und an den verkorksten Sonntagabend. Julia hatte tatsächlich ihr Dessert gegessen, auch noch abgewaschen und ihm einen Zettel mit einer lieben Nachricht drauf hinterlassen. Julia war nett. Bastian erschrak ein wenig: Wie er das so gedacht hatte … Nett. Nett war nicht genug. Eigentlich hatte er in den vergangenen zwei Tagen kaum richtig an Julia gedacht, ihren Zettel sofort in den Karton mit dem Altpapier unter der Flurgarderobe getan. Die Woche war am Montag gleich gut losgegangen. Mit den unmöglichsten Leuten, die nach Alkohol und sonst was rochen und sich wegen der haarsträubensten Nichtigkeiten an die Kehle gingen. Mit ein paar Bengeln, die nichts Besseres mit ihren Leben anzufangen wussten, als in der Altstadt Hauswände zu beschmieren und sich dabei auch noch erwischen ließen. Mit einem verwirrten alten Herrn, der versuchte, durch die Tiefgarage des Hauses eines Architekten am Knieperdamm nach Breslau in die alte Heimat zu gelangen. Julia war ziemlich bald ziemlich weit weg. Nun beanspruchte der Froschmann-Fall seine ganze Aufmerksamkeit. Und das war spannender. Er überlegte, wo ihm dessen Outfit schon einmal begegnet war: dieser lächerliche Wichtigtuer-Schal, die Brille, das rote Einstecktuch im Jackett. Er hatte sogar ein schemenhaftes Gesicht dazu vor Augen. Bastian goss sich einen Kaffee ein. Dann langte er zur Bäcker-Tüte und angelte sich ein helles Brötchen heraus, das er sich in zwei Hälften hatte schneiden lassen. Die kannten ihn da schon mit seinem Sonderwunsch. Zwischen den beiden Brötchenhälften zerdrückte Bastian nun einen dicken Negerkuss. Er liebte dieses schmatzende Geräusch. Seine Kollegen wunderten sich über seine Negerkuss-Brötchen. Aber Negerkuss-Brötchen war nun einmal Negerkuss-Brötchen. Und Negerkuss-Brötchen musste sein. Ohne Negerkuss-Brötchen ging es nicht. Da konnte er seine Herkunft aus dem Westen nicht verleugnen. Das war nun mal was, was die hier nicht kannten. Hier gab es dafür Leute, die schmierten sich Marmelade auf Käse und Wurst, aßen ihre Frühstückseier mit Zitronensaft oder mit Senf und Ketchup. Für Negerkuss-Brötchen hatten sie sich damals schon in der fünften Klasse heimlich vom Schulgelände geschlichen und welche vom Kiosk geholt. Dafür waren dann Mutterns in Pergamentpapier gewickelte Wurstbrote im Abfall gelandet. Und das vom Sohn eines Fleischers … Bastian biss gerade herzhaft zu, als der Kriminaltechniker den Raum betrat. Der schüttelte über Bastian und dessen Negerkuss-Brötchen gewohnheitsmäßig den Kopf. Er wartete ab, bis Bastian sich die klebrigen Finger abgeleckt hatte und er mit seinem Bericht beginnen konnte.

Viel hatte er nicht zu berichten. Es gab praktisch keine weiterführenden Hinweise über die bisherigen Erkenntnisse des ersten Augenscheins vor Ort hinaus. Sicher war, dass der Fundort nicht der Tatort sein konnte. Angesichts der schweren Kopfverletzungen des Opfers hätte es anderenfalls im großen Saal von Schloss Rantzow deutliche Blutspuren geben müssen.

Die Fotos vom Fundort zeigten aber eindeutig, dass es in der Umgebung der Leiche weder Blutspuren gab noch Anzeichen für den Versuch, solche zu beseitigen. Überall lag Staub. Und wo Staub ist, ist bekanntlich Frieden. Auch sonst im Schloss und umzu kein Blut, nichts. Nur die sauber gefegte Chaussee vom Hintereingang bis zum Fundort. Jemand musste also das Opfer von außerhalb dorthin verbracht haben. Verwertbare Reifenspuren waren in der aufgeweichten Erde und in dem ganzen nächtlichen Tohuwabohu nicht auszumachen gewesen. Irgendeiner war da sehr gründlich umgegangen mit dem unbekannten Toten, hatte es sorgfältig vermieden, Spuren zu hinterlassen. »Was ihm aber nicht ganz geglückt ist. Der oder die Täter haben das hier übersehen.« Mit triumphierender Miene zog der Kriminaltechniker ein Plastiktütchen aus einem Umschlag und hielt es Bastian unter die Nase. Der konnte auf den ersten Blick nicht erkennen, um was es sich bei dem Fund handeln sollte. Eigentlich konnte er gar nichts erkennen.

»Na!?«

»Äh, ja …«

»Fisch.«

»Fisch?«

»Fisch.«

Bastian nahm das Tütchen in die Hand und sah noch einmal ganz genau hin. Auf einem Klebeband waren tatsächlich ein paar winzige silberige Fischschüppchen zu erkennen. »Was für Fisch?«

»Noch keine Ahnung. Muss ich noch rausfinden. Konnt ich beim Abkleben des Jacketts retten. Hätt ich zwischen den ganzen Schuppen von dem Kerl beinah übersehen. Schuppen sind eben nicht gleich Schuppen. Und Fisch ist nicht gleich Fisch.«

Bastian drehte mit den Augen.

Ein Froschmann mit Fischschuppen-Anhaftungen. Okay. Bastian stand auf und machte sich ein zweites Negerkuss-Brötchen. Kohlenhydrate waren wichtig, Kohlenhydrate brauchte man zum Überlegen. Das Gehirn des Menschen braucht zwanzig Prozent der aufgenommenen Energie, hat aber selbst nur einen Anteil am Körpergewicht von zwei Prozent. Oder so. Biologie, 10. Klasse vielleicht. Bastian griff zum Ordner mit den ungeklärten Vermisstenfällen aus den vergangenen Jahren. Reine Routine. Er schaute in die Gesichter der verschwundenen Personen und fragte sich, was wohl tatsächlich aus diesen Leuten geworden war. Oder wie sagte man in solchen Fällen? Er stutzte, legte das Negerkuss-Brötchen beiseite und hielt dem Kriminaltechniker den Ordner unter die Nase: Kein Zweifel, das war er, der Froschmann. Dunkelblaues Jackett, weißes Hemd. Dazu das rote Einstecktuch und dieser alberne dunkle Polyesterschal mit dem Paisley-Muster und den langen Fransen. Selbst auf dem Foto baumelte unten das kleine weiße Schild, von dem sie wussten, dass da »100% Polyester« draufstand. Die Brille, die Haare, eindeutig. Mit etwas Fantasie auch das Gesicht. Treffer! Norbert Riedel hieß der arme Kerl, den sie auf Schloss Rantzow gefunden hatten. Was für ein glücklicher Zufall, dachten beide. Da half er doch tatsächlich mal, der viel geliebte Kommissar Zufall. Norbert Riedel – aus Stralsund und von Beruf Versicherungsagent. Vermisst seit nunmehr gut zweieinhalb Jahren. Bastian Schmidt und der Kriminaltechniker sahen sich verblüfft an. Bastian zog eine Augenbraue hoch und griff zum Negerkuss-Brötchen. Kohlenhydrate waren wichtig.

Das Büro von Norbert Riedel in der Tribseer Vorstadt unter der angegebenen Adresse in Bahnhofsnähe gab es als solches nicht mehr. Dort hatte inzwischen ein »Nail-Design-Studio« residiert, war aber auch wieder umgezogen. So jedenfalls der Zettel im Schaufenster des verwaisten Ladens. Eine neue Anschrift des »Nail-Design-Studios« gab es hingegen nicht. Lediglich eine Handynummer, die nicht mehr gültig war. Im Aufgang fand Bastian die Telefonnummer der Hausverwaltung. Die hatte zwischenzeitlich ebenfalls gewechselt und saß nun in Hamburg. Dort wusste man nichts von einem Norbert Riedel.

Die Wohnung seines mutmaßlichen Mordopfers eine Straße weiter teilten sich inzwischen drei Studenten der Fachhochschule. Die gaben Bastian die Anschrift einer weiteren Hausverwaltung. Die saß diesmal zumindest nicht in Hamburg oder sonst wo, sondern am Stralsunder Jungfernstieg. Bastian rief kurz dort an und machte sich auf den Weg. Er fand sogar auf Anhieb einen Parkplatz in der Nähe, klingelte an der Eingangstür und machte sich an den Aufstieg in den fünften Stock, wo die Hausverwaltung ihr Büro hatte. Es handelte sich offenbar um einen Ein-Mann-Betrieb, wobei der Mann in diesem Fall eine Frau war. Wenn auch eine von recht herber Wesensart und barschem Tonfall. »Riedel, Riedel … Moment mal …« Die kleine Frau wieselte um ihren ausladenden Schreibtisch herum, schob Bastian energisch aus dem Weg, so dass er sich den Kopf an der Dachschräge stieß. Die Hausverwalterin verschwand in der Besenkammer des Büros, die bis in den letzten Winkel mit Zeug gefüllt war. Bastian machte einen Staubsauger aus, ein Bügelbrett, einen Hometrainer, Sanitärreiniger und Blumenvasen auf einem Regal, Kartons verschiedenster Größe. Es rumorte und polterte in der Kammer. Die Hausverwalterin fluchte wie ein Seemann und ignorierte das wiederholte Klingeln ihrer Telefonanlage. Bastian fragte sich, ob er fragen sollte, ob er rangehen sollte, traute sich aber nicht. »Sie hätten aber auch mal rangehen können, junger Mann!« Bastian schaute betreten auf seine Schuhe. »Hier, da haben Sie Ihren Herrn Riedel. Oder zumindest das, was er uns hinterlassen hat. Außer Mietschulden und jeder Menge Scherereien. Und so was schimpfte sich Versicherungsagent! Haben Sie auch nur ungefähr eine Ahnung, was für Zeit und Mühe es kostet, eine Wohnung wieder freizubekommen, wenn der Mieter nicht zahlt und sich überhaupt bockig stellt? Oder einfach so verschwindet wie dieser Riedel? Da ist es doch kein Wunder, dass keiner mehr Wohnungen vermieten mag. Und wer bekommt es alles ab? Richtig, der Hausverwalter. Der kriegt von beiden Seiten Dresche, alle haben immer was zu meckern, niemandem kann man es recht machen. Ärger, Ärger, Ärger. Von morgens bis abends Ärger. Und schon wieder klingelt das Telefon, ich kanns nicht mehr hören! Früher haben sie wenigstens zum Sommer hin Ruhe gegeben, heute meckern sie das ganze Jahr, weil sie offenbar nichts Besseres zu tun haben.« Die Hausverwalterin griff zum Telefonhörer und schnauzte hinein: »Ja bitte!?« Bastian setzte sich still an den Besuchertisch. Er knotete den Bindfaden auf, der um den Schuhkarton gebunden war, hob vorsichtig den Deckel an. Obenauf lag ein Herren-Magazin. Mit Datum von vor gut zweieinhalb Jahren. Ein Notizbuch mit Namen und Zahlen drin. Ein Hefter mit Kontoauszügen, die allesamt ein Minus zeigten. Ein Elektrorasierer, ein paar Einwegfeuerzeuge. Das wars dann auch schon. Die Hausverwalterin hatte inzwischen ihr Telefonat beendet und sortierte unwirsch in einem Ordner herum. Bastian fragte vorsichtig: »Und das ist alles?« Die Hausverwalterin fuhr hoch: »Mein Gott, haben Sie mich jetzt erschreckt! Sie sind ja immer noch da! Was? Ach so, ja. Der Dings, na, der Riedel, der ist ja von einem Tag auf den anderen verschwunden. Ich will niemandem was unterstellen. Aber: Das hat sich da im Haus natürlich rumgesprochen und sie haben dann kurzerhand eingebrochen in seine Wohnung und alles rausgetragen, was sie noch irgendwie gebrauchen konnten. Und den Rest kaputt geschlagen. Ziemliche Schweinerei, hat die Angelegenheit aber dann doch ungemein beschleunigt. Die paar Sachen hier hab ich damals noch zusammengeklaubt, bevor der Rest auf den Müll gekommen ist. Neue Wohnungstür und fertig. Bisher hat sich keiner für den Kerl interessiert. Sie sind da der Erste. Ist er denn wirklich tot? Ermordet? Und wo hat er die ganze Zeit über gesteckt?«

Eine Frage, die Bastian auch nur zu gerne beantwortet gehabt hätte. Konnte man in diesem Land für zweieinhalb Jahre einfach so verschwinden und dann mir nichts, dir nichts wieder auftauchen? Und sei es als Froschmann im Festsaal eines verfallenden Schlosses jottweedee in der Pampa? Der Riedel hatte kein Geld gehabt, zumindest nicht offiziell. Wie hätte ein solch armes Würstchen eine derartige Aktion bewerkstelligen sollen? Und wozu? Bastian goss sich im Dienstraum einen großen Becher Kaffee ein. Doppelt Milch und Zucker dazu. Das musste dann und wann einfach mal sein. Er hatte nochmals alle Akten durchgesehen, die es zu diesem Norbert Riedel gab. Seinerzeit hatte ihn die Versicherung, die er in Stralsund vertrat, als vermisst gemeldet. Angehörige gab es keine. Nur zwei Ex-Frauen, die nichts mehr mit ihm zu tun haben wollten. Den Wohnungseinbruch meldete damals die Hausverwaltung. Bastian blätterte in Norbert Riedels Notizbuch. Namen, Adressen, Telefonnummern. Alles in Stralsund und umzu. Wahrscheinlich geschäftlich. In dem hinteren Einsteckfach war ein weißer Briefumschlag versteckt. Bastian zog ihn hervor, klappte die Lasche hoch und fingerte vorsichtig den Inhalt heraus. Zum Vorschein kam eine Aufstellung, die eine beträchtliche Summe ergab. Daran waren mehrere Schuldscheine geheftet, die von einer Marlene Düsterbehn unterzeichnet waren. Die Anschrift dieser Marlene Düsterbehn war in der Frankenstraße. Er griff zum Telefonbuch. Und tatsächlich: Dort gab es eine Marlene Düsterbehn, Inhaberin des Fischhandels Düsterbehn & Sohn.

Bastian war elektrisiert, er hatte eine Spur! Da passte es ihm gar nicht, dass er von einem Kollegen zu einer eiligen Dienstbesprechung nach oben in den Konferenzraum gerufen wurde. Er wollte sich am liebsten gleich daranmachen, die Sache abzuklären.

Während Bastian in der ungeplant einberufenen Besprechung ein flaues Gefühl in der Magengrube beschlich, hockte Julia in der Tropenwelt des Blumenladens in der Frankenstraße hinter dem Tresen und verschlang »Stolz und Vorurteil« von Jane Austen. Derzeit ihre absolute Lieblingsschriftstellerin. Dazu im Hintergrund von CD die Geräusche des tropischen Regenwalds. Im Haus gegenüber war Marlene Düsterbehn gerade mit schwerem Kopf erwacht. Sie fühlte sich nicht gut. Gestern war sie wieder einmal die letzten Stufen der Stiege hochgefallen. Das war doch gestern gewesen.

Oder? Marlene Düsterbehn zitterten die Hände. Es bereitete ihr Mühe, den Schraubverschluss zu öffnen. Ahhh, das tat gut. Sie beruhigte sich allmählich. Das musste das Alter sein. Das Kreuz tat ihr weh, lange würde die Wirbelsäule das alles nicht mehr mitmachen. Sie ertastete über der Nasenwurzel eine mächtige Beule, an deren Ursache sie sich nicht erinnern konnte. Zum Glück sah man die nicht, wenn sie was mit ihren Haaren machte. Marlene Düsterbehn schlurfte ins Bad. Der Anblick, der sich ihr im Spiegel bot, war verheerend. Wer war diese verwüstete Frau? Andere sahen morgens auch schlimm aus, tröstete sie sich. Es war doch Morgen, oder? Aber was für ein Tag war heute? Donnerstag? Egal. Endlich war sie frei, seit sie den verfluchten Laden dichtgemacht hatte. Waren ja eh nur noch wenige Kunden gekommen. Sollten sie ihr doch alle miteinander den Buckel runterrutschen. Marlene hatte Mühe, den Stift mit der Schminke aufzubekommen. Der Verschluss fiel ihr herunter und kullerte unter das Eckregal. Sie würde sich nicht danach bücken, sollte das Mistding doch liegen bleiben, wo es wollte. Sie musste sich erst einmal um ihr allmählich verblassendes Brillenhämatom kümmern. Der Laden, der Laden, der Laden. Viel eher hätte sie den schon dichtmachen sollen. Was war sie dumm gewesen all die Jahre! Für wen hatte sie sich den Buckel krumm gearbeitet? Gute Frage. Marlene genehmigte sich zwischendurch einen Hieb aus einem Flachmann, den sie in der Bademanteltasche gefunden hatte. Weg mit dem Laden, weg mit dem ganzen Kasten! Sie kam da nicht mehr gegenan. Und Geld gab es auch noch dafür. Jetzt war genau der richtige Zeitpunkt. Noch konnte sie neu anfangen. Sie musste hier raus aus dem alten Gemäuer mit seinen Gespenstern. Zu viel gelebtes Leben, Geister in jeder Ecke. Dann und wann war ihr, als ob sie buchstäblich weiße Mäuse sah: Da tauchten plötzlich ihr Mann und ihre Schwiegermutter wieder auf und standen im Wohnzimmer und glotzten sie an. Glotzten und glotzten und machten nichts. Standen nur so da und glotzten! Es war zum Verrücktwerden. Am Schnaps konnt es nicht liegen. Das passierte auch, wenn sie nichts getrunken hatte. Manchmal war ihr so, als fasste ihr jemand von hinten an die Schulter. Aber da war keiner. Sie konnte es sich nicht erklären, es machte ihr Angst, es lag an diesem Haus. Selbst der Rudi mochte nicht mehr kommen. Worum der Streit mit ihm eigentlich gegangen war, wusste sie nicht mehr. Egal. Was nur für ein Glück, dass sich jetzt dieser flotte Makler um alles kümmerte. Der wollte ihr sogar eine neue kleine Wohnung in der Altstadt besorgen. Erdgeschoss. Oder mit Aufzug. Ganz neu, noch nicht einmal richtig fertig. Nach ihr die Sintflut. Alles würde gut werden.

»Elizabeths Verblüffung war unbeschreiblich. Sie starrte ihn an, errötete, wollte es nicht glauben und blieb stumm. Dies betrachtete er als ausreichende Ermutigung, und es folgte sogleich ein Geständnis all dessen, was er für sie fühle, …« Julia schreckte hoch, als der zeitgleiche Zugriff auf den Blumenladen und den Sex-Shop in der Frankenstraße erfolgte. Das LKA in Schwerin führte nach monatelangen Ermittlungen in einer landesweiten Aktion den abschließenden Schlag gegen einen ziemlich großen Rauschgifthändlerring. Die Landeskriminalämter weiterer Bundesländer waren ebenfalls an der Aktion beteiligt. Kurzfristig war die Stralsunder KPI hinzugezogen worden, da deren Beamte sich eben vor Ort gut auskannten. Bastian war sofort Julia eingefallen, die in dem Blumenladen arbeitete. Was er da an Ermittlungsergebnissen zu hören bekam, war unglaublich. Bastian staunte über die Dreistigkeit, mit der die Dealer vorgingen. Der Blumenladen war nur Tarnung gewesen für ihre miesen Geschäfte. Wer schöpfte schon Verdacht, wenn vor einem Blumengeschäft ein Blumenlaster mit holländischem Kennzeichen Kartons anlieferte, die aussahen wie ganz normale Blumenkartons? Wer verdächtigte Kunden eines Blumengeschäfts, sich dort harte Drogen zu besorgen? Was war merkwürdig daran, wenn die Besucher eines Sex-Shops dort mit neutralen Plastiktüten unterm Arm raushuschten? Spätestens seit dem Ozeaneum war da unten am Hafen so viel Betrieb, dass ein paar Fremde mehr oder weniger zwischen all den Touristen gar nicht weiter auffielen. Sehr geschickt. Bastians erster Impuls war es, Julia vor den Folgen des Einsatzes zu schützen. Doch schnell wurde ihm bewusst, dass das mehr als töricht gewesen wäre. Sollte er melden, dass er sich in dieser Sache als befangen betrachtete? Hatte er dafür ausreichend Grund? Was war Julia denn für ihn? Eine Freundin? Eine Bekannte doch eher. Oder? Bastian meldete sich nicht. Ihm war mulmig zumute, er hatte ein ungutes Gefühl in der Magengrube, als der Einsatz weiter vorbereitet wurde. Das eigentlich Schlimme war, dass er sich kaum vorstellen konnte, dass Julia nichts von allem, was da rund um sie vorgegangen war, mitbekommen haben sollte. Sie war doch ein kluges Kind.

Julias Verblüffung war heftig. Sie starrte ihn an, wollte es nicht glauben und blieb stumm. Jane Austen fiel zu Boden. Ein kleiner Zinkeimer mit bereits reichlich welken Freesien wurde umgestoßen und ergoss einen Schwall Blumenwasser über das Taschenbuch. Julia blickte von ihrem Hocker aus ungläubig zu Bastian hinüber, der an der Eingangstür Posten bezogen hatte und den Blick starr auf eine wahrhaft scheußliche Monstrosität von einer afrikanischen Plastik richtete, die an der Wand über dem Tresen montiert war. Dieser Jammerlappen war zu feige, sie anzusehen! Erbärmlicher Feigling! Und so einer trug Uniform. Julia schnaubte verächtlich. Der konnte ihr gestohlen bleiben, kein großer Verlust. Bitteschön, sollten sie nur machen. Sie wusste von nichts, sie war hier nur die kleine Aushilfe …

Während die Razzia in Blumenladen und Sex-Shop problemlos und professionell über die Bühne ging – sogar die Zahl der Schaulustigen hielt sich für einen frühen Nachmittag in Grenzen – bekam Marlene Düsterbehn im Haus gegenüber einen furchtbaren Schrecken. Sie kämpfte darum, ins Leben zu finden. Ein Kampf, der sie von Woche zu Woche, von Tag zu Tag mehr Kraft kostete. »Träume aus Pappmaché, wollen geträumt sein seit eh und je, Und du stehst da und weinst, um dein Konfetti von einst, … Es war beim Bal paré, …« Hildegard

Knef plärrte ihre traurigen Weisheiten aus einem billigen CD-Player, der beschmiert und verschmutzt auf dem Wohnzimmer-Tisch stand. Marlene versuchte, sich einen Überblick über das Chaos zu verschaffen. Dagegen anzugehen hatte sie schon lange aufgegeben. War ja auch nicht mehr nötig, kam eh bald alles weg. Sollten die sehen, wie sie damit zurande kamen. Nicht ihr Problem. Die Grünpflanzen waren nicht mehr zu retten. Alle endgültig hinüber. Ein flüchtiger Blick aus dem Wohnzimmerfenster ließ sie zusammenfahren: Gegenüber im Eingang vom Blumenladen hatte sich ein uniformierter Polizist postiert. Sie kniff die Augen zu. Sah sie wieder weiße Mäuse? Nein. Der Polizist war noch da. Er sah nun zu ihrem Haus hinüber. Hatte er sie hinter der Gardine entdeckt? Marlene ging rückwärts vom Fenster weg und stieß dabei den elektrischen Heizlüfter um, riss das Kabel samt Steckdose aus der Wand. Alles morsch in diesem alten Kasten. Das Zittern kam wieder. Auf dem Weg ins Bad entdeckte sie auf dem Blumenhocker eine noch halb volle Flasche Sekt und genehmigte sich einen tiefen Zug von dem abgestandenen Gesöff. Sie näherte sich zögerlich dem Badezimmerfenster. Sie wollte es eigentlich nicht wissen, verharrte. Mit zitternden Fingern schob sie schließlich die Gardine in der Fenstermitte ein wenig auseinander und blickte in den draußen davor angebrachten Spion-Spiegel. Links wie rechts Polizei. Polizisten in Uniform. Polizeifahrzeuge. Polizisten mit Schäferhunden. Das war das Ende. Alles zu spät. Nun kamen sie, um sie zu holen. Sie waren ihr doch noch auf die Spur gekommen! Schluss, aus, vorbei. Marlene zog die Gardine gerade. In der Tasche vom Bademantel am Haken neben der Tür war ein neuer Flachmann. Sie angelte sich die Flasche und machte sich auf ins Schlafzimmer. Hildegard nervte. Sie konnte Hildegard nicht mehr ertragen. Sie wollte Hildegard nicht mehr. Marlene humpelte noch mal zurück ins Wohnzimmer und warf Hildegard mitsamt CD-Player an die Wand. Schluss jetzt.

Bastian war verwirrt. Er hatte Julias Blicke nicht deuten können, als sie an ihm vorbei abgeführt wurde. In Handschellen. Unglaublich. War es Wut gewesen? Verachtung?

Hätte sie nicht erschrockener, verzweifelter sein müssen, wenn sie mit alldem hier nichts zu tun hatte? Mit zusammengekniffenen Augen hatte sie ihn angestarrt. Was hätte er denn machen sollen, verdammt? Die ganze Aktion war übrigens ein voller Erfolg. Sie hatten Drogen beschlagnahmt, Laptops, Notizbücher, Aktenordner. Die Spurensicherung hatte bestimmt noch eine gute Weile in den Räumlichkeiten der beiden Geschäfte zu tun. Auf der Straße hatte sich das Polizeiaufgebot zerstreut, die Spürhunde waren abgezogen, die Verdächtigen zum Verhör aufs Revier gebracht, die Absperrung aufgehoben. Schaulustige gab es keine. Nichts deutete mehr auf die erfolgreiche Razzia hin. Für Bastian hatte das Ganze einen ziemlich bitteren Beigeschmack. Aus Verlegenheit hatte er vorhin auf die Straße geschaut. Dabei war ihm der verwitterte Schriftzug am Haus gegenüber aufgefallen: Fischhandel Düsterbehn. Düsterbehn & Sohn. Die Hausnummer stimmte. Ein reichlich runtergekommenes, altes Haus mit üblem Leck in der Dachrinne, aus der bereits eine kleine Birke wuchs. Die eingestaubten Schaufenster mit Packpapier zugeklebt. Auf einem vergilbten Pappschild in der Eingangstür vom Laden stand »GESCHLOSSEN«. Auf dem Boden davor Laub und einiger Abfall. Das große Hoftor mit Schichten von Plakaten beklebt. Vertrocknete Topfpflanzen vor den Fenstern im Obergeschoss. Ob da überhaupt noch jemand wohnte? Doch, jetzt, gerade in dem Augenblick, als Bastian am Gebäude hochsah, schob jemand die Gardine am Fenster hinter diesem eigenartigen Spionagespiegel ein wenig zur Seite. Raffinierte Konstruktion. Hatte Bastian sonst auch noch nicht gesehen. Anscheinend aus zwei Motorrad-Spiegeln zusammengezimmert. Für ihn gab es hier eigentlich nichts mehr zu tun. Aber wo er schon in der Gegend war, konnte er doch rübergehen und klingeln. Vielleicht brachte ihn das auf andere Gedanken.

Marlene Düsterbehn fühlte sich gewappnet, als es unten am Hoftor klingelte. Ein Blick in den Spiegelspion: Vor dem Hoftor stand ein Polizeibeamter in Uniform. Nun ging es los. Das war es dann. Sei's drum. Marlene ruckelte das Badfenster auf und rief herunter: »Moment, ich komme gleich!« Im Badezimmerspiegel begutachtete sie ein Gesicht, das ihr fremd geworden war. Das war nicht mehr Marlene Düsterbehn. Auf dem Flur griff sie sich Mantel und Handtasche. Ächzend machte sie sich an den Abstieg. Alles tat ihr weh. Die Knie, die Wirbelsäule, sogar die Knöchel. Auf halber Höhe verschaffte ihr ein Schluck aus der Flasche vorübergehend Erleichterung. Sie verstaute den Buddel wieder in der Handtasche und kletterte schaukelnd weiter nach unten.

Als Marlene die Schlupftür des großen Hoftores zur Frankenstraße hin aufschloss, stand dahinter ein einzelner Polizist, fast ein Bürschlein noch. Das war nicht das, was sie erwartet, auf das sie sich vorbereitet hatte. Sie reckte den Kopf aus der Tür und schaute die Frankenstraße auf und ab: keine weitere Polizei zu sehen! Der junge Polizist räusperte sich und bat um Entschuldigung, er habe da … Marlene suchte abermals nach mehr Polizei auf der Straße. Zumindest ein Streifenwagen musste da doch noch stehen, mit dem sie aufs Revier oder ins Gefängnis gebracht werden sollte. Fehlanzeige. Das brachte Marlene völlig aus dem Konzept. Der Polizist sagte, er suche eine Marlene Düsterbehn, er habe da ein paar Fragen an sie. Marlene bat ihn herein. Vorsichtig schloss Bastian die altersschwache Tür in dem morschen Hoftor hinter sich. Überall rostiges Gerümpel, alte Fässer, Mülltonnen und Bretter. Dazwischen eingepfercht ein völlig verdreckter kleiner Lieferwagen vom Typ Hundefänger. Ursprünglich einmal weiß lackiert, war er nun von einem grünen Algenflor überzogen. Diese Marlene Düsterbehn hatte gleichfalls schon bessere Tage gesehen. Grelle Schminke in einem zerstörten Gesicht, das wahrscheinlich einmal durchaus attraktiv gewesen war. Die ausladende Erscheinung der Fischhändlerin in ihrem weiten beigen Popelinemantel wankte auf lackschwarzen Pumps vor ihm her in Richtung Hinterhaus. Beim Aufschließen verlor sie ihre Handtasche. Bastian reichte sie ihr, bemerkte dabei Marlenes üble Fahne. »Störe ich? Soll ich lieber ein anderes Mal wiederkommen?« »Nein-nein, überhaupt nicht, ach was. Kommen Sie nur herein, junger Mann, ich war nur gerade auf dem Weg in die Stadt und zum Friseur. Kommen Sie nur, kommen Sie. Vorsicht, nicht stolpern, hier steht so allerhand rum, müsste mal einer aufräumen. Aber wissen Sie, ich bin alleine. Mein Mann lebt nicht mehr und mein Fräulein Tochter ist im Westen. Das Geschäft, das große Haus …« Bastian schaute skeptisch drein, als Marlene eine Weile vergeblich nach dem Lichtschalter für einen reichlich finsteren Gang fingerte, der in die Tiefen des Hinterhauses führte. »Na, kommen Sie erst mal in mein Alter, junger Mann, Sie werden schon noch sehen, wie das ist.« An der Decke des Ganges flackerte eine Neonröhre auf. »Worum geht es denn überhaupt? Was kann ich für Sie tun? Habe ich was falsch gemacht? Was mit dem Auto? Ich fahre ja nicht mehr viel. Und wenn, dann ganz vorsichtig, ich will ja nichts verkehrt machen, nicht?«

Bastian versuchte, die Fischhändlerin zu beruhigen. Dieses Haus war ihm unheimlich. Vielleicht war es doch keine gute Idee gewesen, hier einfach so aufs Geratewohl zu klingeln. Ganz ohne Begleitung und Rücksprache. Er tastete nach seiner Waffe im Halfter. Was sollte ihm hier schon passieren? Er war immerhin bewaffnet. Mit neuem Mut fragte er Marlene Düsterbehn direkt drauf zu:

»Sagt Ihnen der Name Norbert Riedel etwas?«

Die hielt kurz inne, reagierte erst gar nicht auf seine Frage, schlurfte weiter und drehte sich dann vor einer neuen Tür zu ihm um: »Warum fragen Sie?«

»Reine Routine, wir ermitteln da in einem Mordfall, der uns einige Rätsel aufgibt. Dabei sind wir auf Papiere mit ihrem Namen gestoßen.«

Also doch. »Wie sagten Sie noch, war der Name?«

»Riedel. Norbert Riedel. Versicherungsagent hier in Stralsund.«

»Ach ja, richtig. Herr Riedel. Und der ist tot? Ermordet?«

Marlene bat Bastian, einzutreten und ließ ihm den Vortritt. Bastian merkte gerade noch, wie hinter ihm eine schwere Eisentür ins Schloss geworfen wurde. Absolute Finsternis. Dann das rasche Drehen des Türschlosses, sich eilig entfernende schwere Schritte. »Hey! Scheiße!«

Marlene öffnete die Flügel ihres Hoftores. Immer noch keine Polizei in Sicht! Hatte sie ein Glück! Beinahe hätte dieses Bürschlein sie gekriegt. Ausgetrickst. Sie schloss die Fahrertür des Lieferwagens auf, ließ sich hineinplumpsen. Er sprang tatsächlich an. Jedes Mal wieder ein Wunder, dass die Batterie noch immer nicht den Geist aufgegeben hatte. Mit lautem Röhren rumpelte sie vom Hof. Das Tor blieb offen. Sie achtete nicht auf die anderen Verkehrsteilnehmer, denen sie auf dem Weg zum Neuen Markt die Vorfahrt nahm. An der großen Kreuzung am Pinguingarten ignorierte sie kurzerhand die rote Ampel und scherte sich nicht um das scharfe Bremsen und Hupen um sie herum. Vor dem Bahnhof hatte sie grün und bog schwungvoll nach links ab. Es gelang ihr sogar, rechtzeitig vor der Schranke zum Parkplatz zu bremsen, das Seitenfenster runterzukurbeln und sich ein Ticket zu ziehen. Es war eigentlich wie immer. So war es früher immer gewesen. Heute war ihr Glückstag. Marlene fühlte das. Die vertraute Umgebung tat ihr wohl, gab ihr Sicherheit. Sie spürte wieder Boden unter ihren Füßen. Mit kühnem Schwung bog sie in das Bahnhofs-Parkhaus ein. In der Aufwärtsspirale geriet sie mit dem Wagen ziemlich heftig an die Leitplanke. Egal, nur immer weiter hinauf, bis ganz nach oben auf das oberste Parkdeck! Hier oben war sie ganz alleine. Sie hatte keinen Blick für die Kirchtürme der Hansestadt, die Volkswerft und die Rügenbrücke. Sie hatte nur ein Ziel. Im Aufgang hinter der schweren Stahltür zum Parkdeck roch es wohltuend vertraut. Sie musste sich beeilen. Sie hatte für beide Fahrstühle den Knopf gedrückt. Der rechte kam zuerst. Wie sie es vorausgedacht hatte: Heute war ihr Glückstag. Eine mächtige Welle hob an, die sie an das Ziel ihrer Wünsche und Träume tragen würde. Sie spürte förmlich, wie sie nach einer unendlich langen Durststrecke emporgehoben wurde. Wer sollte ihr etwas anhaben? Das Glück war auf ihrer Seite! Jetzt. Hier. Heute. Sie musste an das Multi-Roulette, sie hörte, wie es nach ihr rief.

Bastian hatte sich schnell vom ersten Schreck erholt und fluchte vor sich hin. Zum Glück hatte er in der Innentasche seiner Uniformjacke stets eine kleine Taschenlampe stecken. So eine schwarze Stablampe wie in den amerikanischen Polizei-Filmen, nur im Miniatur-Format. Offenbar hatte diese Fischhändlerin ihn in einem Kühlraum eingeschlossen. Was war er nur für ein Idiot! Hatte sich schlicht übertölpeln lassen. Aber wer rechnete auch schon mit so was? Es war heute einfach nicht sein Tag! Zum Glück war der Kühlraum nicht in Betrieb. Offenbar schon seit längerer Zeit nicht. Es roch muffig, die eingestaubten Metallregale hatten bereits Rost angesetzt. Bastian rüttelte an der Eisentür. Vergeblich. Er trat dagegen. Keine Chance. Nur ruhig bleiben jetzt. Bastian griff nach seinem Handy, klappte es hektisch auf. Kein Netz. Verdammt. Vielleicht, wenn er auf den abgeschabten Hocker in der Ecke drüben stieg?

Marlene war versehentlich mit dem Fahrstuhl bis ins Erdgeschoss gefahren. Die Passage am Bahnhof war wie ausgestorben. Sie nahm die Rolltreppe in den ersten Stock, stieg dabei die Stufen empor. Heftig atmend gelangte sie zum Eingang des Casinos. Und stand vor verschlossener Tür. Das konnte doch nicht sein! Wie war das nur möglich? Geschlossen!! Sie konnte nicht warten, sie musste da jetzt rein! Auf der Stelle, sofort! Marlene hatte kein Auge für die Handwerker, die drinnen damit beschäftigt waren, irgendeine Havarie an der automatischen Eingangstür des Casinos zu beheben. Sie sah nicht, wie sie ihr mit Gesten bedeuteten, einen Augenblick zu warten. Wo war nur ihre Armbanduhr? Wie spät mochte es sein? Marlene blickte auf ihre Hände. Oh Gott! Wo war ihre Handtasche mit dem Flachmann, dem Ausweis und dem Geld? Ihr wurde siedend heiß. Im Auto. Sie hatte sie bestimmt im Auto vergessen! Sie musste zurück zum Auto. Marlene spürte, wie ihre Glückswelle in sich zusammensackte. Sie hastete zum Fahrstuhl, drückte hektisch auf die Knöpfe. Das dauerte ja alles Ewigkeiten. Der Fahrstuhl fuhr nicht bis ganz oben. Parkdeck 2. Sie musste aufs Parkdeck 3. Der verfluchte Fahrstuhl wollte einfach nicht noch ein Stockwerk höher. Marlene stieg aus.

Wo war sie hier? Hier war sie noch nie gewesen. Keine Treppe, die weiter nach oben führte. Panik stieg in ihr auf. Wo gingen diese Türen raus? Notausgang, nein. Sie riss die nächste Tür auf und stand auf Parkdeck 2. Sie eilte quer über die Parkfläche und dann die Abfahrt in entgegengesetzter Richtung hinauf, verlor dabei mehrmals ihren rechten Schuh. Sie war es nicht mehr gewohnt, Absatz zu tragen. Am anderen Ende des obersten Parkdecks stand ihr Wagen. Marlene Düsterbehn rang nach Atem und schwitzte aus allen Poren, so dass ihr die dicke Schminke im Gesicht verlief. Mit fliegenden Fingern schloss sie die Beifahrertür auf. Keine Handtasche. Sie durchwühlte den ganzen Wagen. Keine Handtasche. Kein Geld. Kein Schnaps. Weg, einfach weg. Marlene wusste nicht mehr, wo ihr die Handtasche abhandengekommen war. Wutentbrannt schmiss sie die hintere Tür des kleinen Lieferwagens zu. In der fleckigen Heckscheibe erblickte sie ihr Spiegelbild und starrte es an. Sie war ein monströses Wrack. Sie war am Ende. Es hatte alles keinen Zweck mehr. Es hatte alles von vornherein keinen Sinn und Zweck gehabt. Aus ihrer Kehle kam ein hässliches Geräusch, eine Mischung aus Atemnot und Schluchzen. Marlene wandte sich von ihrem Spiegelbild ab und schlurfte mit leerem Blick zum Geländer des Parkdecks. Mit einer letzten Anstrengung wuchtete sie sich über die Absperrung und stieß sich ab.

Kapitel 14

Bastian Schmidt gelang es nach einer guten Weile doch noch, sein Handy in Gang zu setzten, nachdem er auf den Hocker geklettert war. Seine Kollegen befreiten ihn aus dem stillgelegten Kühlraum vom Fischhandel Düsterbehn. Vor der Tür lag Marlene Düsterbehns Handtasche. Darin ein Flachmann und ein bis auf ein paar Cent leeres Portemonnaie. Bastian wurde wegen seines unvorsichtigen Verhaltens von seinem Vorgesetzten gehörig zurechtgestutzt. Schließlich konnte er ihm jedoch eine Hauptverdächtige im Mordfall Riedel präsentieren, was diesen wieder ein wenig mit seinem neuen Kollegen versöhnte. Schließlich hatte die Frau sich schon bei der allerersten Befragung selbst verraten. Im Keller des Düsterbehnschen Fischhandels fanden die Beamten in einer abgeschalteten und bis auf ein Stück Folie leeren großen Kühltruhe einen Etikett-Schnipsel von einem Stralsunder Herrenausstatter. Der Schnipsel gehörte zu einer Krawatte. Der darauf abgedruckte Strichcode stimmte mit der rosa Seidenkrawatte überein, die jemand diesem Riedel offenbar nach seinem Ableben umgebunden hatte. In dem Geschäft erinnerte man sich sogar an Marlene Düsterbehn, der man diese Krawatte verkauft hatte. Sie war halt schon eine Erscheinung auf ihre Art.

Damit gab es eine weitere Verbindung zwischen Norbert Riedel und Marlene Düsterbehn. Den endgültigen Beweis erbrachte die kriminaltechnische Untersuchung der Kühltruhe. Marlene war zwar gründlich gewesen, aber nicht gründlich genug. Die Befragung ihrer Tochter ergab lediglich die zusätzliche Erkenntnis, dass die Fischhändlerin in Rantzow aufgewachsen war. Ihre Mutter lebte noch dort. Marlene Düsterbehn kannte sich in der Umgebung aus und hatte sicher hinlänglich Gelegenheit gehabt, sich dort aufzuhalten, ohne dass jemand misstrauisch geworden wäre. Sie hatte überdies ein Motiv, und ihr Verhalten sprach für sich. Hinweise auf Mittäter ergaben sich keine. Aber Marlene war schließlich eine kräftige Person gewesen, die den Transport der Leiche sicher irgendwie bewerkstelligt hatte. Die Akte Riedel konnte geschlossen werden. Der Kriminaltechniker hatte noch herausgefunden, dass die auf dem Jackett des Opfers gefundenen Fischschuppen von einer Lachsforelle stammten. Darauf war er sehr stolz gewesen. Jedoch brachte diese Erkenntnis keinen zusätzlichen Nutzen. Nur schade, dass man die Düsterbehn nicht mehr zur Verantwortung ziehen konnte. Denn zur selben Stunde, als man Bastian aus der Kühlkammer befreite, fand man ihren Leichnam am Fuße des Parkhauses am Bahnhof.

Einige Tage nach der Obduktion war Norbert Riedels Leiche vom Staatsanwalt zur Kremation freigegeben worden. Neue Erkenntnisse versprach sie nicht mehr. Der Bestatter war wieder einmal sauer auf die ständig überlastete Staatsanwaltschaft. Die hatten es gut, die hatten kein unmittelbares Problem mit einer solchen Leiche. Abermals ging die Fahrt nach Greifswald. Norbert Riedel verdämmerte auch diese Fahrt. Er hatte es allmählich satt, es war ihm alles egal. Das Letzte, was er im Krematorium dachte, war: »Huch, das wird aber doch heiß jetzt …«

Dann war endlich, endlich Ruhe. Wochen später hatte seine Urne auch einen Namen, nachdem die Identität des Leichnams von Schloss Rantzow amtlich be-stätigt war. Er wurde auf dem Stralsunder Zentralfriedhof auf einem anonymen Urnenfeld beigesetzt. Direkt neben der Urne von Marlene Düsterbehn. Aber das war Zufall.

Mit seinen Ermittlungen lieferte Bastian Schmidt eine Steilvorlage für Prof. Dr. med. Dr. h.c. Burkhard Bischoff, den Leiter der Greifswalder Gerichtsmedizin. Die Leiche in der Gefriertruhe bescherte ihm die Gelegenheit, einen Aufsatz zu verfassen, der in der Fachwelt und darüber hinaus große Resonanz fand. Die amerikanischen Gerichtsserien hatten selbst das große Publikum auf den »Froschmann im Schloss« vorbereitet. Unversehens fand er sich im Fernsehen wieder, zur besten Sendezeit am Sonntagabend. Seine Frau Doris war stolz auf ihn, der Schaden am Mercedes längst repariert und vergessen.

Einige Zeit später, als die Nachwirkungen dieses sonderbaren Falles allmählich verebbten, als in der Frankenstraße bereits gründlich entkernt wurde, machte sich in Rantzow nach Einbruch der Dunkelheit ein Mütterchen in geblümter Kittelschürze unter dem verschlissenen Mantel mit unsicheren Schritten auf ins Schloss. Sie hielt eine grüne Plastikflasche Brennspiritus in der einen Hand und in der anderen eine große Plastiktüte mit allerhand Dosen und Flaschen, die sie in der alten Werkstatt ihres verstorbenen Mannes noch gefunden hatte. Auf ihrem Weg, den sie mit schlafwandlerischer Sicherheit fand, murmelte sie unverständliche Sätze vor sich hin. Ein Kopftuch verbarg ihren irren Blick.

Epilog

Ganz sanft strich ihm eine kühle Hand über die Stirn. Norbert Riedel erwachte wie aus einem langen Schlaf. Vor ihm stand die weiße Gräfin. Sie hatte sich zu ihm hinuntergebeugt, ihre Hand schwebte noch über seinem Gesicht. Riedel rappelte sich vom Fußboden hoch und genoss es, endlich wieder die Glieder rühren zu können. Aber warum war er erneut auf Schloss Rantzow?

Ehe er eine Antwort einfordern konnte, bedeutete ihm Henriette, mit ans Fenster zu kommen. Dort stand auch schon das alte Ehepaar Telschow und blickte versonnen in den Park. Hinter sich hörte er das Scheppern eines Eimers. Die graue Putzfrau hatte ihn geräuschvoll abgestellt und bog den schmerzenden Leib durch. Dann schlurfte sie ans nächste Fenster. Riedel hatte schon Angst, sie würde es aufreißen und sich wieder einmal hinunterstürzen. Aber sie starrte nur mit ausdruckslosem Gesicht nach draußen. Neben sie trat der dicke Spekulant. Die Uhrkette glänzte in der Abenddämmerung matt auf seiner Weste. Na Freundchen, dachte Riedel erfreut, jetzt können wir uns ja mal über deine verkorksten Geldgeschäfte unterhalten. Bei all dem Grundbesitz muss doch noch was zu machen sein. Ich hätte da ein paar Tipps ... Doch er kam nicht dazu, zu dem Grauhaarigen hinüberzugehen. Von hinten stieß ihn etwas in die Kniekehlen und versuchte, sich an ihm vorbei ans Fenster zu drängeln. War ja klar, dachte Riedel, die Gören natürlich. Die stören doch immer im falschen Moment. Dann schubste er den großen Bengel zurück in die zweite Reihe. Seinen Platz am Fenster würde er nicht aufgeben, was immer es da unten auch zu sehen gäbe.

Aus den Augenwinkeln nahm Norbert Riedel noch wahr, dass in der Nähe der Fenster eine Pritsche stand, auf der der junge Soldat mit dem blutigen Kopfverband lag. Dessen Hände huschten unruhig auf der Decke umher, doch er schien nicht mehr diese unmenschlichen Schmerzen zu leiden. Da berührte ihn sanft Omi Telschow und lenkte seine Aufmerksamkeit auf die Dunkelheit zwischen den alten Bäumen.

Dort erschien ebenfalls eine alte Frau. Kopftuch, Kittelschürze, Gummigaloschen – eine typische LPG-Bäuerin, dachte

Riedel. Hatten die denn hier in Rantzow die Wende verschlafen? So musste man ja nun auch auf dem Dorf nicht mehr aussehen, schnaubte er und strich selbstgefällig über seine schicke rosa Krawatte. Jetzt kam die Alte mit humpelndem Gang näher. Sie brabbelte vor sich hin und schleppte allerhand Zeug in Flaschen, Tüten und Dosen mit sich. Kurz vor dem Eingang am Anbau blieb sie stehen und hob den Kopf zu den Fenstern des großen Saales empor. Riedel schaute ihr direkt in die Augen. Nein, das konnte nicht sein, das war ja eine Miniaturausgabe von Marlene Düsterbehn, dem verdammten Fischweib! Verschrumpelt, vergilbt, verhärmt – aber eindeutig Marlenes Züge. Konnte das ihre Mutter sein, fragte er sich. Gab es eine solche Familienähnlichkeit? Dann begriff er, dass die Alte ihn sehen konnte. Es stand ganz klar in ihrem Blick: Ich sehe euch!

Riedel schaute die Umstehenden an. Die Kinder reckten neugierig die Köpfe über die Fensterbretter und glotzten, wie sie es immer taten. Der dicke Spekulant wippte langsam auf den Schuhabsätzen auf und ab, während die Magd versonnen über ihren gewölbten Bauch strich. Die alten Telschows nahmen sich still bei den Händen und Elsbeth lehnte den Kopf gegen die Schulter ihres Mannes. Henriette Sophie Ottilie von Palitz, geborene von Rumpendorff, stand am Fenster, wie sie immer dort stand. Den Kopf anmutig geneigt, das zeitlos schöne Gesicht von den Rüschen ihrer Haube beschattet.

»Es muss ein Ende haben«, schrie die Alte plötzlich hinauf. »Ich muss dem ein Ende bereiten. Ihr habt mir meine Tochter genommen!« Dann humpelte sie entschlossen ins Gemäuer.

Man hörte sie kramen in den Tiefen von Schloss Rantzow, Flüssigkeiten ausschütten und Farbtöpfe an die Wand werfen, Streichhölzer entzünden. Dabei murmelte sie mit irrem Blick unaufhörlich: »Es muss ein Ende haben, es muss ein Ende haben ...« Irgendwann hatte das Feuer sie eingeholt. Da schlugen die ersten Flammen schon aus dem Dach und die Sirene schrillte durch die nächtliche Dorfidylle. Verrückt, dachte Norbert Riedel noch, wie die Mutter so die Tochter. Dann wusste auch er: Jetzt hat es wirklich ein Ende.

Quellenverzeichnis

Friedrich Schiller, Ritter Toggenburg – Ballade, aus:
Sämtliche Gedichte und Balladen,
Insel Verlag, Frankfurt am Main und Leipzig, 2004

Louis Fürnberg, Frühlingslied, aus:
Die Kinder haben ein schönes Land, herausgegeben von
Manfred Altner, Kinderbuchverlag, Berlin, ohne Jahresangabe

Johann Ludwig Uhland, Lob des Frühlings, aus:
Gedichte, Reclam Verlag, Stuttgart, 2006

Johann Wolfgang von Goethe,
Vom Eise befreit sind Strom und Bäche ..., aus:
Faust, 1. Teil, Reclam Verlag, Stuttgart, 2006

Gottfried Benn, Gesänge, aus:
Gedichte, Limes Verlag, Wiesbaden, 1960 und 1963

Jane Austen, Stolz und Vorurteil, Manesse Verlag, Zürich, 2003

Hildegard Knef, Liedtexte, unter: www.hildegardknef.de

Urlaubszeit ~ Krimizeit

Stralsund-Souvenirs
aus dem Strandläufer Verlag

ISBN: 978-3-941093-05-8
Preis: 15,90 EURO

ISBN: 978-3-941093-01-0
Preis: 8,90 EURO

ISBN: 978-3-941093-04-1
Preis: 1,50 EURO

ISBN: 978-3-941093-06-5
Preis: 1,50 EURO

www.strandläufer-verlag.de